大森藤
Fujino Omori
插畫
はいむらきよた
Kiyotaka Haimura
角色原案
ヤスダスズヒト
Suzuhito Yasuda
（咦——咦咦咦咦咦咦咦咦咦咦咦咦咦咦咦咦咦？）
艾絲・華倫斯坦
歐拉麗當中最強的Ｌｖ．６女性劍士。
貝爾・克朗尼
還只有Ｌｖ．１的菜鳥冒險者。
在地下城尋求邂逅是否搞錯了什麼外傳
劍姬神聖譚
4
Copyright ©Kiyotaka Haimura

CONTENTS

蕾菲亞・維里迪斯
崇拜艾絲的精靈族魔導士。
蒂奧涅・席呂特
亞馬遜姊妹中的姊姊，跟艾絲等人
同樣都是【洛基眷族】團員。
「……她、她是怎麼了啦？」

「不、不知道啊……」
蒂奧娜・席呂特
亞馬遜人的第一級冒險者。
蒂奧涅的雙胞胎妹妹。
里維莉雅・利歐斯・阿爾弗
【洛基眷族】副團長。
名符其實的迷宮都市最強魔導士。
『願能見識未知的世界。』

在地下城尋求邂逅是否搞錯了什麼　外傳
劍姬神聖譚 4

大森藤ノ

青文文庫

插畫　はいむらきよたか
角色原案　ヤスダスズヒト

序章

下定決心的早晨……？

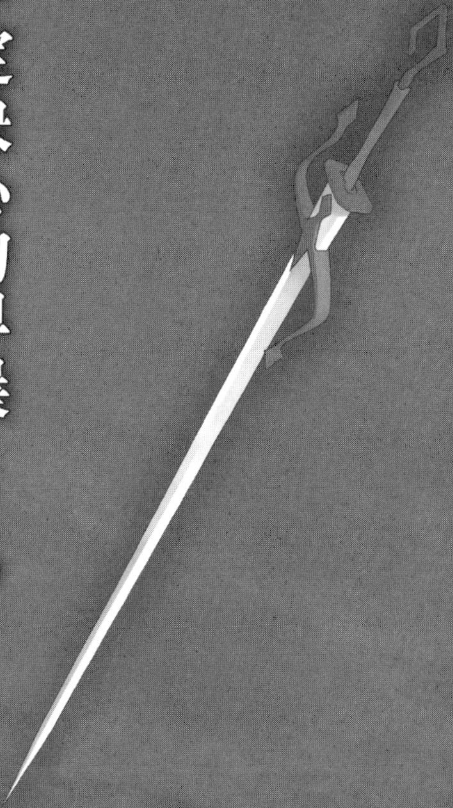

Гэта казка іншага сям'і.

І …… раніцай рашэннем?

天空籠罩在黑暗當中。

東方天際離黎明尚遠，西方、北方、南方與頭頂上，都還是一片漆黑。

雖說自進入新的一天之時刻起，已過了一段時間，但還不足以稱為早晨。

艾絲起得比平常早得多，來到這面市牆——圍繞迷宮都市的巨大城牆上。

「……好、好睏。」

好像有點睏。她輕聲說著，身上是探索迷宮用的輕裝，與愛劍【絕望之劍】。

身穿銀色防具、佩帶銀劍的金髮金眼少女，雙眸顯得有些睡眼惺忪。

在她的視線前方，可從巨大市牆俯瞰歐拉麗一整片廣闊的街區，如星海般散布的魔石燈光大多已然熄滅，使街區漸趨靜謐。依然燈火通明的，只有南大街——有著大劇院(theater)與賭場(casino)的繁華鬧區、東側鄰接的「紅燈區」風月街，以及東北區劃晝夜持續運轉，生產魔石製品的工業區。

艾絲漫不經心地，眺望著迷宮都市又有幾盞燈光熄滅的壯闊景觀。

「……」

她閉起眼睛，彷彿委身於夜晚冰涼的空氣，想驅散睡意。同時，她的眼瞼底下，浮現出自己此時待在市牆上的前因後果。

就在昨天，艾絲終於成功向白髮少年貝爾・克朗尼道歉了。她說出了自彌諾陶洛斯那場騷動以來自己對少年的歉意，雖然不能說是和解，總之誤會因此冰釋，與兔子之間有點沒意義的你追我跑，總算是劃下了句點。

不過，艾絲與少年的關係並未就此結束。

貝爾表示自己為了達成目標而想變強，艾絲就這樣成了他的老師。

他目前還是小規模【眷族】的唯一一名團員，沒有冒險者前輩能教他如何戰鬥。少年滿臉通紅，語無倫次地說自己鑽進地下城，都是自成一派，講得難聽點就是個大外行。

艾絲覺得無法坐視不管，於是主動提出要教他戰鬥技術。

你的真摯讓我感同身受，打動了我。

艾絲用這種說法，向少年解釋自己為何有意幫助其他派系的團員。

這樣說並沒有錯——但也不是真話。

艾絲之所以提出要當貝爾・克朗尼的老師，是為了得知他令人瞠目的「成長」祕訣。

貝爾成為冒險者才過了一個月，其成長速度卻非同小可。他的確做出了實績與戰果，足以引起艾絲的熱切關注。艾絲無論如何，都想找出他飛快抵達地下城「上層」深處的成長方法。

為了一星期後即將展開的「深層」第59層的進攻（attack）。

為了不輸給暴露出真面目的、人與怪物的「混種生物（hybrid）」——怪人（creature）芮薇絲的威脅。

也為了自己的宿願。

艾絲貪婪追求更強的力量，想了解貝爾・克朗尼的成長（一切），以求通往更高境界的飛躍。

（只是，這樣的話……）

同時，這也是艾絲狡猾的，甚至是醜陋的如意算盤。

少年相信艾絲是出於純粹的善意要教自己戰鬥技巧，沒有一點懷疑，但艾絲卻沒說真話，欺騙了他。

她心中湧起了罪惡感。

從回想回到現實，艾絲睜開眼瞼，金色眼眸悄悄低垂。

包在銀鎧裡的胸口陣陣刺痛——她像是在找藉口，但也是真切地想：至少得做些回報才行。

為了宿願，自己不可能不刺探少年的「祕密」。

既然如此，就幫助他達成他所說的目標吧。

這不足以贖罪，只是自我感覺良好罷了。

但艾絲仍然在刺痛的胸中發誓，要向少年付出自己能支付的所有代價。

她想起那對兔子般的深紅眼瞳（rubellite），摸了摸愛劍（絕望之劍）的劍柄，繃緊表情抬起頭來。

沒錯，她不能一直受罪惡感影響。自己今天可是為了指導貝爾如何戰鬥，一大早爬起來——來到了應該不會被人發現的這面市牆上！

「得加油才行……」

就像以前那樣，心中幼小的自己（艾絲）為她加油，她重新鼓起幹勁。

艾絲選做訓練場所的這個都市西北部市牆頂上，是她以前找到的「祕密基地」。她是在剛加入【洛基眷族】時，發現了本應遭到封鎖的市牆內部有個出入口。當時年幼的艾絲每次跟團員們起衝突——主要是跟里維莉雅單方面爭吵，就會跑出總部，躲進這座市牆裡。

市牆內部有著某人生活起居的痕跡，甚至還有淋浴間等生活空間，以及石砌房間。艾絲曾經聽說，在歐拉麗還有女神硬是住進無人使用的教堂，或許也有哪個不知名的天神或是流浪漢，在這市牆裡住過一段時日。

自己身為【洛基眷族】的幹部，卻跟其他派系的人進行接觸，此事絕不能讓人知道，就算是蒂奧娜等同伴們也一樣。

自己一定會立刻遭到攔阻、責罵與說教，更別想再幫少年的忙。

除了摩天樓設施(巴別塔)之外，這座巨大市牆幾乎高過任何一座都市建築，密會應該不容易穿幫才是。

「……可是……」

為了回報貝爾，艾絲很明顯地來得太早，她幹勁十足。

應該說一種類似緊張的情緒讓她心臟怦怦跳，無法入睡。鑽進被窩裡的艾絲雙眸炯炯有神，怎樣就是無法闔眼。

艾絲此時仍懷抱著不知是興奮還是緊張的心跳，等待著那一刻的到來，但是……

她將視線落在市牆的鋪石地上，輕聲低喃：

「要教，什麼才好呢……」

她有著充分的幹勁，但對於最重要的指導內容，卻毫無頭緒。

艾絲至今不斷自我鑽研鍛鍊，一直以來只想到自己，從沒教過別人如何戰鬥；直到幾年前，反而都還是【眷族】的前輩——芬恩、格瑞斯與里維莉雅等人在教她。

這樣的自己，竟然要指導別人。

雖然是自己說出口的，但艾絲仍然抱有強烈的不協調感。

具體來說，到底該教些什麼才好？

這個問題她不能問任何人，連心中幼小的自己（艾絲）都一問三不知，躲進被窩裡去了，艾絲視線左右搖曳，不知該如何是好。

她從昨天就一直在內心的迷宮中徬徨，至今仍不見能突破的徵兆。

鍛鍊即將開始，金髮金眼的少女束手無策，早晨與夜晚之間吹起的冷風，彷彿發出笑聲般吹過她身邊。

沒過多久，就聽見「哈啾」一聲。

獨自沉吟苦惱的艾絲，打了個小小的噴嚏。

前章

然後少年……

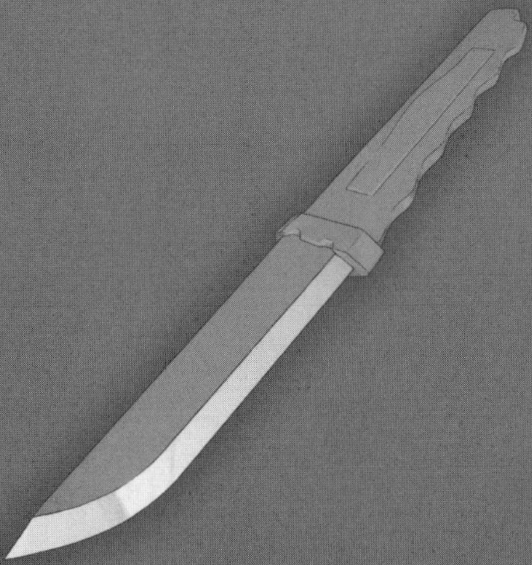

Гэта казка іншага сям'і.

І хлопчык

在整座都市夜深人靜的時段。

【洛基眷族】的總部黃昏館，每個房間的燈光都熄滅了。

這座府邸又被稱做「長邸」，周邊夜色濃重。正門前明明主神已經說過不用，卻還是隨時輪派兩名團員守門。此時也不例外，一男一女的兩名人類，與精靈及獸人的少女換了班。在府邸內部，走廊上點亮的魔石燈有如燭台，火光不安定地搖曳著。

而就在尖塔如同槍林般互補不足的總部室內。

性好女色的主神勸誘的美麗少女們，起居的一座女子塔樓裡。

一個人影忽然坐了起來。

那人影從床上撐起上半身，將可愛皺摺睡衣包裹的細腿放到地板上。跟拉起窗簾的窗外一樣漆黑的室內，響起衣物窸窸窣窣的摩擦聲。

人影怕吵醒房間裡睡得正甜的女性團員，悄悄換好衣服，輕輕打開門，走出房間。

「起得太早了……」

蕾菲亞晃動著緊緊綁好的濃金色長髮，走出了自己的房間，喃喃自語。

自從在第24層與芮薇絲等怪人展開激鬥以來，已過了四天。

受到當時戰鬥中精神疲憊(mind down)的影響，蕾菲亞在自己的房間裡躺了約三天，現在整個人十分清醒，身體狀況也相當好，再也躺不住了。她精靈的尖耳朵一抖一抖的，靜悄悄走過狹窄的走廊。

（難得起這麼早……就趁現在做點訓練吧！）

蕾菲亞雙手在胸前緊緊握拳，充滿了幹勁。

經過第24層的事件，蕾菲亞再度體認到自己的窩囊。為了不扯【眷族】前輩的後腿，也為了自己，她重新下定決心，一定要變得更強。

她蔚藍色的雙眸燃燒著鬥志。

（再說……現在過去，說不定可以跟艾絲小姐一起訓練！）

但精靈英氣凜凜的端正容貌，卻軟綿綿地笑著。

蕾菲亞崇拜的金髮金眼劍士每天都起得很早，揮劍與晨練沒有一天例外。蕾菲亞心想現在過去，也許能跟艾絲共度早晨時光，打著些許歪腦筋……不，完全是別有用心地踏出雀躍的腳步。

蕾菲亞妳起得好早喔真厲害，哪有啦艾絲小姐我還有待精進所以這是理所當然的嘿嘿請再多稱讚我一點！少女沉浸在腦中的妄想裡，現實中的表情也露出同樣鬆弛的傻笑。

心情愉快的她，往艾絲平常練習揮劍的中庭走去。

「呃……好像還是太早了呢。」

她先前往聯繫尖塔之間的空中長廊，從那裡俯視中庭，但沒看到金髮金眼少女的身影。蕾菲亞環顧魔石燈柱已經熄滅的漆黑草坪庭院，偏了偏頭。現在時針短針還沒指到三，艾絲很可能也沒起得這麼早。

蕾菲亞在石砌游廊上陷入沉思，就在她返回初衷，打算一個人開始訓練時……

「咦……艾絲小姐？」

蕾菲亞的眼睛，看見了艾絲的身影。

不是在中庭，而是在塔樓與塔樓之間的遠處，總部的裡側。她身穿輕裝，還佩著劍，東張西望之後——無聲地騰空跳起，躍過圍繞宅邸的高聳圍牆。

「!?」

艾絲竟然不經過大門而溜出總部，讓蔚藍色的雙眼為之一驚。

蕾菲亞目睹了整個可疑行動，心想「她該不會是要去探索迷宮吧」，趕緊追上去，跟蹤金髮金眼的少女。

她從高空中的游廊一躍而下，來到總部的庭院。

蕾菲亞甚至捨不得花時間去拿魔杖，奔馳了一段距離當助跑，自己也跳過圍牆。

◆

她跑在夜色瀰漫、空氣冰冷的街道上。

蕾菲亞追著艾絲跑，很快就發現她的前進方向並不是都市中央、堵塞著地下城大洞的摩天樓設施（巴別塔）。

金色長髮的背影似乎正往西北區劃前進，蕾菲亞快要追丟她了。

（這麼一大早，她要去哪裡呢……？）

吐出的薄薄白霧溶入夜晚的黑暗之中，蕾菲亞拚命奔跑。

她一邊想盡辦法向走在路上的幾個亞人（demi-human）與喝得爛醉倒在路上的冒險者們打聽消息，一邊持續追蹤艾絲的足跡。

然而她的努力沒收到成效，她終於追丟了艾絲。

蕾菲亞氣喘吁吁地，在都市西北部的市牆附近停下腳步。

「她應該是往這邊走沒錯啊……」

這裡是被住家圍繞的石板路，蕾菲亞環視等間隔立著的別緻柱狀魔石街燈，再度開始奔跑。

她離開大街，進入寬敞方整的後街，又踏進更複雜的小徑。

蕾菲亞已經是漫無目的地亂找了，跟迷宮般分岔的道路搏鬥了幾十分鐘。她自己都搞不懂自己在做什麼，但就是無法不尋找艾絲。

等到又過了更久的時間。

只顧著四處張望找少女的蕾菲亞，撞上了從轉角跑出來的人影。

「呀啊!?」

「嗚哇!?」

碰──！蕾菲亞與那人影頭撞到頭，兩個人都跌坐在地。

雙方一個按著自己的腦袋，一個兩眼帶淚，忍痛忍了幾秒。

真、真是太大意了……!?都已經Ｌｖ．３了還這樣出醜，滿腦子只想著少女（艾絲）的蕾菲亞，覺得自己好丟臉。

「對、對不起——」

「真、真抱歉!?」

眼前的人大叫出聲，打斷了自己的道歉，急忙站起來。

她抬頭一看，眼前是個白髮少年。

深紅眼瞳的人類。

少年的相貌稚氣未脫，純白的頭髮，讓蕾菲亞想起了故鄉冬季的森林，點綴精靈鄉的皚皚白雪。比起派系（眷族）的男性團員們，外貌顯得比較中性，臉龐跟身體的線條都很纖細。

蕾菲亞心想這人的年紀或許跟自己差不多，這時，少年向她伸出手來。

「妳還好嗎……啊！」

那隻伸出的手，突然停住了。

他看到蕾菲亞的臉，猛然一驚，眼中映出精靈一抖一抖的尖耳朵。

就像【狄俄尼索斯眷族】的少女（菲兒葳絲）一樣，自尊心強的精靈只讓認同的對象觸碰自己的肌膚。雖然不是所有精靈族都是如此，但的確有很多人無法矯正這種習性。

少年或許是知道精靈的這種風俗習慣，猶豫著是不是該把伸出的手縮回去。

看到他表情困惑的模樣，蕾菲亞輕輕嘆了口氣。

她不願讓同胞遭受誤會，於是主動握住了那隻手。

少年吃了一驚，蕾菲亞借著他的手站起來。
她拍拍衣服上的灰塵，然後與那雙深紅眼瞳四目交接。
「謝謝您，還有，真對不起，我走路不看路。」
「不……不會!?我才該道歉，突然跑出來……！」
見蕾菲亞微笑著道歉，少年吞吞吐吐地回答。
他似乎不太習慣跟女性接觸，蕾菲亞端正的精靈容貌讓他臉都紅了，顯得有點侷促不安。
少年態度謙卑，好像滿純樸的。看他一身輕裝打扮，應該是冒險者吧。
蕾菲亞看出這一點，「對了！」忽然想起自己在找人。
她探出上半身，將艾絲的特徵告訴少年，問他有沒有看到艾絲。
「金髮，金眼……？」
「對！就是【劍姬】！【劍姬】艾絲・華倫斯坦!!您也是冒險者的話，應該知道她吧!?有沒有看到她!?」
蕾菲亞忍不住激動地說。
少年聽了，靜靜地流下一道冷汗。
「請、請問……您是【洛基眷族】的團員嗎？」
「……？我是啊，怎麼了嗎？」
怎麼突然問這個？蕾菲亞一臉狐疑，只見少年的嘴角抽搐了。

就好像有個祕密不能讓人知道……他開始冒汗。

難道是……太可疑了！蕾菲亞臉色劇變，頓時柳眉倒豎。

這個冒險者——在隱瞞某些事情！

「我說您！是不是知道艾絲小姐的什麼事情!?」

蕾菲亞怒聲叫道，下個瞬間。

少年一轉身，背對蕾菲亞，逃走了。

「啊啊!?」

少年任由白髮亂飛，簡直像兔子一樣拔腿就跑。

蕾菲亞自唇間發出一聲怪叫。

眼見人類少年展現了精彩的逃跑腳力，精靈少女也一個箭步衝了出去。

「給我站住————————!!」

「咿咿咿咿咿咿咿咿咿咿!?」

在依然夜深人靜的都市一隅，展開了猛烈的你追我跑。

起跑衝刺拉開的距離，轉眼間縮短了一半，少年轉過頭來看向身後，驚愕地叫出聲。

少年看起來應該是Lv.1，不可能敵得過蕾菲亞雖然是魔導士，但好歹也是Lv.3的腳力，兩者間的差距不斷縮短。

看他那樣——絕對知道艾絲造訪這種都市角落的某些理由。

蕾菲亞直覺地這麼認為，她原本還覺得少年看起來心地善良，有禮貌又純樸，現在崇拜劍姬(艾絲)的少女撤回這些評價，只把對方當成是「沒禮貌的野蠻人」。

眼神尖銳的蔚藍雙眸，盯緊了拚命逃竄的白兔。

「噫咿咿咿咿咿咿咿咿咿!?」

「這傢伙……!?」

少年到處亂跑，好幾次轉進複雜交錯的小徑，蕾菲亞遲遲無法追上他。

看著那持續全速奔跑、意外地能撐的背影，蕾菲亞在心中大叫：

——這傢伙很習慣逃跑！

他利用後巷的方式就像是迷宮街(代達羅斯路)鍛鍊出來的，而且逃跑起來很有瞬間爆發力。看到他那種逃跑方式，蕾菲亞實在很想問他才Lv.1，到底都是被什麼樣的怪獸追著跑?怎麼樣就是抓不到他。

不過，雙方間距只剩不到五M(米度)了。

到這節骨眼上，任他怎麼掙扎，也不可能甩掉自己。

就快追上了！蕾菲亞充滿自信，衝進了少年轉進的死巷。

「咦……不、不見了!?」

視野一切換成新的小徑，少年忽然憑空消失了。

到哪裡去了!?蕾菲亞大吃一驚，滿心焦急，發現一旁有條岔道，於是拚命擺動雙臂，再度拔腿奔跑。

一講到關於艾絲的事，她就失了冷靜，疏於把握狀況。

在建築物的暗處有個小小空間，從小路看來正好是死角。

那裡設置的一口古老石井，吊桶與滑輪兀自嘎噠嘎噠地晃著。

「啊……早安。」

「哈啊，哈啊，哈啊……!?早、早安……!!」

「……發生，什麼事了？」

「沒、沒有！只是被森林精靈追著跑了一會……！」

「精……靈？」

「很漂亮，可是很可怕……!!」

「呃，嗯……你還好嗎？」

「可以……讓我休息一下嗎……!?」

「呃，嗯。」

在激烈鍛鍊開始前，市牆上發生了這麼一段小插曲。

「哈啊，哈啊，哈啊……!?」

持續跑了大約三小時。

朝陽開始升起，天空逐漸泛白，到處尋找少年下落的蕾菲亞，喘得上氣不接下氣。

歷經長時間全速狂奔，即使是Lv．3的體力也快要支持不住，她滿身大汗，身體搖搖晃晃。

「到底跑哪去了……!?」

美麗的精靈少女好不甘心。

不屈不撓的意志力全都白費了，但蕾菲亞還是不肯放棄，想找到艾絲與少年。

然而就在這時，無意間，她感覺到人的氣息。

正好是兩個人。

她心頭一驚——產生一種不好的預感——情急之下躲進暗處。

蕾菲亞偷偷探出頭來，一看。

只見出現在那裡的，是那個白髮少年，以及與他勾肩搭背的憧憬之人（艾絲）。

（咦——咦咦咦咦咦咦咦咦咦咦咦咦咦咦咦咦!?）

轟咚——!! 幻想中的特大號雷電，劈在蕾菲亞的頭頂上。

受到非比尋常的強烈衝擊，她全身僵硬，變得一片死白。

只要仔細一看，就會知道艾絲只不過是扶著遍體鱗傷、動彈不得的少年，讓他靠著自己的肩膀罷了……然而看在蕾菲亞眼裡，卻成了兩人如膠似漆地抱在一起的幻影。

蕾菲亞甚至聽見了「啊哈哈嗚呼呼」的笑聲，在暗處變成了活石像。

至於艾絲，則是為了自己下手太重而沮喪，沒注意到精靈晚輩，就這樣消沉地從她眼前經過。

當晚。

【洛基眷族】的團員們在大餐廳裡吃晚飯。

大餐廳的一隅，有個精靈少女沒精打采，陰沉到讓人不忍卒睹。

「……她、她是怎麼了啦？」

「不、不知道啊……」

蕾菲亞悲慘地垂頭喪氣，在她的正面，蒂奧涅與蒂奧娜肩膀湊在一塊兒講悄悄話。坐在亞馬遜姊妹旁邊的艾絲，缺乏感情的表情這時也明顯地慌張。

不只其他女性團員，就連伯特與勞爾等周圍的其他男性團員都有點被她嚇到，與她保持距離。

「……蕾菲，亞？妳怎麼了？」

當少女散發的瘴氣讓氣氛越來越尷尬時，艾絲下定決心，採取了行動。

「哦哦！」承受著團員們的讚賞目光，艾絲來到蕾菲亞身邊，怯怯地出聲叫她。

聽到艾絲的詢問，蕾菲亞仍不肯抬起頭來。

就在艾絲真的開始傷腦筋時——

「艾絲小姐……今天早上，您偷偷去見的那位少年（人類）是什麼人……？」

她慢慢地，壓低了音量回問道。

「!?」

一股強烈的壓迫感嚇到了艾絲，同時慌張起來，心想：她怎麼知道的!?

少女晚輩縮起下巴，用瀏海遮起了眼睛，身上纏繞著難以形容的暗黑氛圍，只等艾絲回答，無言的壓力讓艾絲更為動搖。

蒂奧娜她們不解地看著艾絲與蕾菲亞，讓艾絲更加慌亂，不得已拉起了少女晚輩的手。

在旁人的注目下，艾絲拉著蕾菲亞，離開了大餐廳。

「蕾、蕾菲亞……妳怎麼會，知道的……？」

艾絲偷偷溜進總部裡的一個空房間，忐忑不安地問她。

相較於神色罕見地不安的艾絲，蕾菲亞還是不肯抬頭。

就在艾絲承受著身上的沉重壓力而冒汗時，少女輕啟雙唇：

「今早，我追著前往城市西北方的艾絲小姐……結果看到一位擁有漂亮金髮與金眼的美麗劍士，跟一個陌生人類男孩抱在一起。」

「!?」

「艾絲小姐，請告訴我……艾絲小姐是不是有個被拆散的妹妹或姊姊……？還是說那是我的幻覺……？我想了一整天，都找不到能令我接受的答案……」

「蕾、蕾菲亞……冷、冷靜點？」

「如果那是艾絲小姐本人的話……我……我……!!」

蕾菲亞讓沉重壓力為之倍增，一步步逼近艾絲的面前。

身經百戰的第一級冒險者，此時汗水量達到了最高峰，精靈少女的身體陰影覆蓋了她。

少女逼近到艾絲的眼前，一抬頭，一雙蔚藍眼眸堆滿了淚水。

她那模樣就像小孩失去了最心愛的姊姊，好像隨時都可能哭著抱住自己，讓艾絲莫名地害怕。

艾絲在恐懼感促使之下，知道已經瞞不了眼前的少女，於是速速認命，速速從實招來。

「…………兩位在市牆上，做訓練？」

「呃，嗯。」

「…………那麼，今早兩位抱在一起，是因為？」

「呃……那孩子走不動了，我有借他肩膀靠……」

艾絲說出事情原委，交雜著少女近乎質詢的詢問，過了一會。

蕾菲亞散發出的黑霧……不對，是瘴氣漸漸變薄了。

也許是因為誤會解開了，少女空洞的眼眸終於恢復了光彩。

「也就是說……您是想在『遠征』開始前，教那個人類戰鬥的方式……是這樣嗎？」

聽到蕾菲亞清晰的確認口吻，艾絲不住點頭。

見蕾菲亞終於恢復了冷靜常態，她鬆了口氣。

艾絲放下心中的一塊大石。

（明、明明是其他【眷族】的人！竟然好意思向艾絲小姐求教……!!）

——至於蕾菲亞，可是一點都不放心。

竟然找其他派系的團員指導戰鬥技術——請別人免費幫忙，也太沒常識了。如果主神或雙方派系之間交情深厚，那還可以理解，但這次並非如此，【赫斯緹雅眷族】是哪裡冒出來的新興勢力啊。

除了雙方的立場之外，地位的差距也是個大問題。

一個是小規模【眷族】的初級冒險者，一個是都市最強派系的幹部兼第一級冒險者。

聽到這件事，其他人一定也會異口同聲地說「搞清楚自己的斤兩吧」。

太離譜了！真不敢相信！簡直厚顏無恥!!

回想起今早看到的白髮少年的臉，蕾菲亞在心中罵了好幾句。

（竟然跟艾絲小姐兩人獨處！……真是太羨慕了……不對，是太厚臉皮了!!）

她找了一堆理由。

但說穿了，她只是羨慕那個冒險者能獨占艾絲、請她訓練自己罷了，雖然只有早上。

蕾菲亞在嫉妒那個不知名的白髮少年。

「那個，不是的。是我說要，教他的，所以……」

少年沒有做錯事，是自己把少年牽扯進來的。

艾絲注意到蕾菲亞的表情因憤怒與嫉妒而千變萬化，趕緊告訴她。

看到她拚命袒護少年，「咕㕶㕶！」蕾菲亞更加不滿了。

蕾菲亞就是不高興艾絲這麼關心那個少年。

「拜託，蕾菲亞。不要告訴洛基跟芬恩他們……不要跟大家說？」

艾絲優美的柳眉下垂，金色眼眸搖曳著。

她好像真的很想跟少年繼續鍛鍊，軟弱無力地懇求蕾菲亞。

蕾菲亞默不作聲，渾身發抖。

她一直勉強壓抑著快要溢滿而出的情緒，但再也忍不住了。

蕾菲雅終於讓心裡的妒意爆發，伴隨著決意高聲說：

「我、我有條件!!您不答應，我、我就說出去!?」

漲紅著臉吼叫的蕾菲亞，居然對憧憬對象狠狠提出了交換條件。

而艾絲面對意想不到的下剋上……更正，是反抗，似乎完全沒想到蕾菲亞會對自己說這種話，

「轟——！」大受打擊。

「嗚！」艾絲的表情讓蕾菲亞一陣心痛，但事到如今也不能回頭，她繼續說：

「請、請您也替我做特訓，就像那個人類一樣!?」

——就我們兩個人!!

蕾菲亞臉漲得更紅，如此脫口而出。

聽到她的要求，艾絲愣了愣，眨了幾下眼睛。

過了半晌，她輕輕點頭。

「妳不……嫌棄的話。」

「可、可以嗎!?」

「嗯……沒問題喔？」

「太——太好了！」

聽到艾絲答應，她雙手在胸前合十，當場跳了起來。

濃金色長髮隨著動作飄飛，細嫩臉頰微微染成了淡紅色。

蕾菲亞連剛才還在嫉妒的少年都忘了，用全身表達喜悅。

不顧憧憬的少女一臉不解，她轉著圈。

就這樣，艾絲讓蕾菲亞對市牆上的訓練保密。

做為交換條件，必須負責指導一名少年與一名少女。

「遠征」六天前。

同時也是「鍛鍊」第二天。

跟昨天早上一樣，太陽還沒升起，艾絲就早早來到市牆上，用手中的劍鞘演奏出風之曲調。

白髮的少年貝爾，暴露在銳利的風切聲與高速刀光中。

「不可以亂動，要隨時考慮到站的位置，以巧妙運用空間。」

「好、好的!?」

艾絲劍鞘一揮，用尖端把貝爾緊急舉起的〖短刀〗與身體一起彈開，並毫不客氣地提出建言。

兩人一邊展開激烈攻防……不，是單方面的攻勢，一邊迅速移動腳步，刀劍相接。

透過昨天鍛鍊第一天，艾絲煩惱到最後，決定以模擬戰做為指導內容。

自己不擅言詞，無法用言語引導他。

無法十全傳達自己的戰術知識。

艾絲從第一天就經驗到許多的失敗，於是只對少年提議了一句「交手看看吧」。

用武器與武器對打，互相猜測動作，吸收一切能利用的知識。

艾絲是在告訴貝爾，他必須跟自己進行模擬戰，從中感受各種經驗，並偷學起來。

艾絲自己用的是愛劍（絕望之劍）的劍鞘，但她讓貝爾用探索迷宮時的武器，盡可能接近實戰形式。艾絲的力量足以打消少年的無謂擔憂，拿不會砍傷人的劍鞘一再攻擊貝爾，讓他無從反擊。

「不可以只是胡亂防禦。」

「嗚咕!?」

「攻擊也好，移動也好。防禦的時候，要能連接下一個動作。」

當然，她也不會全部扔給貝爾自己學習。

艾絲在模擬戰中只要注意到什麼，就會在揮出劍鞘時提出建言。她雖然口才不好，但也在訓練中夾雜了最低限度的指導。

她揮動劍鞘搭配言詞，提醒少年暴露出的多數破綻或是天真判斷，讓他用身體記住。

（總覺得，好不可思議……）

朝霞還籠罩在遠方薄暗下，艾絲注視著拚命進行防戰的貝爾。

自己從九年前就在接受芬恩、格瑞斯與里維莉雅的戰鬥啟蒙——不斷學習做為冒險者應有的態度與知識，想不到有一天，居然會輪到自己教別人。

艾絲覺得有點感慨，並將眼前的少年與兒時的自己重疊。

他氣喘吁吁但仍勇於迎戰的模樣，變成了不服輸又死腦筋的金髮金眼小女孩。現在的自己，或許就像是恩威並濟的芬恩，是言行豪邁的格瑞斯，也是施行嚴格教育（斯巴達）的里維莉雅。

艾絲繼續揮出劍鞘，回想起芬恩他們對自己做過的指導，特別是模擬戰的光景。

不能只是對打。

踏出的腳步，打出的攻擊，都要引導對手的動作，讓他明白。

至少芬恩他們，向來都是這樣教幼小的自己如何戰鬥。

（我還沒辦法，做到那樣……）

自己無法像他們那樣，實在到不了那種層次。

眼看貝爾跟昨天一樣只有傷痕兀自增加，艾絲感到很抱歉。

那些【眷族】的前輩們，果然很偉大。

三人耐心十足地教導小時候只有反感的自己，諄諄告誡，引導自己成長，艾絲如今實際感受到他們的器量之深，並重新體認到自己的不成熟。

艾絲給了自己一個使命，求教的貝爾不用說，自己也得透過這場鍛鍊，與他一起切磋琢磨才行。

劃破黑暗的劍鞘一砍，與少年的短刀相撞。

「嗯……這一下，打得很好喔。」

「真、真的嗎!?」

她拿芬恩常常用的恩威並濟的方法，稱讚巧妙彈開攻擊的貝爾。

早已渾身是傷的少年，似乎真的很高興能被艾絲這樣稱讚，忘了傷口的疼痛，喜色滿面。

他那模樣就像得到胡蘿蔔而開心的白兔，艾絲覺得很可愛，輕聲笑了出來。

不過貝爾一看到艾絲的反應，馬上滿臉通紅，讓她偏了偏頭。

「稍微，休息一下吧。」
「啊，好的。」
艾絲看貝爾肩膀上下起伏喘著氣，如此提議，放下了右手拿著的劍鞘。他也坦率地接受，放下了舉起的匕首。
艾絲與貝爾在寬廣市牆上隔開五步距離，面對面，讓清涼空氣冷卻發燙的身體。
（比昨天，好多了……）
艾絲目不轉睛，偷看用手臂擦掉臉上大量汗水的貝爾。
不知道原因是否出自自己當初的目的「成長力」，比起第一天，少年的身手顯而易見地——這樣說或許誇張了，總之改變了很多。
看著貝爾的模樣，艾絲感覺到一種憨直的專注，好像他把自己講過的話帶回家(總部)，重複溫習過好幾遍似的。
說得難聽點，就是他只會遵守艾絲的指示，無法超越教師的想法，不過現在就先把這擱一邊吧。
（這孩子第一個該學的是防禦……再來是技巧與戰術。）
昨天……也就是鍛鍊第一天，艾絲看穿了少年的現狀與缺陷，並直接指了出來。
貝爾．克朗尼很「膽小」。
膽小不見得就不好，反而在單獨(solo play)探索迷宮時，這還是一大優點。然而一旦進入戰鬥，這種膽小個性就會凸顯出一個問題。

少年正如同他的外貌，就像兔子一樣害怕對手的攻擊，怕痛，容易選擇閃避。換句話說，比起閃避行動，他的防禦非常差勁。

艾絲認為自己最重要的工作，就是指導並改善他的防禦方式。

如果能要求更多，艾絲還想傳授他側擊敵人的攻擊，藉此卸力的「技巧」。

鍛鍊期間只有自家派系（洛基眷族）「遠征」開始前的七天，時間很短。艾絲好歹也成了他的老師，她想像著與少年做訓練的最終目標，想趁這段期間內，盡量讓他的身體學會防禦，以及一部分技巧與戰術。

少年所缺乏的、不擅長的領域，以及長處。

艾絲獨自進行考察，統整自己對貝爾了解到的部分。

（他有很好的，一雙腿（能力）……）

少年有點過度加強的危機迴避能力，即使就艾絲的眼光來看，仍然很優秀。

也許這跟他「膽小」的個性也有關係，但的確是少年的一大武器。

貝爾的戰術，基本上就是打帶跑（hit and away）。

從性情、體格、種族與武器適性來說，這樣做也沒錯。

不過——只要少年能得到挺身而戰的勇氣。

只要能脫胎換骨，一定會很有意思，艾絲有這種直覺。

她頭一個想到的，是以速度及次數取得優勢的激烈猛攻（rush）。

如果能學會雙手使用武器，練成雙刀（double knife）裝備，就更無可挑剔了。

正面進行高速對砍，這正是自己（艾絲）最喜歡的戰法。

——想到這裡，艾絲心頭一驚。

她發現自己想誘導少年成為自己喜歡的類型……染上自己的色彩，左右猛烈搖頭，心想：不行不行，糟糕糟糕。

具體的戰鬥風格（battle style），必須由貝爾自己決定才行。

把別人的理想強塞給當事人，也不會有好結果。這在戰鬥方式來說，幾乎是肯定的。

艾絲嚴格告訴自己只能教基礎，不可以誘導他做決定。

（……不過，或許……）

有點在意呢。艾絲喃喃自語。

她持續觀察著呼吸總算平順下來的貝爾，說出了從剛才模擬戰就一直令自己在意的問題。

「『膽小』……」

貝爾的雙肩頓時一震。

看到他過剩的反應，艾絲知道自己的想法果然沒錯。

「是不是讓你，很介意？我昨天說的『膽小』……」

「啊，沒有，那個………是的。」

他的視線左右游移，在地上忙碌地徘徊了一會後。

低垂著頭的貝爾，最後以小聲到快聽不見的聲音承認了，好像覺得很丟臉。

看到他這副模樣，艾絲垂著眉毛，痛切感受到自己的失敗。

『你很膽小。』

『你還在害怕什麼。』

『我不知道你在害怕什麼，不過……我想，當你遇到那個局面時，你恐怕只會逃跑。』

這些是昨天正式開始模擬戰之前，艾絲對他說過的話。

艾絲看穿了貝爾的心結，告訴了他這些話。

他自己心裡一定也有數吧。

自從前一次模擬戰以來，貝爾就說什麼也不肯後退，甚至是有點亂來，只想擋下艾絲的攻擊，就像在說畏懼攻擊是一種恥辱。

艾絲過度正確的指摘刺痛了他的心，使他懷抱著憤慨與羞恥，到現在還無法忘懷。

（我又，傷害到他了……）

艾絲已經感覺到貝爾在害怕著「某個東西」。

她無法確切掌握那個「東西」是什麼，但那道傷痕，恐怕深到成了心理創傷（trauma），不是能靠普通方法克服的。

艾絲感到自責，覺得自己講話太不委婉，刺中了無意識之中折磨少年的心理創傷，嘴巴怎麼這麼笨呢？
也許貝爾就是不想聽到艾絲這樣講自己。
不想聽到她說自己「膽小」。
也許他一直很想大叫，說自己才不膽小。
看到在自己面前有點逞強的貝爾……受悲慘與恥辱所苦的稚齡少年，艾絲不禁有這種感覺。
「……那個，我跟你說？我所說的『膽小』，呃，不是那個意思。」
艾絲不希望少年露出那種表情，主動向他解釋。
她想傳達自己的心意，以解開他的誤會，就像輕輕摸摸他的頭那樣。
「我並不覺得你很差勁，或是很丟臉……我昨天也說過，保持『膽小』的個性，真的很重要……」
聽到艾絲斷斷續續、結結巴巴、罕見地富有情感的聲調，貝爾抬起了低垂的頭。
她想對隨著情緒搖曳的深紅眼瞳訴說心意，卻怎樣就是講不好。
艾絲對自己的笨拙口才感到焦急，暫且閉起眼睛，做了個深呼吸。
「……雖然不能，把膽小與慎重搞混，」
艾絲想起芬恩、格瑞斯與里維莉雅說過的話，先講了句開場白。
「不過害怕某些事物，有時候在地下城，能夠拯救小隊。」
「……」

「無所畏懼的人，反而更危險。」

就像自己一樣。她後面接著心聲，慢慢告訴側耳傾聽的貝爾。

「所以，不要因為膽小就覺得丟臉……要重視這種天性，好嗎？」

「艾絲小姐……」

「我會覺得，希望你不要忘了這點。」

艾絲將心意傳達給睜大眼睛的貝爾，又繼續說下去。

就像重新審視與少年相對而立，卻與少年站在兩極位置的自己。

「因為我，就是那樣。」

「咦？」

「我讓里維莉雅他們擔了好多心……也害過蒂奧娜他們，波及到了同伴。一旦變得什麼都感覺不到，我想，大概……就不是冒險者，而是怪物（怪獸）了。」

想到自己只顧著追求強大力量，讓恐懼感都麻痺了，艾絲的眼睛低垂下去。

艾絲回顧至今的一切，對於仍然無法改變的自己抱著愚蠢的感情，告訴他：

「不可以變得，像我一樣。」

她視線落在腳邊，自卑地說。

從自己喉嚨中漏出的聲音聽起來有點遙遠，薄暗覆蓋了艾絲的細瘦肩膀。

她將貝爾阻絕在視野之外，低頭看著市牆的石板地。

「——沒、沒那種事!!」

然而，從面前發出的大嗓門打斷了艾絲的思緒，震動了她的視野。

「艾絲小姐救了我一命！您絕對不可能跟怪物(怪獸)一樣!?」

艾絲驚訝地抬起頭，只見貝爾挺出了上半身，逼向自己。

他拚命對艾絲說出直率的心意。

「您救了我的時候，真的好帥！就跟我小時候故事裡看到的英雄一模一樣，又好漂亮！讓我覺得，我也想成為像您一樣的冒險者！所以我才會這樣……啊，不是！那個，該怎麼說……!?」

貝爾連珠炮地講個沒完，但脫口而出的內容似乎把他自己嚇了一跳，他的臉越來越紅，講話也開始語無倫次。

至於艾絲也是，聽到少年發自內心的讚美與尊敬，不禁臉紅起來。

真誠直率的話語讓她睜大了眼睛，感覺到雙頰漸漸發燙……同時也心想：這孩子果然就跟以前的自己一樣。

艾絲雙頰飛上兩朵紅雲，慢慢綻開了雙唇。

聽母親講故事，兩眼發亮的自己。

夢想著英雄存在的自己。

眼前的少年，喚醒了兒時的溫柔記憶。

冰冷的胸中，點亮了小小的溫暖。

「謝謝……」

就像之前那樣，艾絲內心受到白兔治癒，露出了微笑。

貝爾聽到這句感謝，一瞬間愣住了，接著以超快速度開始害臊，視線左顧右盼，好像不敢正視艾絲。

不過最後，貝爾似乎為艾絲露出了笑容感到高興，也靦腆地對她笑笑。

「……繼續，做訓練吧。」

「好、好的！」

就在艾絲感到有點害羞時，東方天空起了變化。

遙遠彼方的群山稜線開始帶有紅色微光，昏暗的蒼空就要染上朝霞色彩。艾絲眺望著那片美景，然後舉起放下的劍鞘。

貝爾也精神充沛地回答，兩人再度開始訓練。

（……有改善了。）

艾絲切換意識，恢復成【劍姬】的神情，看著眼前貝爾的動作，瞇細了眼。

雖然他還是無法完全擋下打出的劍鞘，但少年已經不會往前亂衝了。他的表情就像附身的邪魔消失，變得能分辨自己與對手的距離，拚命追趕艾絲的攻擊，將匕首滑入其中。

也許是自己的話語傳達給貝爾了，他不再不經考慮就衝上前來。

以言語開導成功，讓她這個負責指導的人產生了無上喜悅。

——成、成功了。

因為艾絲不擅長對話，成功時也就格外喜悅，心中幼小的自己（艾絲）也高舉雙手表示開心。

所以，她一不小心，使了點勁。

橫掃的劍鞘，速度快到看不清楚。

「噗啊!?」

「啊。」

艾絲得意忘形的一擊直接打中貝爾的側臉，他怪叫一聲，身體橫著倒下。

少年應聲倒在石板地上，身體一軟，失去了力氣。

他完全昏過去了。

「我、我又……」

又搞砸了。艾絲喃喃自語，趕緊手忙腳亂地跑到貝爾身邊。

一不注意就弄成這樣，完全沒有指導經驗的自己，果然不懂得下手輕重。

艾絲沮喪地跪在石板地上，開始辛勤地照料仰躺在地的少年。

然而。

無意間，她注意到一件事。

「這，是……」

緊閉雙眼，彷彿陷入沉眠，失去意識的少年。

艾絲對眼前的光景產生了強烈既視感。

大約一星期前，少年在地下城第5層引起了精神疲憊，也像這樣昏倒過。

沒錯——就跟自己照里維莉雅所說，讓少年躺自己的大腿，結果把他嚇跑了的那個狀況一樣！

那天艾絲被貝爾跑了，漲紅了臉對里維莉雅提出鄭重抗議。

貌美如花又博學多聞的王族(high elf)還大言不慚地說「正常男人都會喜歡的」、「是妳的做法不對吧？」，當時的記憶鮮明烙印在艾絲的腦中。

實際上，艾絲只是被拚命憋笑的里維莉雅取笑了——但她卻信以為真。

咕嘟。

艾絲的喉嚨無意識之間響了一聲，她慢慢靠近貝爾。

她不會就這樣認輸的，連在這種地方，艾絲都發揮了死腦筋的「不服輸個性」，宣言打倒里維莉雅，打倒白兔，這是雪恥之戰(revenge)。

這次可不能再失敗了。

艾絲輕輕抬起貝爾的頭，放在自己彎膝跪坐的大腿上。

「嗯……」

少年的重量壓在大腿上，就跟那時候一樣。

讓少年躺大腿的艾絲，再度感受到不習慣的羞赧，臉頰染上淡淡紅暈。

東方天空靜靜地，徐徐地轉白。

籠罩在蒼藍夜空的餘韻與赤紅晨空的交界處、美麗夢幻的天空色彩下，艾絲隨心所欲以手指撫摸少年的額頭與臉頰。

果然只要這樣做，心靈就好像受了洗滌一樣。艾絲低頭看著純真的睡臉，面露微笑。

小時候哄自己入睡的爸爸媽媽，或許也是這種心情。

她傾聽著悅耳的心跳聲，不停撫摸白兔的頭髮。

艾絲忘了本來的目的，盡情享受這段膝枕時光。

「嗯……」

過了一會，少年的眼瞼震動了。

艾絲猛一回神，停止了撫摸，把雙手藏到腰後。

她面露緊張神色——別人看起來只是缺乏感情的臉色，靜觀少年的反應。

艾絲屏氣凝息看著少年，只見貝爾睜開眼睛，慢慢醒轉過來。

「咦……喔哇啊!?」

然後慘叫一聲，逃離了膝枕。

看到貝爾一掌握狀況就跳起來急著逃跑，艾絲垂頭喪氣。

是不是真如里維莉雅所說，自己的做法有錯呢……？

艾絲仍然維持著膝枕的姿勢，心情跌入谷底，至於貝爾則是躲到了市牆上的一隅，背貼著及胸矮牆，面紅耳赤地大叫：

「您、您、您怎麼讓我躺大腿!?」

貝爾舌頭嚴重打結地問，艾絲心想「糟了」，趕緊想個理由。

總不能說是因為不甘心輸給里維莉雅，所以想雪恥吧。

嗯——，嗯——，艾絲左思右想。

「……因為躺大腿……體力，恢復得比較快……」

然後她別開視線，講出了很爛的藉口。

貝爾露出非常懷疑的表情。

「……對不起。」

艾絲視線往下垂，誠實地道歉了。

她解除了跪坐姿勢，坐在石板地上，為自己的謊言致歉。

「其實只是，我想讓你躺而已……」

然後她說出了真心話，貝爾一聽，轉眼間滿臉通紅。

「艾絲小姐是天然呆，艾絲小姐是天然呆，艾絲小姐是天然呆……!?」

聽到艾絲這番可能引人誤會的發言，少年似乎大為動搖，整個人都失常了。

他雙手抱頭，嘴裡念念有詞，就像在勸戒自己什麼。

看到貝爾散發出「絕對不能誤會」的波動，艾絲偏了偏頭。
「你還是……不喜歡，嗎？」
「咦!?」
看到貝爾不對勁的樣子，艾絲怯怯地一問，他霍然抬起頭來。
接著他的臉變得更紅，筆直伸出雙手猛烈否定。
「我沒有不喜歡!?反而應該說賺到了……呃沒有沒有沒有我亂講的我不是那個意思!?那個，我很高興，可是！呃不，我沒有別的意思……!?」
貝爾整張臉變得跟熟透的蘋果沒兩樣，驚慌失措，語無倫次地講個不停。
「那麼，你願意躺我的大腿了？」
「與其說願意，不如說很想，可是這樣很丟臉，或者該說很難為情，只、只是昏倒的時候無法抗拒，也就只能接受……!!」
「——那也就是說，昏倒的時候就可以，對吧。」
「咦。」
艾絲咻一下迅速站起來，舉起劍鞘。
那雙金色眼眸，眼饞地死盯著貝爾的頭。
艾絲不服輸的個性，不願意敗給里維莉雅的指謫。最重要的是，她心中產生了欲望，很想再讓白兔躺一次大腿。她想被治癒，想摸毛茸茸的白兔摸個過癮。

她步步逼近。

看到劍姬(艾絲)慢慢拉近距離，散發出不太對勁的氛圍，貝爾嘴角抽搐。

「艾、艾絲小姐，艾絲小姐!?您的眼神好像有點怪怪的啊!?」

「你多心了。」

貝爾嚇得舉起短刀想後退，但背後已經貼著矮牆，無處可逃。

艾絲露出興味盎然的眼神，一句話否定了少年的疑問，下個瞬間，她撲了上去。

「哇啊──」用不到兩秒，慘叫聲就直達天際。

幾分鐘後。

市牆上，只見貝爾被打昏，躺在艾絲的大腿上。

艾絲撫摸著兔子的瀏海，不知道是不是心理作用，表情似乎很高興，一副心滿意足的樣子。

又過了幾分鐘。

少女發現鍛鍊的宗旨完全搞錯了，驚得肩膀一晃。

等少年清醒過來後，艾絲不停哈腰，一直跟他陪不是。

「魔法」的試射，或是魔導士的炮擊訓練，通常都會選在地下城內進行。

不用說，這是因為如果敢在都市裡發射攻擊魔法，會傷害到城市與市民，而被公會逮捕歸案。

如果是在怪獸出沒的迷宮中，也就是戰場上的話，只要不波及到同業人士，就不用擔心挨告。

為了不把「魔法」的效果與詠唱內容洩漏出去，進行訓練的魔導士都會離開地下城的正規路線，前往樓層的邊緣地帶。

「請艾絲小姐多多指教！」

蕾菲亞也不例外，來到了地下城第5層西邊的「窟室」。

現在是「遠征」六天前的上午。

冒險者們陸陸續續開始鑽進迷宮時，精靈魔導士先一步占據了樓層最邊緣的窟室。艾絲結束了與少年的第二天鍛鍊，佇立在她面前。

她們現在置身的正方形廣大空間只有一個出入口，而且完全沒有其他人影，不用擔心「魔法」的情報洩漏，也最適合用來試射。這種適合讓魔導士做炮擊訓練的區域基本上都是先搶先贏，早起的鳥兒有蟲吃。

為了有效率地獲得收入，初級冒險者常常會為爭奪怪獸獵場而起爭執，不過魔導士通常比較理智，不太會為了搶訓練所而引發爭端。

「不過，真不好意思，艾絲小姐，還請您陪我做訓練……」

「不會，沒關係的。」

蕾菲亞拿著魔杖道歉，裝備了輕裝與利劍的艾絲搖搖頭。

直到「遠征」之前，艾絲已經說好早上帶少年(貝爾)，上午到傍晚則是替蕾菲亞做訓練。

在總部一起用過早餐後，也不讓艾絲休息一下，就讓她跟自己來到地下城，雖然讓蕾菲亞相當歉疚，但現在與艾絲面對面，她又充滿了幹勁與興奮。

縱使排在少年(貝爾)之後讓蕾菲亞有點不服氣——不過自己從現在開始一直到傍晚，都能跟艾絲兩人獨處了！

怎麼樣，看到沒，是不是很羨慕啊！蕾菲亞在心中對著不知名的少年冒險者大叫。燃燒著無謂的競爭意識的精靈少女，因為能跟憧憬的少女在一起而洋洋得意。

幸好有請艾絲替自己做訓練。蕾菲亞開心得很，得意揚揚地等待訓練開始。

「那麼，我們開始吧……」

「是！」

「可是，要做什麼才好呢……」

「……」

然後，才剛開始就受挫了。

「我是，劍士，所以不知道，有什麼能教蕾菲亞的，那個……」

到了這時候，兩名少女才遇到同一個根本性的問題。

除了冒險者的知識技能(knowhow)之外，純粹的劍士幾乎沒什麼能教魔導士的。蕾菲亞這些窮究詠唱技術與炮擊的後衛職業，與艾絲他們追求肉搏戰、擔任前衛攻手（attacker）的前衛職業，角色運用與戰鬥方法都差太多了。

「我從昨天就一直在想，要跟蕾菲亞做什麼……但還是想不到。」

艾絲歉疚地低垂著頭，軟弱無力地輕聲說道。

她又要想這件事，又好幾天都在想少年（貝爾）的指導內容，腦袋已經快爆炸了。

的確，如果想提升做為魔導士的技術力，還不如像之前那樣，繼續向同樣身為魔導士的里維莉雅求教，對自己更有幫助。

蕾菲亞只想到能跟艾絲做訓練，高興得沖昏了頭，現在才對自己的淺慮感到丟臉，冒著汗。

精靈與人類的視線都落在地上，一起背負著沉重的死寂。

偏偏在這種時候，連怪獸的遙吠都聽不到。

「那、那個，您都跟那個人類做些什麼呢？」

承受不了尷尬的氣氛，蕾菲亞不知不覺間問了這個問題。

艾絲被這麼一問，講出了與少年的訓練內容。

「我跟那孩子，做了模擬戰……」

講到這裡——

艾絲好像靈機一動，在想些什麼事。

「……蕾菲亞，里維莉雅已經教妳『並行詠唱』了嗎？」

過了一會，她如此回問，蕾菲亞先是露出驚訝的表情，然後生硬地點頭。

「有、有的，基礎是已經學過了……呃，可是不太理想……」

她羞恥地染紅雙頰，坦白告訴艾絲。

雖然知識方面都學過了，但還沒能實際運用。頂多只能邊走邊詠唱，或是慢跑。

師傅（里維莉雅）斷定蕾菲亞「精神與心靈尚未成熟」，要求她做冥想等內在修行。「並行詠唱」還是遙不可及的夢想，目前她只能把重點擺在鍛鍊詠唱技術，以迅速完成魔法。即使只是縮短一秒鐘的詠唱時間，都能減少小隊的負擔，而這一秒在地下城當中，也往往是關鍵性的一秒。詠唱技術是魔導士的基礎，也是奧祕。

『因為蕾菲亞是豆腐心靈嘛——』

以前主神（洛基）也曾經對她講過這句話，她聽不太懂。

總而言之，為了絕對避免魔力誤爆（ignis fatuus），在任何狀況下都能保持鎮定，蕾菲亞正在學習里維莉雅所說的「大樹之心」。

她紅著臉講出自己不成熟的地方，以及接受指導的內容，艾絲頻頻點頭。

「……也許我這樣做，會跟里維莉雅的說法混淆，造成不好的結果，不過……」

艾絲說出擔心的地方，同時注視著蕾菲亞的眼睛。

「要不要跟我，練習看看『並行詠唱』？」

——以實戰形式。

面對倒抽一口氣的蕾菲亞，艾絲這樣說。

「只要能學會這個，蕾菲亞就能獨自戰鬥了……也許。」

蕾菲亞咕嘟一聲，吞下一口口水。

那簡直是成了移動炮台，是後衛魔導士的理想目標。

只要能活用里維莉雅徹底打好基礎的教導內容，再請艾絲磨練自己……結合里維莉雅的指導與艾絲的鍛鍊，或許能有所突破。

至少應該能有所改變，蕾菲亞懷抱著近似希望的想法。

「我想里維莉雅，大概是想先讓蕾菲亞建立自信，再教妳『並行詠唱』……」

「……」

「這樣做，一定沒有錯……也許，我這樣做是多此一舉。」

要怎麼做？艾絲將最後的判斷交給蕾菲亞決定。

在金色眼眸的注視下，蕾菲亞低下頭去，雙手握緊魔杖。

艾絲說的沒錯，里維莉雅是想先鍛鍊自己不成熟的內在精神，建立自尊，讓自己成為獨當一面的魔導士，這樣的判斷一定是正確的。

可是，要等到什麼時候，才能獲得那份自尊？

在艾絲與里維莉雅、蒂奧娜與蒂奧涅的身邊——那些高不可攀的憧憬對象的身旁，自己要到什麼時候才能擁有絕對自信，相信自己不會再礙手礙腳？

一年後？
五年後？
幾十年後？
她等不了——那樣太久了。
蕾菲亞必須現在就不顧一切，以巔峰為目標奔馳，否則是無法待在她們身邊的。
她回想起怪物祭（Monster Philia）與第24層時自己的無能為力，同時想到「如果」自己當時已經學會了「並行詠唱」，也許情況就不同了。
自己一定不會扯艾絲她們後腿，至少能幫上她們更多的忙。
就算有風險，她也不想只是期待未來，而是要為了現在全力以赴。
蕾菲亞抬起頭來，也注視著艾絲的眼眸。
「請讓我做『並行詠唱』的訓練！請您鍛鍊我!!」
然後，她決心堅定地喊道。
目標是學會「並行詠唱」。
目的是成為移動炮台。
蕾菲亞高舉遠大的目標，眼神毅然決然地望著艾絲，「我知道了。」她也點點頭。
她們以嚴肅的表情面對面，確定了訓練的方向性。
「那麼，妳一邊躲開我的攻擊，一邊詠唱看看？」

「是！」

艾絲拔出『絕望之劍』插在地上，舉起劍鞘。

蕾菲亞也學著舉起魔杖，她回想起里維莉雅教過自己的「並行詠唱」基本知識，要自己留心，同時做到詠唱與移動。

她握住「魔力」的轡繩，先將肉體的動作放在心上。

嘴唇的動作也不可忽視。

要有穩如泰山的膽力，大樹般的心靈。

蕾菲亞要求自己保持緊張，腳一蹬地，同時開始詠唱。

「【解放——】」

當她往後跳開，進行詠唱時——一道神速斬擊飛過。

「咦？」

一發出低喃的瞬間，劍鞘直接擊中了蕾菲亞的側腹。

「呼咕!?」

「啊。」

【劍姬】的一擊爆發威力，蕾菲亞被打飛，魔杖飛上空中。

施展攻擊的本人，維持著揮出劍鞘的姿勢僵住了。

蕾菲亞在地下城的地面上滾了好幾下，「哈嗚嗚……!?」雙手按住身體，發出苦悶的呻吟。

「蕾、蕾菲亞！」

艾絲急忙跑來，拚命道歉。

詠唱只完成了兩個字，差點就引發魔力誤爆了，蕾菲亞不禁冒汗。

躺在地上發抖的蕾菲亞，痛得快昏過去了。

「真的很對不起……我當成是跟那孩子的訓練，砍得太用力了。」

然而一聽到這句話，蕾菲亞的眉毛一跳，形成了憤怒的角度。

「那孩子」就是從自己身邊搶走艾絲的，那個白頭髮的——

蕾菲亞的臉霎時發燙，她甩開痛楚，霍地站起來。

「我、我完全沒事!!請您就照這樣儘管來!?」

「呃，嗯。」

精靈少女一手按著側面腹部，還露出僵硬的笑容，把艾絲嚇到了。

蕾菲亞對少年（貝爾）燃起了莫大的競爭心，發揮前所未有的不服輸個性。

她前去撿起掉在地上的魔杖，倒豎端正的眼眉。

蕾菲亞面對艾絲，準備進行第二次「並行詠唱」。

「咦嗚!?」

然而——

「呼耶!?」

一點都……

「呀嗯!?」

不順利。

「解、【解放一——束!?】」

蕾菲亞的詠唱遭到中斷，自己也被劍鞘揍飛，終於累得坐在地上。

站不起來的雙腿之間，小巧的臀部落在地上。她放開了魔杖，上氣不接下氣。

無法好好進行詠唱。

艾絲已經有手下留情了，但蕾菲亞仍然要費好大精神才能看穿她的攻擊，無法持續編織最重要的咒文，好像只有防止魔力誤爆的技術鍛鍊得特別多。

蕾菲亞雖不至於像初級冒險者（貝爾）那樣一下就昏倒，但也已經遍體鱗傷。

「對不起，蕾菲亞……」

蕾菲亞癱坐在地，艾絲在她面前低垂著眼陪不是。

她語氣消沉地說，是自己的想法太天真了。

「也許應該照里維莉雅說的做……我一個局外人不該插嘴的。」

艾絲的言詞中流露出後悔，表示要用模擬戰練會「並行詠唱」，根本是對魔導士一無所知的外行人意見。

蕾菲亞聽著她的道歉，以及自己紊亂到丟臉地步的呼吸聲。

她慢慢啟唇，說：

「艾絲小姐……順便問一下，那個人類怎麼樣了？」

蕾菲亞只是盯著地面，詢問少年的訓練進度。

艾絲不解地偏著頭，想了一下，然後開始講起：

「他很認真，很努力，很率直……」

艾絲將自己看到、聽到、感覺到的部分直接說出來，語氣中流露出溫暖笑意。

「他成長得很快……我覺得他，還有成長空間。」

也許是回想起少年拚命反芻自己給他的建言，努力跟上，才修行第二天就展現出一部分成長的模樣，艾絲語氣感嘆地如此做結。

而蕾菲亞聽了這一切——碰!!高舉雙手捶在地上。

「!?」

艾絲嚇了一跳，在她的正面，迷宮（地下城）的地面被Lv.3的「力量」打得塵土飛揚，出現裂痕。

少女大吃一驚，至於蕾菲亞，則是不住發抖。

懊惱的情緒就要達到最高點。

（我、我什麼都沒成功，那個人類卻……!?）

——自己這樣出醜，那個少年卻有所成長……!?

蕾菲亞全身像在噴火，憤怒的激流助長了身體的顫抖。

在她的妄想中，那個少年正在說「咦！才這點程度就叫苦啦？那我先走一步囉——」，面帶令人氣得牙癢癢的爽朗笑容越跑越遠。

嗚咕咕咕……!!蕾菲亞被自己的妄想氣炸了。

她無法原諒自己這麼不成體統，這麼窩囊。

最重要的是，她不能就這樣認輸。

那個少年可是不停前進，連憧憬對象（艾絲）都稱讚他啊！

（——我絕不能輸!!）

這時，少年在蕾菲亞的心中，成了勁敵（競爭對手）。

她中氣十足地叫出聲，猛地站起來。

蕾菲亞帶著與里維莉雅修行時所沒有的氣概，以及突破一切的意志力，吊起眼角。

「我還可以！拜託您了!!」

看到眼前的蕾菲亞大聲喊道，艾絲先是瞠目而視，繼而露出了笑容。

她點點頭，舉起劍鞘，繼續進行「並行詠唱」的訓練。

蕾菲亞燃燒著她的蔚藍雙眸，面對一再進逼的斬擊也不洩氣，一次又一次地唱出歌聲。

「欸，里維莉雅，蕾菲亞最近都在幹嘛啊？」

蒂奧娜滿身滿臉的傷口與血跡，向里維莉雅這樣問道。

「妳們才是在做什麼啊……」

坐在長沙發上喝紅茶的里維莉雅，一手按住閉起的眼睛嘆氣。

「遠征」五天前。

在【洛基眷族】總部，黃昏館的會客室。

時間接近中午，許多團員都離開了館內，里維莉雅一個人在面朝通道的談話室休憩時，身體連同身上裹裙與衣服都破破爛爛的亞馬遜姊妹，出現在她的面前。

晃動著半短髮與長髮的蒂奧娜與蒂奧涅，暴露在外的褐色肌膚發散著尚未冷卻的熱度，回答她：

「我跟蒂奧涅兩個人過招了，過招！」

「艾絲拋下我們先【升級】，讓我很不甘心嘛，實在靜不下來。」

蒂奧娜快活地說，身旁的蒂奧涅聳聳肩。

兩個女戰士（亞馬遜人）說她們是受到艾絲升上Lv.6的刺激而打了一場，「那也要有個限度吧……」里維莉雅看著兩人受傷的身體，嘆著氣說。

她知道這對自出生以來就一直在一起的雙胞胎，這次的過招不用說，還會從無聊的姊妹拌嘴演變成手足相殘，絕不只是譬喻。

與另一個自己交手鍛鍊是無所謂，但也太火爆了。

「不只是妳們，整個【眷族】都鍛鍊鍛到昏了頭……真是，明明就快『遠征』了。」

不只是蒂奧娜她們，整個派系都受到艾絲的升級(rank up)所影響。

可以說引發了一陣特訓熱。眼見強悍又美麗、逐漸成為【眷族】代表人物的【劍姬】達成偉業，從基層成員到派系幹部，所有人無不鬥志昂揚。

現在館內人這麼少，也是因為團員都想效法艾絲，跑去地下城或是去做訓練了。

【洛基眷族】的副團長直嘆氣，像是要發洩心神的勞累。

「蕾菲亞八成也是去鍛鍊了吧——」

「艾絲最近樣子也怪怪的呢。」

想起最近那個一下是晚餐時散發出瘴氣，一下又發揮出異常氣概的晚輩(精靈)，蒂奧娜心想：也許她也被艾絲影響了呢。

身旁的蒂奧涅也提起了艾絲最近的行為。

「里維莉雅，妳知道些什麼嗎？」

「不，我也沒有頭緒……」

里維莉雅一邊回答蒂奧娜，一邊回想昨天到今天的記憶。

蕾菲亞還是照常找自己進行魔導士的教育，但她的態度變得有點鬼氣逼人。老實說，連里維莉雅都被她嚇到。

她從昨晚到早上還看了好幾本書研究知識，坐在桌子前不走。雖說她以前就孜孜不倦，但現在比以前更積極進行嘗試錯誤，顯得很拚命。

里維莉雅想，也許她是找到一個好勁敵了。

這位王族雖然活得沒天神那麼久，但也年高德劭，已經猜出了少女變化的原因。

「先別說這個……妳們好歹整理一下儀容吧。」

里維莉雅看著蒂奧娜她們的模樣，說簡直看不下去。

她們恐怕是進行了與實戰無異的激烈過招，衣服與身上都被傷口與血跡弄得髒兮兮的，頭髮更是亂蓬蓬。

身為有潔癖的種族（精靈），她們現在的模樣實在讓里維莉雅看不過去。

「嗯～，我們休息一下之後還要再打，就這樣沒關係啦。」

「就是啊，省得麻煩。」

看到亞馬遜姊妹蠻不在乎、毫不介意，她再度嘆氣。

里維莉雅從長沙發上站起來，拉著蒂奧涅的手，硬是要她坐在椅子上。

「幹嘛啦，里維莉雅？」

「想在芬恩面前裝淑女的話，好歹把頭髮弄一弄吧。」

里維莉雅繞到蒂奧涅背後，開始梳理她的黑色長髮。

她用放在會客室的梳子，一下子就把亂蓬蓬的頭髮梳理整齊。

「真意外……里維莉雅，妳好會梳頭髮喔？因為妳是王族，我以為妳頭髮或儀容都是讓別人打理的。」

「照顧那孩子……照顧艾絲的時候，才學起來的。那孩子以前真的完全不在乎髮型什麼的，我都看不下去了。照料照料著，我就學會了。」

里維莉雅露出小小苦笑，同時回想起幾年前的記憶。

手掌撫摸髮絲的溫柔動作，讓蒂奧涅好像有點難為情，又好像很舒服地閉起眼睛。

「不公平——!?里維莉雅，等一下換我——!?」

「好好好，妳等一下。」

結果蒂奧娜也吵著要梳頭，里維莉雅拿這丫頭沒轍，垂著眉毛微笑。

里維莉雅被兩個像貓一樣任性的亞馬遜人鬧著，梳子滑過蒂奧涅一頭長髮的溫柔咻咻聲陣陣響起。

「欸，里維莉雅。」

「什麼事？」

「里維莉雅認識小時候的艾絲……剛加入【眷族】的艾絲，對吧？」

蒂奧娜坐在椅子上，看著姊姊讓人梳頭，慢慢開口問道。

里維莉雅沒看她，就回答「是啊」。

艾絲是在九年前加入【眷族】的，當時她七歲。

「妳知道『艾莉亞』嗎？」

里維莉雅梳頭髮的手一震，停住了。

「里維莉雅……？」

蒂奧涅狐疑地轉過頭來，里維莉雅翡翠色的雙眸看向蒂奧娜。

「妳在哪裡聽到這個名字的？」

「蕾菲亞說在第18層還有第24層，有人叫艾絲『艾莉亞』……」

蒂奧娜老實地說，目不轉睛地盯著里維莉雅。

她跟蒂奧涅一樣，都注視著美貌更勝女神的王族。

「最近發生了一些怪事呢，像是新種怪獸什麼的，伯特他們也跟我講過在第24層遇到的事……我不太清楚，只知道一定是發生了什麼大事。」

先是怪物祭，然後又是食人花怪獸來襲。

在第18層的「里維拉鎮」因為大派系（迦尼薩眷族）的第二級冒險者撿回的「寶珠胎兒」而引發了戰鬥，他們在那裡遇見了率領食人花的女馴獸師（tamer）——怪人芮薇絲。

然後在第24層，她與黑暗派系（Evils）的殘黨一同現身，並坦承他們的目的是摧毀迷宮都市（歐拉麗）。

蒂奧娜在椅子上盤腿而坐，晃動著身體，講起一連串的事件。

「那些危險人物叫艾絲『艾莉亞』……讓我很在意，在想艾絲跟最近的事件是不是有什麼關係。」

「……」

「『艾莉亞』是英雄譚的登場人物，但應該跟這無關吧……」

看蒂奧娜越講越小聲，里維莉雅將視線轉回前方。

她默不作聲，就像以前對幼小少女（艾絲）做過的那樣，摸了一下蒂奧涅的頭髮，表示梳好了。

「里維莉雅，妳知道些什麼嗎？」

即使蒂奧涅這樣問，里維莉雅仍然保持沉默。

她只將臉轉向一邊，視線望向窗戶。

「……第59層。」

最後，里維莉雅開口了。

「在那裡，應該能知道些什麼。」

翡翠色的眼眸，注視著窗外的遼闊蒼穹。

「被芬恩猜中了哩——」

蔚藍晴空照耀的大道上，響起了鬆鬆散散的聲音。

里維莉雅她們在宅邸裡交談的時候，路上許多馬車與強壯的男性亞人在周圍來來往往，小人族的芬恩抬頭看向身旁的神物。

「妳指什麼，洛基？」

與他並肩走在大街上的，是朱髮朱眼的女神洛基。

她把雙手交疊在後腦杓，往下看著自己的眷屬。

「你不是跟格瑞斯還有里維莉雅重溫過最近的事件嗎？哎，就那時候你跟我講到一半的咩。」

六天前，艾絲他們被捲進第24層事件的那一天。

那時在總部的辦公室，派系的三名首腦與洛基談過話。

關於與「斑爛魔石」的新種怪獸有著密不可分的關係，真實身分尚未查明的怪人芮薇絲，芬恩說過以下這番話：

『能馴服大量怪獸，又缺乏一般知識……簡直就像……』

講完這番話後，芬恩又當這是妄想，把講到一半的話含糊帶過。

主神（洛基）到這時候才重提當時的發言，對他指出：「你本來是想這樣接下去，對吧？」

——簡直就像定居地底的非人魔物。

看到洛基還模仿自己的講話方式，猜得準確無比——意圖看透自己內心的天神雙眼，讓芬恩聳了聳小小的肩膀。

「貴為天神的妳，應該也有所預測吧？」

見芬恩反過來說自己，洛基露出笑容。

她好像覺得很有趣，裝傻道：「你說呢？」
「黑暗派系的殘黨，加上非人非怪物的魔物，還有『寶珠胎兒』……事情越搞越大囉。芬恩，你猜第59層會有什麼？」
怪人芮薇絲在第24層的那場事件時，對艾絲留下了一句話。
她說：到第59層去，妳能知道妳想知道的事。
【洛基眷族】的遠征之地，也是目標地點，未到達的第59層。
洛基問芬恩認為那個樓層，會有什麼等待著他們。
「憑我這點腦袋，實在想像不到。」
至於芬恩則好像還以顏色似的，巧妙閃躲主神的問題。
他不肯說出自己的想法，舔了一下右手拇指。
「不過，敵人的輪廓總算是浮上檯面了。」
而且不是單一，而是好幾條線毫無秩序地重疊而成的巨大黑影。
感覺似乎有許多人的企圖交纏錯綜……芬恩疑心重重。
「也是哩。」洛基低喃，芬恩側眼看她，感覺到拇指痛癢著。
「欸，芬恩……我可以講個輕率的感想嗎？」
這時，洛基突然這樣說。
「什麼感想？」芬恩抬起頭，她停下腳步，回過頭來。

然後天神像是摘下了面具，氛圍突地劇變，掀起嘴角。

「就是這樣，下界才讓我玩不膩。」

「……」

「人(孩子)與怪物(怪獸)的『混種生物』……發生的事超乎我們這些全知諸神的假想、預料，這是天神都無法洞察的『未知』啊。」

彷彿沉醉於瓊漿玉液，洛基的細眼睜開一條縫，暴露出一絲歡喜。

活過悠久時光的天神，飢渴追求的「未知」芳香。

她說即使這和煦陽光照射的和平街角隨時可能鬧得滿城風雨，這種第六感卻仍然強烈滿足了自己的興奮。

朱髮天神打從心底愉快地發笑。

芬恩沉默地注視著她，然後回以一絲淺笑。

「當然我還是最擔心芬恩你們啦——！心都快被壓垮了!?你們一定要活著回來啊——!!」

接著洛基表情又一下變得不正經，繞到芬恩背後幫他揉兩邊肩膀。

周圍的視線都集中在一個人吵吵鬧鬧的主神身上，芬恩苦笑了。

「儘管放心吧，洛基，我也是冒險者。」

他接受了神的玩笑，直接告訴她。

「我很清楚挑戰『未知』的那種感覺。」

芬恩轉過頭，抬眼看著洛基的臉笑，她隔了一拍後，翹起嘴角。

一尊天神與小小眷屬之間有著深厚聯繫，讓人一窺他們的長年交情。

不久，芬恩與洛基繼續往前走。

他們走在東北大街上，這裡是歐拉麗引以為傲的魔石產品製造樞紐，鄰接工業區——從公會雇用的無眷族（free）勞工到派系工匠，都聚集在這都市第二區。

由於製造業興盛，路上行人大多是穿著工作服的勞工。肌肉壯實的中年人類自己拿著器材搬去某處，與商人並肩而行的獸人看看交到手上的訂單，怒氣沖沖地叫著。各處建築中傳來金屬裂開的尖銳聲響，或是矮人們五音不全的吆喝歌聲。

大道呈現一片標準的男人工廠氛圍，幾乎看不到任何女性或孩童。小人族的芬恩與女神洛基在這當中顯得相當突兀，他們繼續走著，從大街前往第二區的中心地帶。

芬恩附和著洛基講起的無聊話題，不久，就來到了一棟平房建築——工房。

「——你們來啦。」

一頭紅豔髮絲的女神，佇立在沒人打掃、滿是煤灰的工房前。

戴著遮住右半張臉的大眼罩，她將與髮色同樣火紅的左眼朝向洛基與芬恩。

「菲菲，早啊。喔不，應該說午安嗎？」

洛基舉起手，輕鬆地用小名稱呼鍛造女神（赫菲斯托絲）。

她是率領世界聞名的鍛造派系赫菲斯托絲眷族的永久現任社長，兼主神。

雖然戴著威嚴的漆黑眼罩，但不愧是女神，其美貌絲毫不打折扣。再加上白色上衣搭配黑色褲子與手套，簡約有如男裝的打扮正可用「麗人」來形容，也給予初次見到她的人「大姐頭」的印象。

赫菲斯托絲舉手回應洛基，晃著一頭紅髮，對她投以類似苦笑的笑容。

「真不好意思，洛基，讓妳特地跑一趟。」

「別放在心上，菲菲。是我們先強人所難，麻煩妳一同『遠征』與準備武器的嘛。」

【洛基眷族】請【赫菲斯托絲眷族】在「遠征」方面提供協助。

為了抑止遠征時的武器耗損，團長芬恩透過洛基，請求赫菲斯托絲旗下的高級鐵匠(high smith)同行。

赫菲斯托絲答應了兩人的要求，條件是「深層」的武器素材(掉落道具)必須讓給他們。應芬恩要求，都市最大派系(洛基眷族)與鍛造大派系(赫菲斯托絲眷族)的遠征同盟就此結成。

「感謝妳接受我方的請求，女神赫菲斯托絲。」

「哎呀，赫赫有名的小人族勇者居然向我道謝，我也臉上有光了。能幫助你們走完迷宮，是我們的榮幸。」

赫菲斯托絲瞇起眼睛，看著深深行禮的芬恩。

芬恩閉起眼睛，對表現出女神威嚴的她說「過獎了」。

「芬恩與菲菲是頭一次見面嗎？」

「嗯——，我是有幸與女神致過幾次意，但這應該是我與女神第一次直接交談。」

「總之有話等會再說，先進屋子裡吧。」

赫菲斯托絲出聲叫了洛基與芬恩，轉身走向背後的工房。

在她的帶領下，兩人走進傳出金屬打擊聲的建築物。

「我說了要討論『遠征』的事，再三叫她露個臉……但她一直堅持現在打得正順，不肯離開工房。」

「哈哈！跟菲菲一個樣子～，天生的工匠性情，孩子果然像神（爸媽）呢。」

「看來她也沒變呢。」

看赫菲斯托絲嘆氣的樣子，洛基笑出聲來，芬恩也彎起嘴唇。

走進門裡，通往寬敞鍛造坊的工房內，馬上瀰漫著濃烈的鐵味。沒點幾盞魔石燈的空間籠罩在黑暗中，只有深處朦朧的紅色爐火，算是個像樣的光源。

一路傳到屋外的金屬打擊聲更加響亮，高亢地鏗鏗作響，震耳欲聾。芬恩等人走進工房深處，不久就找到了她。

那背影被令人不敢置信的大型工具包圍著，專心敲打鐵砧上的精製金屬（鑄塊）。

褐色側臉被身旁的爐火與迸開的無數火花照亮，即使滿頭大汗仍然英氣凜凜。端整的容貌只有這一刻遠離了女性美，帶著熊熊烈火般的凶猛與美感——那是屬於工匠的神情。

她連赫菲斯托絲等人來了都沒察覺，只是真摯地面對眼前的鐵塊，用自己的鎚子不斷捶打。

芬恩與洛基保持一段距離佇足，赫菲斯托絲無言地以動作表示「麻煩再等她一下」，兩人點頭，旁觀一名鐵匠（smith）的工作姿態。

她晃著綁起的黑髮，「鏗」一聲掄下最後一鎚，然後停下手邊動作。緊接著，她用鉗子夾起鐵砧上的劍身。

水蒸氣滋滋冒起，刀刃經過研磨，花上漫長時間進行了外行人看也看不懂的作業後，與臨時湊合的劍柄、劍格組合起來，就完成了一把劍。

她目不轉睛地瞧著一手拿著的紅劍，這才終於鬆了口氣。

「椿。」

赫菲斯托絲出聲呼喚黑色長髮的背影。

稱做椿的女性轉過頭來。

「哦哦？」

她好像現在才注意到似的，一看到赫菲斯托絲的臉，睜圓了右眼。

然後，她立刻破顏而笑。

「幾星期不見了啊，主神大人，找鄙人有何指教？等等，妳且看看這把『魔劍』，鄙人頗有自信喔。」

她雖然擁有成熟女性的五官，卻露出孩子般的笑容，一手拿著紅劍給主神看。聽她自顧自地講個不停，「我兩天前才來過。」赫菲斯托絲嘆了口氣。

「我不是說過，要跟洛基他們討論『遠征』的事？」

「哦哦！」

主神無奈的聲音總算讓她反應過來了，她叫了一聲。

是有這事，是有這事。她笑著走過來。

「好久不見了，椿。」

「哎呀，芬恩！你還是一樣這麼小一個！話說鄙人一直窩在工房裡，好想念人的肌膚溫暖喔，讓鄙人抱抱吧！」

看到對方張開雙臂靠近過來，「容我婉拒。」芬恩回以苦笑。

聽到他說「要是被蒂奧涅知道，她會宰了我」，她——椿笑出聲來。

【赫菲斯托絲眷族】團長，椿・柯布蘭德。

她君臨眾多高級鐵匠隸屬的鍛造大派系（赫菲斯托絲眷族）頂點，名符其實是歐拉麗最高水準的鐵匠。

臉龐秀麗如東洋民族的她，是遠東人類與大陸矮人之間生下的「半矮人」。

也許是繼承了濃厚的人類血統，她手腳修長，身高達到一百七十C（賽爾尺）。矮人基本上都是短手短腳的，聽說她常常引來部分矮人的嫉妒。

身穿的工作衣也是遠東式樣，來自母親的遠東故鄉，下半身是鮮紅袴褲，上半身竟然只以白布纏胸。芬恩聽本人說過，即使肌膚會被火花燙傷，她的穿著仍然露出腹部與肩膀，是因為「鍛造坊很熱」。身體的肌膚是褐色。

端正的相貌是黑髮紅眼。

最值得一提的，是她戴著跟主神(赫菲斯托絲)很像的漆黑眼罩。

相對於覆蓋右眼的赫菲斯托絲，她遮著左眼。

「大致上都看過了，妳又～打了件煞氣的武器啦，『庫克洛普斯(Cyclops)』？」

「洛基啊，別用綽號稱呼鄙人。鄙人不喜歡那個怪物(怪獸)般的名字，大大不服氣啊。」

洛基看著剛完成的紅劍嘻嘻笑著，椿嘟起了嘴。

諸神賜與椿・柯布蘭德的綽號，是「獨眼巨師(Cyclops)」。

此人雖然是鐵匠，卻擁有Lv.5的第一級冒險者級戰鬥力，是奇人，也是鬼人。

【赫菲斯托絲眷族】之所以不會被其他派系攻打，除了做為鍛造派系擁有屹立不搖的地位等等，椿這些稍微特殊過了頭的工匠們超群的戰鬥能力，也是原因之一。

「不過……咕嘿嘿，還是一樣擁有一對傲人雙峰哪～。看看這胸口，隔著纏胸布都能看出有多猥褻!!」

「哦哦，想要就給妳啊？兩團脂肪罷了，在鍛造坊實在礙事，不要也罷。」

吃人豆腐卻遭到慘烈反擊，「咕哈!?」洛基吐血了。

配合著椿哈哈大笑的動作，封閉在纏胸布底下的雙峰嫌擠地搖晃。

「差不多該進入正題了吧。」

「也是，時間寶貴嘛。」

無視於倒在地上的平胸洛基，芬恩與赫菲斯托絲開始談事情。

連續幾天不吃不喝，專注於鍛造作業的椿，一邊咬斷不知什麼時候扔在桌上、滿是煤灰的肉乾墊肚子，一邊點頭說「明白了」。

搖搖晃晃地復活的洛基也加入其中，兩派系的主神與團長，在陰暗工房中開始進行關於「遠征」的會晤。

「我就單刀直入地問了，菲菲，妳能借幾個高級鐵匠孩子給我？」

「這個嘛，工匠技術不用說，做為冒險者也有一定本領的……包括椿在內大約二十名吧。所有人都是Lv.3以上，實力我可以保證。」

赫菲斯托絲回答洛基的問題。

在地下城會發生什麼事，沒人能預料。雖說主要的委託內容是維修武器，但做為「遠征」的同行者，至少到了「深層」也能保護自己的生命安全比較理想。

「聽女神這樣說，我放心了，不過……椿，妳也要來嗎？」

「是啊，鄙人也想拜見一下尚未目睹的『深層』景色。並且倘若順利，鄙人也想親手弄到武具的素材。」

芬恩與椿在主神們的身旁交談。

椿對於只靠自家派系無法抵達、比深層區域更深的地帶抱有濃厚興趣，臉上浮現無憂無慮的笑容，告訴芬恩這是個好機會。

「『不壞屬性（Durandal）』武器準備得如何？」

「萬無一失，按照訂單打了五件各人的專用武器，都是由鄙人準備。」

「喔喔，3Q，椿。」

「這事且擱一邊，芬恩、洛基……你們講講伯特・羅卡吧。鄙人答應那小子難懂的要求，辛辛苦苦打造的銀靴（弗洛斯維爾特），就這樣被他弄碎了！鄙人費了好大一番勁才重打出一雙耶，那個狼人小子真是。」

為了提防在迷宮第50層以下遇過的幼蟲型怪獸——會噴灑腐蝕液破壞武器，極度棘手的敵人，芬恩等人也請赫菲斯托絲她們準備了不壞屬性的特殊武裝（superiors）。除了原本就擁有不壞劍（絕望之劍）的艾絲與魔導士里維莉雅之外，所有第一級冒險者都有一件。

椿說她已經打好了所有不壞屬性的武器，上次第24層發生的事件裡，伯特在與怪人芮薇絲的一戰當中，特殊武裝『弗洛斯維爾特』讓對手打壞了，似乎令椿相當生氣。一問之下，才知道事件一結束，伯特就跑來找椿，要她在「遠征」前重打一雙。

聽到椿不眠不休地準備好小隊全主力的裝備，芬恩與洛基都再度表示感謝。

「不過，真的不用讓我們準備『魔劍』嗎？」

「嗯～，我已經跟菲菲妳們訂了很多特殊武裝嘛……再說嘛，菲菲妳們的東西，很貴耶……」

「哎呀，如果是洛基你們的話，想借多少錢貸款都行喔？」

能即時進行遠距離攻擊的「魔劍」，也是有效對付幼蟲型的候補手段之一。

洛基講到昂貴的「魔劍」，而且還是大鍛造派系（赫菲斯托絲眷族）製作的一級品，不禁畏縮，對瞇細左眼笑著的女神說「饒、饒了我吧～」，邊冒汗邊裝笑。

「不過講起『魔劍』啊，其實有更好的適任人選……更優秀的作者呢。」

「哦，妳們【眷族】還藏了個得意門生嗎？」

芬恩對椿的自言自語做出反應，「唔嗯。」她就像是自己的事一樣，開心地點頭。

「有個比鄙人厲害多了的魔劍鍛造師，就以『魔劍』而論，那小子比鄙人強多了。」

聽到這番發言，芬恩與洛基都睜大了眼睛。

椿・柯布蘭德是歐拉麗當中本領第一的鐵匠。

換個說法就是「鐵匠大師（master smith）」，而她竟然說有個工匠比自己更優秀，實在叫人驚訝。

「竟然有個鐵匠能讓妳如此讚賞，他究竟是什麼人？」

芬恩一問，椿好像就等他問似的，興致勃勃地開口：

「哼，哼，聽了莫要嚇到，那小子就是鼎鼎有名的鍛造貴族——」

「椿，別說了。那孩子不喜歡人家吹捧他的血統，妳也是知道的吧。」

這時，赫菲斯托絲打斷了椿。

各自戴著眼罩的神與孩子，一個是加重語氣，一個則像在鬧彆扭，發著牢騷：

「什麼嘛——，又不會少塊肉，講講又何妨嘛——」

「真是……那孩子說就是因為妳隨便到處炫耀，聽到的人才會跑上門求購『魔劍』，可是氣壞了喔？」

芬恩與洛基有點明白了，看來他們團員似乎有些內部糾紛。
被主神規勸過，椿好像也沒學乖，「唉」地嘆了口氣。
「擁有過人才華，卻百般忌諱，真是可惜了，鄙人實在無法理解那小子的想法。」
椿一邊說，一邊往下看著手中的紅劍——剛鍛造完成的「魔劍」利刃。
然後，就在一瞬之間。
她散發的氛圍與眼神，霎時嚴厲起來。
「——管它是血統還是什麼，孩子（我們）必須投入自己擁有的一切，否則別想觸及神的領域。這樣就想打造至高的武器，簡直是癡人說夢。」
椿聲調低沉地斷言，右眼當中蘊藏著恍若爐火的凶猛光輝。
那眼光，與洛基他們所認識的艾絲等人——那些精益求精的冒險者，是屬於同一類的。
工匠的驕傲、矜持、渴望，以及永不滿足的執著。
椿面對只有達到鐵匠顛峰者才能一望的景色——只有她才知道的世界，領悟到必須賭上一切，否則無望超越「神的創作」，甚至連那個領域都無法抵達。
椿從自己的作品上移開視線，斜著眼瞄了一下站在身旁的鍛造神，大膽無畏地笑笑。
看到孩子暴露出鬥爭心的眼神，赫菲斯托絲嘆著氣聳聳肩。
「這就是工匠的天性吧，看來菲菲也有很多煩惱哩。」
「嗯——……哎，總之先回到正題吧。」

芬恩修正了快要離題的討論內容，大夥講起今後的預定行程。

「那麼，遠征當日就在摩天樓設施（巴別塔）前集合，而後直接闖入地下城，是吧？」

「對，在地下城裡，我們會盡量兼做護衛。雖然緊急情況下不在此限，不過戰鬥基本上都交給我們來就好。」

「物資方面我們也會搬一半，既然事已至此，就別分你我了。」

「不好意思啊，菲菲，拜託妳們囉。」

椿、芬恩、赫菲斯托絲與洛基各自做了最終確認，討論就此結束。

在赫菲斯托絲她們的目送下，芬恩與洛基離開了椿的工房。

【洛基眷族】的遠征準備陸續就位。

「那、那個……艾絲小姐，有件事想跟您商量！」

訓練第四天，在市牆上進行過激烈模擬戰後，少年開口說了這番話。

離規定鍛練結束的日出時刻還有一點時間，貝爾支支吾吾，紅著臉找艾絲商量一件事。

「是、是這樣的，明天我那邊支援者的女生因為寄宿處有事，不能去地下城……所以我也想休息一天不去探索……呃，那個……該怎麼說，如果可以的話……我、我希望明天不只早上……」

「你想訓練，一整天？」
「是、是的!!」
她幫緊張的貝爾說下去，他一個勁地點頭。
艾絲把手中的劍收進劍鞘，略微仰望清晨的澄澈天空，沉思默想了一會。
明天艾絲上午本來也要陪蕾菲亞做訓練……不過她跟自己同一派系，只要有意願，隨時都可以陪她。
況且說實在，艾絲自己也希望能有更長的時間，用來提升貝爾的戰鬥技術。
早晨的短暫時間實在不夠用。
她如此判斷後，一面在心裡向蕾菲亞道歉——
「嗯，可以啊。」
並答應了下來。

——聽到艾絲親口講出這件事並道歉，蕾菲亞就這樣，失去了跟她的訓練時間。

「遠征」三天前。
比少年（貝爾）慢了一天，本來應該是訓練第四天的上午時段。
蕾菲亞一個人走在熱鬧的大道上，心情惡劣到了極點。
一雙蔚藍眼眸變得有點發直，美麗的精靈臉龐也醞釀出寧靜的怒氣。走在旁邊的亞人以及擦身而過的人群，全都速速從她身上別開目光。

蕾菲亞在胸前握緊了愛用的魔杖，滿心怨恨。

「明明就是其他派系的人，明明就是其他派系的人，明明就是其他派系的人……！」

不要臉！厚臉皮！真不敢相信！

她兩眼含淚地念個不停的小聲譴責，全都是朝向那個少年。

貝爾竟敢死皮賴臉提出這種要求，想獨占【劍姬】一整天，讓蕾菲亞一肚子氣。她無法對艾絲本人的判斷提出異議，只能這樣不停哽咽著……不，是厲聲指責少年缺乏常識。

她走著的這條路是北大街，就在總部附近。

蕾菲亞不得已，打算一個人做訓練，正要前往地下城，在教人生氣的萬里晴空俯視下，她走在紛至沓來的人潮裡。

「——維里迪斯？」

就在怒氣使她的視野變得極端狹窄時。

蕾菲亞聽到有個聲音叫自己的姓氏。

「咦？」回頭一看，只見同族（精靈）少女維持著與自己擦身而過的姿勢，站住不動。

讓人聯想到巫女的黑亮長髮，雙眸是寶石般的赤緋色。

窈窕的身子穿著短斗篷，以及一路遮到頸項的純白戰鬥衣（battle cloth）。

看到她擔任隨從，陪在金髮男神的身邊，蕾菲亞露出驚訝的表情。

「菲兒葳絲小姐……」

看著低喃的蕾菲亞，純白少女——菲兒葳絲也露出類似的表情。

她是Lv．3的魔法劍士，也是日前在第24層的事件當中，與蕾菲亞等人組成共同戰線的【狄俄尼索斯眷族】團員。

偶然的重逢讓兩人都停下了動作，被人群推擠著搖晃，這時，讓菲兒葳絲隨侍左右的神物開口了：

「【千之精靈（Thousand Elf）】……她就是妳說的同胞吧？」

一頭柔順金髮，有如王子的主神狄俄尼索斯這樣說，菲兒葳絲回答：「是、是的。」

蕾菲亞初次見到這尊天神，不知如何應對，正在傷腦筋時，狄俄尼索斯本來用玻璃色的眼瞳偷瞧著她，忽然微笑了。

「菲兒葳絲跟我提過妳的事，我想為一些事情向妳致謝，不嫌棄的話，喝個茶如何？」

從北大街轉個彎的街道一隅，有一家坐滿客人的露天咖啡廳。

正對面的街上傳來人群腳步聲與歡快喧囂，蕾菲亞、菲兒葳絲以及狄俄尼索斯一起坐在圓桌子的座位上。

「我的孩子在第24層受妳照顧了，容我重新向妳表達謝意。……謝謝妳救了這孩子的性命，感恩不盡，蕾菲亞．維里迪斯。」

「不、不會！我才是讓菲兒葳絲小姐相救過好幾次……！」

被天神鄭重其事地致謝，蕾菲亞好惶恐。

桌上擺著狄俄尼索斯買單的紅茶與水果餡餅（塔），新鮮的紅藍小果實加上烘焙點心的甜香，讓人垂涎三尺。不過金髮男神卻似乎忍俊不住，開玩笑地說：「要是被洛基知道我拿這點小東西當謝禮，她應該會掐死我吧。」

蕾菲亞對狄俄尼索斯的第一印象，是和善高雅的天神。

同時蕾菲亞也感覺到，這位神物聰明而且慎重，不讓人察覺自己的神意（心思），反而試著以那雙玻璃般的眼瞳看穿對方的心。她似乎有點理解洛基厭惡地說過的評價「狡猾的神（傢伙）」是什麼意思了。

蕾菲亞與狄俄尼索斯交談時，硬是被命令坐下的菲兒葳絲始終一語不發。她沒碰紅茶與水果餡餅（塔），視線在同胞與主神之間來回。

「我自認為已經理解了那場事件的情形，但還是想聽聽別人的說法。就妳的眼光來看，妳對第24層那件事有何看法？」

結束了夾雜著致謝的歡談後，狄俄尼索斯的表情變得嚴肅起來。

蕾菲亞反射性地端正姿勢，思忖片刻。主神（洛基）似乎把他當成麻煩人物，但也聽說自從怪物祭的事件以來，雙方交換過好幾次情報，他後來應該也跟洛基談過第24層的事了。

蕾菲亞判斷講了也不會有問題，於是闡述了做為當事人的意見。

「——內藏『魔石』、超越天神智慧的存在，以及讓怪獸產生變異的『寶珠』。真是……不管聽幾次都教人頭痛。」

狄俄尼索斯默默聽完蕾菲亞的話後，以手抵額沉重地嘆氣。

在眷屬（菲兒葳絲）的旁觀下，他用玻璃色的雙眸注視著蕾菲亞。

「多虧妳們帶回來的情報，『敵人』的真面目已逐漸揭曉。與黑暗派系殘黨勾結的第三勢力、復活的白髮鬼（Vendetta）提過的『她』……蕾菲亞・維里迪斯，我現在正漸漸產生強烈的危機意識。」

男神說他甚至有種錯覺，覺得就在這一刻，都市的和平正悄悄遭受侵蝕。

狄俄尼索斯用壓抑感情的僵硬表情，如此告訴她。

蕾菲亞聽菲兒葳絲說過，這尊天神的眷屬（孩子）在怪物祭之前遭到殺害，因此表情肅穆地傾聽著。

「也許這樣做，等於是把一切都丟給你們【洛基眷族】，不過……關於這件事，我們也會盡可能付出力量。需要幫助時，隨時可以找我們。」

「好、好的，謝謝您！」

提出合作關係的狄俄尼索斯，低垂著視線以表達謝意。

雙方的交談就此中斷，三人一時籠罩在街道喧囂中。

「對了，『遠征』的準備進行得如何？我聽說你們近期內就要前往『深層』了？」

在周圍女性客人的偷瞄眼光下，狄俄尼索斯優雅地飲用紅茶，改用開朗的態度問道。

甜美的俊俏臉龐對著自己微笑，讓蕾菲亞覺得心裡怪怪的，她一邊注意不洩漏自家派系的詳細情報，一邊回話。

「準備得很順利，我們將按照預定，三天後出發。」

「三天後啊……」

狄俄尼索斯低聲說著，然後露出微笑。

「菲兒葳絲很擔心要去『遠征』的妳喔。」

蕾菲亞與菲兒葳絲本人都吃了一驚，男神繼續說道：

「第24層那件事之後，這孩子講妳的事情講得好熱中，簡直當成自己的事一樣。」

「狄、狄俄尼索斯神!?」

看到精靈少女動搖得從椅子上站起來，蕾菲亞睜圓了雙眼。

菲兒葳絲一下子語塞了，紅著白皙雙頰，不肯看她的眼睛。

「好久沒看到這孩子向人敞開心扉了，一定常常有貓喜歡親近妳吧？」

「呃……什麼意思？」

蕾菲亞一臉不解，狄俄尼索斯彎著嘴唇，露出了天神特有的笑容。

「菲兒葳絲剛加入派系時，她的潔癖性可讓我操透了心。那時的她就像貓一樣，對接近她的人充滿了戒心。」

「您、您在說什麼……這跟現在的話題無關吧!?」

到了這個地步，男神已經是在尋菲兒葳絲開心了，他吃吃笑著，晃著肩膀。

狄俄尼索斯不顧眷屬的抗議，像個調皮的孩子般挖出少女的過去。

看到菲兒葳絲驚慌失措，蕾菲亞也忍不住輕聲笑了出來。
被菲兒葳絲一瞪，她急忙想忍笑，但辦不到。
因為少女的臉已經完全漲紅了。
「可以問妳今天的預定行程嗎？」
「咦！啊，好的。我打算在地下城做『魔法』的訓練。」
狄俄尼索斯慈祥地看著兩人，慢慢向她問道。
蕾菲亞誠實地回答後，「嗯。」他將手放在纖細的下巴上。
「如果不會打擾到妳，可以請妳帶菲兒葳絲一起去嗎？」
這個提議，讓蕾菲亞與菲兒葳絲再度吃了一驚。
「如何？」
「我、我是沒問題……」
「請、請等一下，狄俄尼索斯神!?」
蕾菲亞點點頭，相較之下，菲兒葳絲試著反對，但狄俄尼索斯打斷了她。
「我的事妳別擔心，去幫她的忙吧。」
「可、可是……」
「我不會阻止妳與洛基的孩子加深友誼關係的，況且我已經說願意提供一切協助了，妳想違背主神說過的話嗎？」

男神一個笑容就封住了菲兒葳絲驚慌的反駁，最後看向蕾菲亞。

「蕾菲亞・維里迪斯，不介意的話，希望妳今後也能繼續跟菲兒葳絲和睦相處，這孩子跟其他團員之間也有隔閡。」

然後，他露出父母關愛孩子的眼神。

「只要妳能引出這孩子的笑容，我也會很高興的。」

說著，狄俄尼索斯從座位站起來。

「我先告辭了。」他離去之際這樣說，就離開了咖啡廳，消失在人群之中。

兩個精靈少女被扔下了。

面面相覷了一會後，菲兒葳絲似乎死了心，啟唇道：

「……不會打擾到妳的話，我就跟妳去吧。」

她把紅通通的臉扭向一邊，如此說道。

「……好的！請多多指教。」

看到她害羞的模樣，蕾菲亞也染紅了雙頰，露出滿面笑容。

「……」

與蕾菲亞她們告別後，狄俄尼索斯離開擁擠的人群，走在建築物之間的小徑上。

踏進不同於明亮道路的陰暗窄路，走了一會後。

「——兩個俏麗美少女（精靈）的親密關係，真讓人難以抗拒啊～」

前方傳來一個天神促狹的聲音。

「找我什麼事嗎？荷米斯。」

狄俄尼索斯好像早就注意到他了，以冷淡口吻回答。

發出聲音之人從陰暗深處現身，走到他眼前。

橙黃色的頭髮與眼瞳，加上輕便的旅行裝束。

眼睛彎成月牙的花美男天神，一手掀起寬邊羽毛帽，對他笑了笑。

「嗨，狄俄尼索斯。」

看到天神荷米斯面露假面般淺笑，狄俄尼索斯的視線變得犀利。

狄俄尼索斯就是感覺到這個男神的視線，才會讓眷屬遠離自己。因為在神與神的勾心鬥角之中，無法撒謊的孩子只會變成包袱。

荷米斯散發出不可輕忽的氛圍。

這個在諸神之間，擁有「萬事屋」、「精明幹練」等狡猾印象的男神，此時暴露出他清濁並吞的本性。

荷米斯身上覆蓋著後巷的薄暗，加深了臉上的笑意。

「我想跟你談談，現在有空嗎？」

「是哪陣風把你吹來的？」

「喂喂，戒心別這麼強嘛。」
荷米斯略為張開雙手，強調自己沒有害人之心。
看著這個裝模作樣、極其可疑的男神，狄俄尼索斯用鼻子哼了一聲。
「棄大神(宙斯)於不顧，現在跳槽投靠別人，去當烏拉諾斯的走狗了？你以為我沒發現那個老神跟你是一夥的嗎？」
「你誤會了啦，我始終是保持中立的。」
「滿口胡言，我無法相信你們。」
看荷米斯聳著肩膀，狄俄尼索斯口氣比平常更嚴厲，不屑地說。
「怪物祭那件事也是……烏拉諾斯他們到底隱瞞了什麼？想獲得我的信任，就先跟我坦白。」
「沒隱瞞什麼啊，要是有，我還想問呢。」
吊兒郎當的荷米斯依然面帶淺笑。
「我跟你講不下去了。」狄俄尼索斯視線冰冷，轉身就要離去。
「等等，等等，狄俄尼索斯，拜託聽我說。」
荷米斯快步走了過來，手臂故做親暱地搭上狄俄尼索斯的肩膀，讓彼此的臉湊在一塊。
「我也在第24層失去了孩子，跟你一樣都是受害者啦。現在歐拉麗即將發生什麼事……我想盡可能掌握清楚。」
「……」

「看在天界同鄉情誼的份上，話話家常不會怎樣吧？」

橙黃色眼瞳湊近看著玻璃色眼瞳，微微瞇細起來。

「還有，其實我準備了珍藏的葡萄酒喔。」

最後，荷米斯呢喃似地告訴他。

「只要美酒當前，酒過三巡……我喝醉了，也許就會說溜嘴喔？」

「……我對葡萄酒可是很挑的喔？」

狄俄尼索斯與荷米斯的嘴角都往上揚，嘴唇彎得像新月般。

「……哈哈哈哈哈哈哈哈哈。」

「……呵呵呵呵呵呵呵呵呵。」

兩尊男神互相投以黑心的笑容。

跟荷米斯勾肩搭背，狄俄尼索斯消失在後巷深處。

「有夠陰險的……」

——在頭頂上，有兩個人緊盯著兩尊男神。

蹲在後巷屋頂上的盜賊(thief)少女——【荷米斯眷族】團員，犬人(chienthrope)露露妮疲倦地低喃。

長在她腰際的狗尾巴無力地下垂，在她身邊，佇立著水色(aqua blue)頭髮、戴著銀框眼鏡的美女。

亞絲菲・阿爾・安朵美達裝備的純白披風，在風中飛揚。

她是露露妮的團長，也是【荷米斯眷族】最心力交瘁的一個團員。

看著兩個難對付的天神互耍心機，她也不禁嘆氣。

「那兩個神，肚子裡絕對是一片黑……亞絲菲，我們回去了好不好？」

「……不可以，走吧。」

她疲累地閉起眼睛，扶了扶眼鏡，否決露露妮的哀求。

偷偷護衛主神的亞絲菲與露露妮，無聲無息地追在狄俄尼索斯與荷米斯之後。

「然後我跟您說喔，那個人類啊……!?」

在迷宮燐光照耀下，蕾菲亞聲音帶刺地向菲兒葳絲吐苦水。

地點在地下城第5層，與狄俄尼索斯告別後，她們按照預定，為了做「魔法」訓練而來到迷宮的「上層」。

兩人好幾次與初級冒險者的小隊擦身而過，走在通道上，蕾菲亞把對少年(貝爾)一肚子的不滿講給同族少女聽。

菲兒葳絲明白了事情原委，對噘著嘴的蕾菲亞露出苦笑。

「我的【眷族】也有過這種事，同伴之間常為了很會照顧人的年長團員(大姊)起爭執……」

菲兒葳絲面朝前方，有些懷念地講起。

看到她沉浸在回憶與些許哀傷中的側臉，蕾菲亞噤了聲。

年長的女性團員與爭吵的同伴……那恐怕是她在「第27層的噩夢」失去的，再也無法取回的過往情景。

蕾菲亞先是噤聲，過了一會後，更大聲地講起艾絲他們的事，然後又開始挑少年毛病，不讓少女同胞有時間悲嘆。

菲兒葳絲看到這樣的蕾菲亞，瞇起赤緋眼眸，微笑了。

「好，妳說是要做『並行詠唱』的訓練，對吧……」

「是的！我與艾絲小姐已經透過模擬戰，做過練習了，可是……」

在第5層最邊緣處，蕾菲亞與菲兒葳絲抵達了這幾天常來的西邊訓練場（窟室），在中央位置面對面。

路上菲兒葳絲已經簡單聽過訓練的概要，她收起纖細下巴，像在思索什麼。

「我出於職位關係，也常使用『並行詠唱』，是很想幫上妳的忙……」

對於身為高級中衛（high balancer）職業「魔法劍士」的菲兒葳絲來說，「並行詠唱」是她的拿手專長。

就以「並行詠唱」的使用頻率而論，恐怕比里維莉雅更高。雖說只是偶然，不過今天能由她代替艾絲做訓練，對蕾菲亞而言可說是極大的幸運。

菲兒葳絲雖然煩惱，但蕾菲亞非常希望能向她求教。

「那個，即使是一點小事也好，希望您能教我一些類似訣竅的東西……」

「訣竅啊，但妳不是也有師事里維莉雅大人嗎？用我的感覺提供建言，會不會反而造成妳的混亂……？」

菲兒葳絲很尊敬身為迷宮都市（歐拉麗）最強的魔導士，又是王族的里維莉雅，她似乎在擔心兩者的指導內容會產生出入。

過了一會後，她好像做出了某些決定，抬起頭來。

「我也沒教過別人，對指導能力沒有自信，不過……」

菲兒葳絲講到這裡，直勾勾地注視著蕾菲亞。

「站在同樣魔導士的立場，我得告訴妳。維里迪斯，捨棄攻擊與防禦吧。」

「咦？」

「魔導士基本上，都不習慣進行肉搏戰。臨陣磨槍的攻防會導致『並行詠唱』失敗，既然如此，不如從一開始就專心閃避，將全副意識放在發動『魔法』上比較好。」

戰鬥中「並行詠唱」所要求的動作（action）主要有四種，就是攻擊（防禦）、移動、閃避與詠唱。在這當中，菲兒葳絲要蕾菲亞捨棄攻防的動作。

除了詠唱之外，純粹的後衛魔導士本來就跟其他項目關係甚淺。做為「魔法劍士」在戰場第一線出生入死的菲兒葳絲，基於經驗法則告訴她，不熟練的肉搏戰不只會使詠唱失敗，甚至會自尋毀滅。

歸根到底，她是在建議蕾菲亞面對敵人的攻擊，盡量逃跑就是了。

「一般都說前衛職業比較容易學會『並行詠唱』，後衛魔導士要求的是足以改變戰鬥趨勢的炮擊，也就只能專注於加強魔法技術。」

她又接著說，況且行使的「魔力」規模與「魔法」威力本來就有差。

前衛冒險者們要隨時到處移動，同時又要進行劇烈劍鬥，長於反應速度，遇到意外狀況也能應付得來。他們只需要多練詠唱這一種動作就夠了，就光以學習「並行詠唱」來說，原本的基礎就比較優秀。更不要說役使的「魔法」輸出量——必須懷抱的炸彈大小——小多了。

一邊展開激烈攻防，一邊發動「魔法」。

菲兒葳絲告誡她，這種「並行詠唱」一般給人的印象，是前衛職業或自己這些「魔法劍士」的領域，絕不能當作標準。

（原來如此……）

蕾菲亞聽了這番解釋，頓覺恍然大悟。

的確，在與艾絲做訓練時，蕾菲亞一防禦，詠唱就常常失敗。原來從前提——重視的動作就選錯了。

雖然的確也有一些攻擊躲不掉，但還是得把專心移動與閃避當成必須條件，記在腦子裡才行。

「移動炮台是魔導士的理想形態……但也是過度奢求的煩惱。」

像菲兒葳絲這樣，與前衛一同擊退敵人，同時還要施展特大「魔法」。

能做到這一點的，恐怕只有都市最強（里維莉雅）的魔導士，再來就是極少數的存在了。

同族少女解釋，蕾菲亞這些後衛魔導士必須優先考量的，是發動魔法。

「好了，光是說明也沒用，來實踐看看吧。」

「請、請多多指教!?」

菲兒葳絲從腰際拔出木製短杖(wand)，蕾菲亞也舉起魔杖。

由菲兒葳絲代替艾絲，與自己進行以「並行詠唱」為目標的模擬戰。

「我說過要妳捨棄防禦，但還是得學會最低限度的自衛，攻擊彈開就可以了。」

「好、好的！」

菲兒葳絲不用佩帶的短劍(sword)，只揮動殺傷力低的短杖，試圖阻止她的詠唱。

面對不時犀利地踏進自己懷裡、縮短彼此間距的她，蕾菲亞以里維莉雅一直教自己的杖術彈開刺出的短杖，改變其軌道。

「像我這種超短文型的魔法必須讓『魔力』迸發，一口氣編織咒文，不過短文與長文詠唱應該不在此限。」

「……！」

「妳不用一開始就投入所有力量，初期的詠唱不用灌注『魔力』，後半再一口氣精煉起來看看。」

「我明白了！」

菲兒葳絲做為魔導士的指摘相當精準。

她給了蕾菲亞許多珍貴的指示，例如裝填「魔力」的時機與方法，還有詠唱的編織方式等等。

不只如此，她攻擊的力道加減，比艾絲巧妙多了。

木製短杖毫不留情地敲打做法失敗的蕾菲亞，但出手並不重，而是催促她立刻採取下個行動。菲兒葳絲就像用指揮棒帶領演奏的指揮家，向她指出詠唱的方向。

精靈少女們編織的是歌聲，也是舞蹈。

兩人如同出現在草原上手牽手的森林精靈，一個受到引導，一個則是拉著她的手優雅起舞。在亮起燐光的地下城一隅，圓舞曲一次又一次奏起。

（這次一定要成功……！）

詠唱失敗而重新來過的蕾菲亞，雙眸凝聚了力量。

她以腳步踏著移動與閃避的舞步，嘴唇持續編織咒文（歌聲），感覺到了確實的進步。最好的證據，就是詠唱時間比起剛開始的時候，紮實地延長了。

老實說，比起艾絲的攻勢，菲兒葳絲的攻擊不夠看。

雖然只有幾天，但蕾菲亞受過那個【劍姬】的嚴格訓練，此時威脅自己的短杖連擊，她「看得一清二楚」。

所以，她有了餘力。

「【狙擊吧，精靈射手。射穿吧，必中之箭】──【靈弓光箭】！」

在總共第二十次的模擬戰時，蕾菲亞終於成功做到了「並行詠唱」。

光矢單射魔法【靈弓光箭】完成，從魔杖前端射出。

菲兒葳絲往旁跳開閃避後，一束閃光發出高亢聲響急速飛過，命中地下城的壁面，撞出裂紋後破碎開來。

「成……成功了!?」

蕾菲亞氣喘吁吁，對「魔法」的發動發出歡呼。

她把魔杖抱在胸前，喜色滿面。

當然，比起原本停下腳步行使的「魔法」來說威力低多了。為了達成「並行詠唱」，她壓抑了「魔力」，因此閃光（靈弓光箭）擊中的壁面損傷，頂多只有被劍砍到的程度。

菲兒葳絲攻擊時手下留情，也是一大原因。在與怪獸廝殺，甚至是在「深層」交戰時，恐怕沒辦法詠唱得這麼順利。

然而對蕾菲亞而言，這次的成果是一大進步。

雖然才只有一次，但在正常戰鬥中成功做到了「並行詠唱」的事實，讓她胸中萌生了自信。

想到里維莉雅直至今日的教誨，以及與艾絲做的訓練都絕非白費，蕾菲亞的臉頰因興奮與感動而發燙。

「剛才的詠唱無可挑剔，別忘了那種感覺。」

「是，謝謝您！」

菲兒葳絲也坦率地讚美一邊起舞、一邊持續歌唱的蕾菲亞。

只有這一刻，蕾菲亞開心得要飛上天了。

菲兒葳絲不顧少女的喜悅，即刻採取下一步行動。

「從現在開始，我要把訓練的內容提升一個階段。」

「咦？」

菲兒葳絲說「妳等一下」，就走向窟室的出入口。

看她消失在通道前方，被扔下的蕾菲亞偏著頭，聽她的話乖乖等待。

然後，她打倒了十次不時從壁面誕生的怪獸。

時間算來大約過了五分鐘時，她聽見了「那個」。

「這、這是……？」

輕微的地鳴，以及層層重疊的青蛙呱呱叫。

就在徐徐接近的震動與叫聲，讓蕾菲亞開始慌張的時候。

菲兒葳絲出現在窟室的出入口——帶著一大群怪獸回來了。

「!?」

「維里迪斯，重新開始訓練吧，這次妳必須對付這些怪獸。」

直直往這邊跑來的菲兒葳絲，對驚愕的蕾菲亞這樣交代，就從她的正面跑到了背後。

追趕同族少女而來的蛙類怪獸「青蛙射手」集團呱呱吼著，直接撲向蕾菲亞。

「咦，咦咦咦咦咦咦咦咦咦咦咦咦咦咦咦!?」

——「怪物奉送（pass·parade）」!?

多達二十隻的怪獸一齊撲過來，蕾菲亞跳離了原位。

不顧她的驚嚇，一大群青蛙射手殺將過來。

「維里迪斯，不准對怪獸動手。」

「什麼!?」

「我要妳只用『並行詠唱』編成的『魔法』驅逐怪獸群。」

蕾菲亞正急著想用杖術一口氣趕走相當於Lv.1的所有怪獸，菲兒葳絲卻做出指示，要她且慢。

「這個樓層的怪獸不管怎麼攻擊，都不能對現在的妳造成致命傷，正適合用來練習『並行詠唱』。」

「我在練『並行詠唱』時，也常做這類訓練。」菲兒葳絲待在遠處，如此告訴蕾菲亞。

菲兒葳絲小姐原來也一樣嚴格（斯巴達）!!蕾菲亞在心中慘叫，理解了現在狀況的目的，開始拚命詠唱咒文。

見她只躲不還手，青蛙射手群將她團團包圍，開始進攻。雖說這種怪獸只比「哥布林」與「地靈」等低級怪獸強一點點，但像這樣從四面八方毫不間斷地撲來，還真吃不消。

「【狙擊吧，精靈射手！射穿吧！必中之——欸噗!?】」

擁有巨大獨眼的怪獸從口中射出長舌頭，命中她的臉部阻止詠唱。

黏答答的唾液弄髒了蕾菲亞的臉，菲兒葳絲說得沒錯，青蛙射手的攻擊幾乎無法造成損傷，但牠們還會進行遠距離攻擊，讓蕾菲亞陷入苦戰。

她實際感受到，訓練的難度確實上升了。

敵人不是單一而是複數，而且還得留意來自外圍的射擊。

她甚至覺得在學習「並行詠唱」時，也許沒有比這青蛙怪獸更好的練習對象了。

「──【高傲的戰士啊，森林的射手隊啊】。」

蕾菲亞應付著身體衝撞與遠距離舌擊的兩種攻擊，持續歌唱。

「【進逼的掠奪者在前，拿起你們的弓。回應同胞的聲音，搭箭上弦】。」

她讓肌膚滿是擦傷，揮灑著大顆汗珠，熱烈地編織咒語。

隨時保持寬廣視野，要有大樹之心，最低限度的自衛加上移動與閃避。

蕾菲亞將艾絲、里維莉雅與菲兒葳絲的教誨全部集聚起來，反映在自己的動作上。

「【點起烈焰吧，森林的燈火。命你放箭，精靈的火矢】。」

咒文好幾次中斷，詠唱好幾次失敗，但蕾菲亞絕不叫苦。

她絕不屈膝認輸。

「【如雨驟降，火燒蠻族】。」

她的眼眸中，映照出想追上的目標，站在高處的憧憬少女。

而她的心中──有著此時想必還在嘔血奔馳的少年身影。

我不會輸，我絕對不認輸。

以強過一切的火熱意志振奮著全身，蕾菲亞吶喊出聲：

「——【齊射火標槍】!!」

咒文完成。

蕾菲亞應付掉身體衝撞，躲開大量舌擊，往後方大大跳開，腳下展開濃金色的魔法陣（magic circle）。魔法陣製造出的數十發火矢，灑落在那一大群青蛙射手身上。

怪獸們巨大的獨眼與皮膚染上了火焰般緋紅，被魔法彈風暴吞沒。

連發出臨死慘叫的空閒都沒有，廣域攻擊魔法爆發威力，好幾陣爆碎聲轟然響起。

「……」

菲兒葳絲原本在擊退侵入窟室（room）的怪獸以免妨礙到訓練，此時看到視線前方的光景，瞇細了眼。

氣喘吁吁，雙手持杖的精靈少女，始終堅強地站立在火星與魔力的殘渣中。

「越來越像樣了。」

殲滅了青蛙射手，進入休息時間時。

菲兒葳絲走到蕾菲亞身邊，一開口就是這句話。

「謝、謝謝您！多虧有菲兒葳絲小姐，我才……！」

「不，在我教妳之前，妳已經有底子了，這都要歸功於妳的努力。」

得到微笑與讚賞，蕾菲亞拿著魔杖直害臊。她覺得好像連艾絲她們對自己的教誨都受到了稱讚，感覺好驕傲又好開心，不知道該如何是好。

蕾菲亞低著頭扭扭捏捏，菲兒葳絲的赤緋雙眸溫柔地凝視著她。

「不過，菲兒葳絲小姐的教法真的也很好懂，我自己都能感覺到訓練得很順利……我覺得菲兒葳絲小姐或許很適合當老師喔？」

「……只是湊巧罷了，我沒有能領導別人的器量。」

身體消耗的「魔力」這時候才忽然形成疲勞，蕾菲亞與菲兒葳絲在地下城席地而坐。

兩人在窟室中央彎著膝蓋相對而坐，蕾菲亞開啟話題，菲兒葳絲則是生硬地回答。但並不是冷淡的拒絕，而是難為情地掩飾害羞。

看到少女閉著眼睛，板著一張有點紅的臉，蕾菲亞不禁笑了出來。

她從訓練開始前就感覺到，兩人之間的距離縮短了。

不再是剛認識的時候那種疏遠、無法親近的關係。

互相交談、傳遞心意，再跨越第24層的戰鬥，兩人的心拉近了。

如同主神狄俄尼索斯說過的，也許菲兒葳絲的確對自己敞開了心扉。

蕾菲亞覺得這很令人高興，胸中充滿暖意。

但她忍不住有了更貪心的要求。

她有個心願，希望菲兒葳絲能幫她實現。

「那個，菲兒葳絲小姐……」

「什麼事，維里迪斯？」

蕾菲亞染紅雙頰，對注視著自己的同族少女說：

「可以請您今後叫我的名字……叫我蕾菲亞嗎？」

聽到這個提議，菲兒葳絲先是僵在原地，然後——整張臉一下變得通紅。

她似乎弄懂了這話的意思，轉眼間害臊起來，說什麼也不肯答應。

「沒、沒辦法！」

「拜託您了！」

「我說了，不可能！」

「拜託您盡量試試吧！」

「妳很煩耶!?」

「我就是很煩!!」

兩人都紅著臉，互相嚷嚷。

蕾菲亞身體靠了過來，拚命拜託，大聲地越說越激動，讓菲兒葳絲招架不住。

她上半身微微後仰，講不出話來，終於把紅通通的臉扭到一邊去了。

蕾菲亞看到她扭過臉去，以為自己果然惹她生氣了，不禁沮喪。

然而死也不肯與蕾菲亞四目交接，嘴唇好幾次張開又合起的菲兒葳絲——最後用微乎其微的聲音，輕聲低喃：

「…………蕾、蕾菲亞。」

少女的側臉，連精靈的尖耳朵都泛紅了。

聽到她低聲呼喚自己的名字，蕾菲亞的表情眼見著越來越開朗，回了聲「是！」，漾著滿面笑容。

一邊是低垂著頭，臉上的紅暈還沒消退，一邊則是嘿嘿傻笑著，用全身表達喜悅。

兩個正好相反的精靈少女，甚至忘了這裡是地下城，暫時度過了一段平穩的時光。

「……我有個問題想問，可以嗎？」

「……？什麼問題呢？」

「妳……也要參加『遠征』嗎？」

就在她們總算恢復平常心，鬆弛的氣氛逐漸轉淡時。

兩人的話題，談到了【洛基眷族】的「遠征」。

「……是的，我也會跟艾絲小姐他們一起，前往未到達樓層。」

他們即將在三天之後，進入深層的深處地帶。

在集結了派系總體戰力挑戰的迷宮攻略裡，里維莉雅與芬恩已經親口告訴過蕾菲亞，她也被安排在前往第59層的主隊裡。

聽到她說自己將成為炮台兼後方支援人員（支援者），跟隨艾絲等第一級冒險者前往深層，菲兒葳絲的赤緋眼眸悄悄低垂下去。

「這樣啊……」

薄唇之間，只漏出了這麼一句話。

百感交雜的表情中，甚至浮現了一瞬間的寂寥，菲兒葳絲保持沉默。

在蕾菲亞的注視下，最後她睜開了閉起的眼瞼。

「我記得妳能複製……召喚同胞（精靈）的魔法，對吧？」

「咦……啊，是的。」

菲兒葳絲站起來，蕾菲亞抬頭看著她。

聽到她提及【千之精靈】——綽號的來由「召喚魔法（Summon Burst）」，蕾菲亞反射性地點頭。

「不介意的話，可以告訴我魔法的召喚條件嗎？」

她問蕾菲亞召喚魔法時，有什麼樣的行使條件。

蕾菲亞慢了一步，也站起來，雖然猶豫了一下，但她信任菲兒葳絲，於是坦白說出了本應保密的「魔法」情報。

召喚魔法【精靈之環】。

僅限同胞（精靈）的魔法，只要支付兩種魔法的詠唱時間與精神力（mind），就能由自己使用。

召喚條件是：完全掌握該魔法的效果與詠唱文。

聽了這些內容，菲兒葳絲點點頭，往前走去。

隔開足夠的距離後——她讓腳下綻放白色魔法陣，唱誦了咒文。

「【破邪聖杯（酒杯），化身為盾】——」

蕾菲亞睜大了雙眼，菲兒葳絲以超短文詠唱，一口氣發動了「魔法」。

「——【至神．救世聖杯】！」

伴隨著聲調強悍而高亢的魔法名稱，耀眼光輝出現在空中。

純白的圓形障壁，彷彿象徵著菲兒葳絲的心靈與高尚。

即使只使用了少許「魔力」，障壁大小仍然達到半徑五M以上，散發著閃光（spark）。

那是在第24層保護過蕾菲亞等人免受怪獸侵襲的聖潔光輝。

「……菲兒葳絲小姐，這是……」

蕾菲亞看著美麗白光，一時看得出神。

破邪之盾烙印在蕾菲亞的眼裡，她對解除了魔法的同胞（精靈）呆滯地出聲問道。

菲兒葳絲放下筆直伸出的左手，慢慢轉過頭來。

「這叫【至神．救世聖杯】……是從超短文詠唱發動的『障壁魔法』。它能阻擋物理或魔法等各種攻擊，保護術士與同伴。」

辟邪除妖，保護重要之人的護盾魔法。

菲兒葳絲說完自己魔法的效果與詠唱文後，對蕾菲亞露出微笑。

「蕾菲亞，我把這個魔法託付給妳。……希望妳能活著回來。」

看到潔白少女的微笑，蕾菲亞的眼睛溼了。

接受了她的溫柔與守護之力，「是！」蕾菲亞灑落淚滴，回以笑容。

擁有蔚藍雙眸與赤緋雙瞳的精靈少女們視線交纏，彷彿互相傳遞心意。

這一天，在學習「並行詠唱」上得到長足進步的蕾菲亞。

獲得了菲兒葳絲的障壁魔法【至神・救世聖杯】。

「哇啊!?」

少年慘叫著昏死過去。

膝枕。

「哇啊!?」

少年再度昏倒。

又是膝枕。

「哇啊!?」

少年再度失去意識。

膝枕再度登場。
「咕呼!?」
少年的慘叫飛上高空，吸進蒼穹之中。
晴空萬里無雲，高掛天空的太陽將光芒灑在整個繁榮都市上，市牆上也籠罩著和煦陽光。
遙遠下方的城市喧囂如細波般傳來，貝爾枕著艾絲的大腿，艾絲撫摸著他的瀏海，漫不經心地仰望高空。
風和日麗的晴天，讓艾絲瞇細了金色雙眸。
（還是，沒能好好控制力道……）
艾絲將視線轉回頭暈眼花地昏死過去的少年臉上，變得垂頭喪氣。
離「遠征」還有三天，訓練第五天。
貝爾找艾絲商量，說想一整天進行訓練，艾絲答應了他的請求，從一大早就與少年埋頭進行模擬戰。當蕾菲亞在迷宮裡與菲兒葳絲進行特訓時，她也在努力教導少年。
只是可悲的是狀況一目了然，艾絲把人家打昏了這麼多次。
「我沒辦法像芬恩，他們那樣……」
艾絲消沉地低語。
都怪自己這麼差勁，貝爾不用說，艾絲對空了一天不能訓練的蕾菲亞也感到歉疚，甚至可以說沒臉見她。

放在一旁石板地上的愛劍（絕望之劍）劍鞘反射著陽光，帶有閃亮光澤。

（不過……）

艾絲好像有點能體會，過去芬恩他們指導、鍛鍊自己時的笑靨——那種彷彿快樂無比的笑容，代表著什麼意思。

打擊，使其成長。

打擊，使其發光。

就像鐵匠打鐵一樣，用打擊的方式鍛鍊一個人……使他改變形體，開始發光發亮的推移過程。受學生師事之人，也許就能獲得這種教育的樂趣。

因為少年的「成長」顯而易見地快速，所以就連艾絲都能稍微體會這種喜悅……感覺是這樣。

白兔即使面臨高山，仍然不眠不休，只是真摯地朝山峰不停奔跑，艾絲注視著他，自己都沒發現自己笑了。

她自然而然伸出手來，以手指撫摸白色瀏海。

「……」

艾絲等著貝爾醒來，不久，他慢慢睜開了眼睛。

深紅眼瞳茫然望著正上方的藍天。

可能也因為剛醒來，少年在自己的大腿上發了一會呆……突然間。

艾絲一下子伸長了脖子，探頭湊過去看他的臉。

「還好嗎？」

「……喔啊!?」

艾絲的臉出現在自己視野的正中央，貝爾發出怪叫，爬了起來。

他連滾帶爬地逃離艾絲柔韌的大腿，在石板地正中央站起來，回頭一看，臉全漲紅了。

自從第二天鍛鍊以來，每次貝爾昏倒，艾絲都讓他躺自己的大腿。

這種行為本來起因自那次精神疲憊，但現在已經變得沒啥理由也照躺不誤。

因為貝爾昏倒後艾絲沒事做，而且把他扔在冰冷石板上也讓艾絲過意不去，再來就是艾絲覺得這樣很舒適。

這樣做能讓艾絲心情平穩，彷彿放鬆了肩膀力道。就好像只顧著戰鬥的艾絲失去的某些事物，又重回自己的懷抱，那是一段溫柔的時光。

也許是因為嚇了一跳，貝爾變得畏畏縮縮，艾絲一頭霧水地看著他，拍了拍自己的膝蓋，也帶有「不要突然站起來比較好」的意思。

對於艾絲的這種提議，貝爾漲紅了臉，咻咻咻地猛搖頭。

「身體，還好嗎？」

「……還好。」

艾絲招手要呆站原地的貝爾過來，讓他坐在自己身邊，偷看他的側臉。

貝爾臉對著正面，不肯看艾絲這邊。他仍然紅著臉，背部一下緊貼後面的及胸矮牆，一下又分開，重複這種動作好幾次。

稍事休息的艾絲，隔著兩人肩膀幾乎要碰到的距離，抱著雙膝關心貝爾。

「那、那個，我有沒有稍微進步一點？」

「……怎麼這樣問？」

「沒有，那個，因為我最近老是被打昏……」

貝爾面對前方，彷彿下定決心般開口說道。

他聲音有點拔尖，但因為除了訓練內容以外，他很少主動打開話匣子，因此艾絲感到有點驚訝與開心。

艾絲嘴角微微鬆弛，目不轉睛地注視他，坦率地說出自己的意見。

「你有在改變喔。……我都嚇一跳。」

「呃，這個，可是……」

「你會昏倒……大概是因為，我沒控制好力道而已。」

「不，沒有那種事啦！」

艾絲越說越傷心，變得沮喪。

她的眼瞼慢慢降下一半時，原本面對前方的貝爾轉向她，急著想否定。

艾絲小巧的肩膀下垂，同時也心想，最近明白到了一件事。

貝爾．克朗尼，真的只是個普通的少年。

有困擾就會慌張，碰上傷心事就會沮喪，發生丟臉的事就會覺得自己很窩囊，有什麼開心事時也會染紅臉頰歡笑。

純真、誠摯，有時也會撐面子，想逞能。

他是個平凡得驚人的孩子，很不像是容易追求財富與名聲，或是懷抱夢想與野心的冒險者。

追不上體能的心靈、精神與內在素質，都不是冒險者的「器量」，當然也不足以成為他自己說過嚮往的英雄「器量」。

他只是個試著鼓勵沮喪的艾絲，心地善良、純白無瑕的普通少年。

「……」

正因為少年是這樣的人，艾絲一方面覺得他很可愛，一方面又感到不解。

並非冒險者「器量」的他，怎麼能達成如此戲劇性的「成長」呢？

艾絲自己很明白。

受到他的「成長」所促使，自己的指導一天比一天嚴格。

貝爾之所以一而再，再而三地昏倒，也是因為他成長情況顯著，艾絲無法好好調整出手力道。

少年用足以彌補差勁效率的速度，不斷往前邁進。

近距離目睹這一切，迫使艾絲想起了當初的目的。

少年「成長」的祕訣。一切尚未弄清的，登上高處的可能性。

她越是了解貝爾就越不明白，與他的素質相矛盾的「成長」根源。

艾絲一再迷惘，猶豫了半天之後，嘴唇顫抖了。

「……可以，問你嗎？」

「咦？」

她直勾勾地注視著貝爾的臉。

艾絲知道自己的表情變得極其嚴肅，她向少年問道：

「為什麼，你能夠一下子，就變得這麼強？」

「變，強……？」

這是不擅言詞的艾絲，竭盡全力的詢問。

相較之下，貝爾嚇得差點沒翻白眼，好像被問了個跟自己風馬牛不相關的問題。

艾絲很清楚這樣做太亂來了，等於是要揭穿少年的祕密，但她真的很希望少年能告訴她。

也許是她的心願傳達給貝爾了，本來驚慌失措的他，似乎開始認真思考起某些事。

一會兒後，他斟酌著字眼，說道：

「……呃，我有一個很想追上的人。我拚命地追逐那個人，不知不覺就成長到現在這樣，然後……」

他偷看了一眼艾絲，臉紅了起來，語無倫次地講出心底話。

「……我想是因為，我有個無論如何都想到達的境地，吧。」

艾絲睜大了金色雙眸。

銘刻在自己內心深處的誓言先是發燙，但又立刻冷卻。

她注視著眼前的深紅眼瞳，然後靜靜仰望頭上高空。

「這樣啊……」

艾絲輕輕抱著膝蓋，只抬頭看著藍天。

風梳理著她的金色長髮。

「……我了解。」

艾絲眼中映照著起風的蒼穹，輕聲低喃。

雖然不是令人滿意的答案，但她有點能明白。

一開始貝爾也說過，他有個目標。

就跟艾絲一樣。

一個無論如何都得抵達的境地，就在遙遠前方的高處。

「我也……」

——我也有個宿願（心願）。

專注緊盯天空，從唇裡漏出的話語，被突然吹起的風聲蓋過了。

一陣來自西方、勁頭極強的橫向涼風。

那是向來與強風一同戰鬥的艾絲，聽慣了的氣流呼嘯聲。

她任風吹動金色長髮，保持不動，一直抬頭望著頭上高空，就像被天空吸走了意識。

「那、那個……」
「？」
「啊，不……沒什麼。」
聽到身旁傳來的聲音，艾絲視線拉回來一看，貝爾正在發愣。
她不知道貝爾是怎麼了，偏了偏頭，他把講到一半的話吞了回去。
艾絲雖感到不解，但也沒追問，暫且闔起眼瞼。
雖然不過是直覺，但她認為這孩子對自己的「成長」應該毫無自覺。
經過這段對話，艾絲明白到……或者該說被迫明白到，貝爾本人真的只是一個勁地向前奔馳。
因為艾絲已經知道，那雙深紅眼瞳很不擅長說謊、爾虞我詐或是保有祕密。
聽到身旁的少年誠實地說出他認為的可能性，艾絲本應感到失望，嘴唇卻露出微笑。
（……天氣，真好。）
與貝爾的對話中斷時，艾絲看著灑落在他們身上的陽光，瞇細了眼。
今天的天空真的好藍，白色的小朵卷積雲，悠游在晴朗的天空中。
都市東區敲響了正午報時的大鐘，清澈的鐘聲與暖呼呼的陽光，擁抱著她與貝爾。
「嗯……」
就在這時。
艾絲的櫻桃小口，漏出了小小的吐氣。

她趕緊用一隻手去遮嘴，但來不及了。

在溫暖天氣的引誘下，艾絲打了個呵欠。

「……？」

近在身旁的貝爾當然也注意到了，表情顯得不可思議，又有點驚訝。

艾絲把舉起的一隻手縮回去，裝作沒事似的恢復成原來姿勢。

然後她心中低語：

糟糕。

（……好、好睏。）

沐浴在和煦陽光下，艾絲的眼皮就要撐不住了。

起得太早跟貝爾晨練，然後又跟蕾菲亞做「並行詠唱」訓練到傍晚。老實說這五天來，她完全沒空休息，好像一整天就是吃飯、睡覺、訓練，當然睡眠時間也被削減到極限。

最大的問題是，和煦的陽光讓她鬆懈了。

就算是第一級冒險者，也敵不過這凶惡的好天氣。

自認為嚴肅端正的這副表情——旁人看來只是一如平常缺乏感情的表情——也不知道能維持多久。

經過了連日重勞動的艾絲，受到強烈的睏意侵襲。

「來做睡午覺的訓練吧。」

「嗄？」

回過神來時。

艾絲的嘴唇，已經講出了這種話來。

「因為在地下城裡，無論何時何地，都要能睡得著才行。」

「……」

「及時恢復體力，是很重要的喔。」

艾絲的嘴唇講個不停。

她不肯看向貝爾，只緊盯前方，臉頰附近強烈感覺到貝爾有話想說的視線。

輸給睡魔的艾絲完全是在睜眼說瞎話，她內心冒汗，但覆水難收，只能強調這是在做睡眠訓練。

她依賴著一絲希望，祈求純真的少年能信以為真。

「那個……您是不是，很想睡覺？」

失敗了。

內心輕易讓人看穿，艾絲感覺臉頰附近越來越熱。

「——這是訓練。」

「呃，是。」

艾絲接著發出不由分說的魄力，把臉逼向貝爾。

面對第一級冒險者的強硬手段，冒汗的少年被迫點頭。
少女眉梢朝上，臉逼近少年與他互相注視，兩人都染紅了雙頰。
「呃，那個……要睡在這裡嗎？」
「嗯。」
也因為害臊，艾絲匆匆付諸行動。
她點頭回答貝爾，身體一倒，就躺在石板地上。
艾絲很想立刻委身於轉眼產生的睡眠欲，但她看到貝爾停住不動，問他怎麼了。
「你不睡嗎？」
「啊，好、好的……」
貝爾在側躺的艾絲身邊橫躺下來。
艾絲漫不經心地注視他的側臉，少年的視線投向她，四目交接的瞬間，又慌忙轉向高空。
在即將進入夢鄉的前一刻，最後艾絲看了看緊閉雙眼試著入睡的少年，就靜靜閉起眼睛。
意識一下子就落入淺眠深處。

她聽見念故事書的聲音。

那些故事已經聽過好幾次了。

這許許多多的幸福故事，她聽了好幾次。

像風一樣純潔的母親，用慈愛的聲調講給她聽。

父親總是笨拙地笑著，以溫柔的眼神看著兩人。

那是年幼的自己（艾絲）最喜歡的，三個人愛過的故事。

講給自己聽的故事如歌，她抬起頭來，看到的是一片幸福光景。

面露微笑的許多人，圍繞著父親、母親，以及幼小的自己（艾絲）。

美麗善良的精靈王族，個頭跟自己差不多卻顯得好成熟的小人族，張開嘴巴豪爽大笑的矮人。

其他還有獸人、亞馬遜人、人類，好多人圍繞著艾絲他們。

艾絲在父母身邊染紅了雙頰，踮著腳揮揮手，回以滿面的笑容。

一段溫柔的時光，無可取代的情誼，珍愛的安身之處。

然而，這幕幸福的光景，突如其來地宣告終止。

艾絲他們的腳下噴出了黑霧。

漆黑霧靄從裂開的地面噴出、搖晃，逐漸覆蓋了光明世界。

自地底冒出的好黑、好黑、好黑的黑暗團塊，遮蔽了一切光明。

當周圍被黑暗籠罩時，父親從呆滯的幼小艾絲身邊走向前去。

黑色圍巾、輕薄防具與銀色長劍。

一手拎著銀光利刃的父親，往視線前方蠢動的黑暗走去。

爸爸！

艾絲追上去拚命呼喊，但那個背影不曾回頭。

眼見父親的身影越來越遠，艾絲哭喪著臉，轉向背後想求救的瞬間——那些人一個不剩，全都消失了。

取而代之留下的，是大量的各種武器。

劍、槍、斧頭、法杖、盾牌。

它們就像墓碑般插在地上，包圍著呆站原地的艾絲。

艾絲說不出話來，忘我地環顧周圍。只看到無邊無際的黑暗，沒有人，就連父親的身影也已經看不到了。

被沉默無語的無數毀壞武器包圍著，她不斷喊著父親的名字、人們的名字，以及母親的名字。

然後，颳起了一陣強風。

強風捲起了艾絲的金髮，她回頭一看，在視野遠方找到了那個。

那是跟自己一樣，披散著金色長髮的母親背影。

她背對著艾絲，與黑暗深處蠢動的某種存在對峙著。

艾絲還來不及叫她，黑暗先張開了巨顎。

伸出的無數黑影，纏住了母親張開雙臂的身體，吞了進去。

金色眼眸落淚了。

然後，在哭喊著的艾絲面前，不知什麼時候插著一把劍。

那把破裂的銀劍，正是父親拿的那一把。

艾絲拔出腐朽的寶劍，飛奔出去。

「——等我。」

幼小的自己（艾絲）變回了【劍姬】，突破黑暗不斷奔馳。

對著消失而去的母親背影，少女喊道：

「——等我!?」

我一定會過去。

我一定會去救你們。

我絕對——會搶回來。

對著被黑暗漩渦吞沒的背影——對著失去所有一切，抱著留下的劍，幼小的自己。

艾絲立下誓言。

下個瞬間。

湧來的白光浪潮，淹沒了視野。

「……」

金色雙眸慢慢睜開。

自夢中醒轉的艾絲，扼殺了搖擺不定的情緒，眨了幾下眼睛。

眼中並沒有累積水滴。

只有視野淡淡覆蓋一層薄紗。

艾絲繼續側躺著，悄悄擦了擦眼角。

「……？」

當意識隨著視野逐漸變得清晰時。

她聽見了自己以外的鼾聲。

視線移過去一看，只見少年仰躺著，闔起眼瞼。

他沐浴在和煦日光下，呼嚕呼嚕地睡得正香甜。

艾絲再度眨了幾下眼睛，看到他這副模樣，嘴唇綻出了笑意。

兩人的位置離得莫名地遠，讓艾絲感到很不可思議，她維持著臥姿，自己挪動身體慢慢靠過去。

兩人並肩躺在石板地上。

比清醒時更天真爛漫的睡臉，就在自己的身邊。

艾絲悄悄伸出手，就像要觸碰一件寶物。

她摸摸貝爾的臉頰，好溫暖。

少年的體溫從手指傳給了自己。

他大概也在做夢吧，「爺爺，饒了，我吧……」被艾絲按著臉頰的他，正在說夢話。

艾絲笑了。

就像兒時的自己一樣，無憂無慮。

她瞇起眼睛，看著與夢中黑暗正好相反的溫柔白髮，不停撫摸。

艾絲做了個噩夢，但心情此時已恢復平靜。

有一隻白兔，帶著幼小的自己（艾絲）離開夢境。

在藍天的俯瞰下，本應早已喪失的溫柔時光，在這片刻裡擁抱著艾絲。

斜陽將落而遲遲不落。

即將沉入遠方地平線的太陽光，將都市染成了棗紅色。

在火紅夕陽西照的市牆上，展開了激烈劍鬥。

一名少年與一名少女，身影好幾次交錯。

夜晚將近的黃昏時分。

一雙眼眸，從都市離天空最近的場所——俯視著戰鬥的兩人。

「能幫我引出那孩子的光輝，我是很開心……」

銀瞳中映照出用劍鞘打飛少年的金髮金眼少女。

「但距離太近，可就傷腦筋了。」

看到少女握著少年的手拉他站起來，她以有些吃味的語調低喃。

「更不要說還想妨礙那孩子的試煉……這可不能原諒。」

銀瞳瞇細起來。

「艾倫。」

「在。」

清脆的女高音，呼喚著背後待命的小個頭青年。

「多少需要動武也沒關係，去『警告』她。」

「遵命。」生著貓尾貓耳的青年殷勤行禮。

事情變得有點奇怪。

揮動劍鞘的艾絲沐浴在夕陽餘暉中，心裡這樣想。

「貝爾！你從剛才就被打得落花流水耶，還好嗎!?」

「我、我沒事!?」

在市牆上，除了像至今那樣努力做鍛鍊的艾絲與貝爾之外，還有個小妹妹女神。

時間追溯到幾小時前，結束了自稱訓練的午覺後，艾絲與貝爾想到一整天都在對打，是該照顧一下身體，下了市牆來到都市，想先填飽肚子。

於是兩人為了吃點東西，來到艾絲最愛吃的炸薯球攤販，結果不巧碰見了小妹妹女神……不，是貝爾的主神「赫斯緹雅」。

正在打工的幼小女神，看到兩人孿不在乎地跑來買炸薯球，氣得七竅生煙。自己的眷屬跟沒有交情的其他派系的團員一起行動，會有這種反應可說是理所當然，但好像也帶有一點私怨。

總而言之，經過艾絲解釋兩人的關係，再加上貝爾拚命說服，赫斯緹雅總算是答應了兩人的懇求，勉強准許他們繼續做鍛鍊。

不過交換條件是「從今天開始，我也要觀摩你們的訓練過程」。

化為少年監護人的幼小女神，為了確認自己可愛的眷屬受到什麼對待，跟著他們來到了這市牆上。

（女神赫斯緹雅……主神（洛基），好像有說她什麼……？）

艾絲一邊跟貝爾激烈鬥劍，一邊瞄了一眼市牆角落的赫斯緹雅。

美麗女神的相貌，在女童與少女之間搖擺不定。黑髮用與眼睛同色的蒼藍髮飾綁成雙馬尾，個頭嬌小，胸圍卻很豐滿。

「啊！喂！下手太重了吧!?」赫斯緹雅對著艾絲高舉雙手提出抗議，隨著她的動作，雙峰彈力十足地跳動了一下。

看到胸部晃動的模樣，艾絲想起洛基抱怨過「那個臭屁炸薯球小矮子大奶妹……！」，隱約體察到她們的惡劣關係。

她心想，這下更不能把跟貝爾的鍛鍊告訴洛基他們【眷族】的人了。

「咕嗚!?」

「還好嗎？」

「我、我還可以!!」

貝爾沒能擋下艾絲的一劍，差點倒下，但他立刻拉回上半身，擺好架式。

他比至今更有毅力，比平常更繃緊了神經。

最好的證據，就是自從那位幼小女神來到這市牆後，少年一次也沒昏倒過。

簡直像是在她面前不能丟臉似的，貝爾倔強地與艾絲進行模擬戰。

加油啊——！他聽著赫斯緹雅的聲援，緊咬艾絲的攻擊不放。

艾絲心裡感到溫馨，但只有嘴角含笑，繼續以嚴肅表情施展出更嚴酷的劍鞘連擊。她與少年拚命揮動的匕首展開果敢攻防，更加快了速度。

武器的撞擊聲響徹天際。

傍晚天空隨著流雲推移，彷彿忘記了時間，不久就變成了蒼茫夜色。

「……今天，就練到這裡吧。」

「非、非常謝謝您……」

艾絲仰望頭頂上的月光，放下劍鞘，貝爾整個人才放鬆下來。

少年即使渾身是傷，但終究沒有失去意識。他一副隨時都會倒下的樣子，但勉強撐住了，艾絲瞇起眼睛看著這樣的他，開始準備踏上歸途。

「辛苦了，貝爾！哎呀～，你被打得好慘喔，看了甚至覺得爽快呢！」

「那、那個，神仙……別看我那樣，我好歹也有在努力……」

「下手得真是沒血沒淚啊！這下就知道華倫什麼小姐對你根本沒那個意思，嗯！不會錯的啦！」

艾絲將立在一旁的愛劍（絕望之劍）收進劍鞘時，赫斯緹雅跑過來，帶著笑容用力拍了好幾下貝爾的背。

看到艾絲狠狠打趴自己的眷屬，一開始她還大聲責備著「喂——!?」或是「怎麼這樣對我的貝爾——！」，然而鍛鍊到了後來，不知怎地，她的聲音越來越平靜。

現在看到被打得落花流水、傷痕累累的貝爾——不，是把貝爾打得傷痕累累的艾絲，赫斯緹雅反而顯得非常高興。

看女神心情這麼好，艾絲偏了偏頭，從及胸矮牆往都市內望去。

夜色已深，耀眼魔石燈點點亮起的城市夜景，迎接著從迷宮歸返的冒險者們，展現出一片繁榮景況。

想到今天一整天可以從早鍛鍊到晚，艾絲不禁有點熱中過了頭。雖然她事前跟蒂奧娜她們說過自己今天可能不會吃晚飯，可是……也許里維莉雅或其他人會念，問自己都在做什麼。

艾絲迅速做好準備，帶著被主神講話刺傷的貝爾離開此地。

他們沿著石砌階梯，走進市牆內部。

步下好幾段階梯，走出市牆最下層的門後，就來到了都市邊緣的西北後街。

「那、那個，神仙？既然來到外面了，應該可以鬆手了吧……」

「你在說什麼啊，貝爾。這裡不像大街，很暗耶。請你握緊我的手，以免我摔倒了。」

在蒼茫夜空的俯視下，三人走在街上。

相對於沉默寡言的自己，貝爾與赫斯緹雅有說有笑時。

艾絲——聽見了自己做為冒險者的感覺，帶來的呢喃。

「……」

她在笑鬧著的貝爾與赫斯緹雅身邊，只移動視線環顧周圍。

這是一條頗為寬廣的後街，除了他們以外沒有人影，顯得很冷清。

反過來說，就是太安靜了。

一般人的身影與氣息不自然地斷絕，四周封閉在黑夜中，陰暗無光，只能仰賴星空與月光維持視野。別說魔石燈，就連建築物都沒有漏出燈光。

視線移向路旁一看，別緻的柱狀魔石燈像是被鈍器打過，碎落一地。

（——有人在看我們。）

人跡消失的後街，故意製造出來的昏暗街角。

艾絲察覺到了某人的視線，柳眉銳利地倒豎。

身旁的貝爾與主神牽著手，本來還在害臊，看到艾絲的側臉，一時停住了呼吸。

緊接著，他彷彿猛一回神，環視四周。

就在少年也注意到現場的異狀時，艾絲緊盯街道的一角，停下腳步。

「——」

「！」

「嗚哇！」

艾絲一駐足，貝爾急忙學著停下腳步，只有赫斯緹雅什麼也沒發現，看到兩人突然站住，發出一聲驚呼。

艾絲的金瞳固定朝向前方。

寬廣街道上並排的家家戶戶當中，在某棟建築物與建築物之間的細縫、黑暗深處。

艾絲用犀利眼光射穿暗處，就像在說「出來吧」。

不久，監視三人的視線來源，揮開黑影走了出來。
（貓人cat people……）
彷彿溶入黑暗的暗色防具、暗色短襯衣以及暗色護面。
那是一名男性。身高比貝爾要矮的貓族獸人，用金屬護面覆蓋包括眼睛在內的臉部上半部，隱藏起真面目。
被月光打溼的獸耳獸尾，黑灰夾雜的毛皮。
他的右手，拿著超過二M的銀色長槍。
面對這名宛如不顧主人訓斥咬死老鼠的凶貓，暗藏殺氣的人物，艾絲擺出了【劍姬】的表情。
「──」
下個瞬間，「咚」一聲。
將隱藏的殺氣朝向貝爾的貓人，輕盈地踢踹石板地，一瞬間逼近他們。
少年不及反應，看到出現在自己眼前的人影，時間為之暫停。
正當貓人舉起的長槍，即將在一秒不到的時間內擊出時──艾絲神速拔出《絕望之劍》，不讓他得逞。
「──！」
「！」
彈開。

對方不可能無視【劍姬】的存在，銀劍一閃砍向緊急防禦的長槍，迸出鮮明強烈的火花，從少年眼前擊退了強襲者。

貓人青年被打得飛向後方，讓貝爾驚愕不已的艾絲，接著沉默地向前踏出一步。

艾絲吊起金色雙眼，定睛注視著屏除旁人、製造出這個冷清狀況的始作俑者——埋伏等待他們的「敵人」。

襲擊者並未受到震懾，與艾絲視線相撞，接著雙方同時飛奔而出。

「喂、喂喂喂！」

驚人的廝殺場面揭開序幕。

從剛才就一直張著嘴巴，愣在原地的赫斯緹雅這才回過神來，發出叫聲，至於艾絲與貓人青年，則以熾烈速度展開白刃戰。

疾驅與閃避，先制與反擊，然後是連打攻擊，你來我往。兩名高級冒險者一再發生衝突，未曾中斷，將呆站原地的初級冒險者與無力的女神拋在一旁。

每當雙方的身體交錯，速度就更為加快。

（——這個人，該不會是……）

貓人的體能足以與Lv.6的自己平分秋色，而且運用槍術比起自己的劍技毫不遜色，讓艾絲瞇細了眼睛。

就在這時，在遙遠的頭頂上方，有個細微氣息搖曳了一下。

在艾絲與貓人青年的正上方，三層樓的房屋屋頂上，出現了四道矮小人影。
艾絲即使在戰鬥之中，仍然感應到他們的存在，心想「果然有同夥」，拓寬了意識範圍與視野。
說時遲那時快，劍、槌、槍、斧，四把武器伴隨著四道人影，自頭頂上降下。
「——艾絲小姐!?」
來自空中的奇襲讓少年從外圍大叫出聲時，艾絲發揮了受冒險者們畏懼、稱做「戰姬」的本領。
她以音速殺退貓人，硬是將他趕出懷中，接著用突破一切的反射速度，以愛劍接續使出往頭上的第二擊。
『!!』
艾絲將自己當成拉滿的大弓，朝著進逼而來的四把武器，解放了名為箭矢、用盡全力的劍擊。
頭頂上描繪出新月形的斬擊大閃光。
一揮到底的不壞劍（絕望之劍）快到在空中刻出銀色劍影，一次彈開了落下的所有凶器。
寶劍只消一揮就撞開了多出四倍的武器，發出金鐵聲。發動突襲的四名襲擊者一邊顯露出驚愕與敬佩之意，一邊與被彈開的武器一起降落地面。
艾絲的金色長髮被吹得輕柔鼓起，被打得退後的貓人青年低聲說：
「嘖……真是個怪物。」
目睹到超越能力值的驚人「技術」與俄頃間的「戰術」，貓人對金髮金眼的少女恨恨地說。

見識到那一連串的劍技，就連在遠處感到戰慄的少年，都感受到少女走過的戰場數量。

不久，在貓人的反方向著地的襲擊者們，於月光下暴露出身形。

暗色鎧甲與護面，身穿與青年同類型裝備的四名小人族。

面對貓人與這些攜帶著大型武器不合身高的小人族，震得手麻的衝擊力道讓艾絲瞇起一隻眼睛，把劍一揮，發出「咻」一聲。

這似乎成了重新開戰的信號，六名冒險者一齊展開行動。

「!!」

對付毫不留情地前後夾攻的襲擊者們，艾絲勇敢應戰。

跟貓人青年一樣，四名小人族兼具不負第一級之名的能力與本事。遭受總共五名襲擊者的圍攻與輪番攻擊，動作受到限制的艾絲捨棄了閃避，以〖絕望之劍〗一一迎擊。

月夜下的黑衣突襲（black raid）。

在與外界隔離的都市後街，艾絲奏響著毫不間斷的金鐵聲，張開刀劍結界，與襲擊者展開死鬥。

「——我警告妳，【劍姬】。」

這場強襲的目的是什麼，是針對自己這個都市（洛基眷族）最大派系幹部，做出的夜襲嗎？

面對不由分說地來襲的敵人，艾絲正在思索時，裝備大劍的小人族之一，在護面底下開了口。

「今後，不許妳再多管閒事。」

手持戰鎚的小人族接著說下去，毫無脈絡的一句話，讓艾絲的娥眉因疑問而扭曲。

她與敵人繼續交鋒，同時忍不住回答：

「這是，什麼意思……！」

「『遠征』也好什麼都好，窩在迷宮裡別給我出來，女人偶。」

最好順便死一死算了。貓人青年口氣粗魯地回答。

艾絲還來不及理解他們這番話的意思——她的背後傳來慘叫聲。

「貝、貝爾!?」

（!?）

艾絲一邊應付敵方的攻擊，一邊反射性地回頭，只見貝爾跟慘叫的赫斯緹雅，被另一群黑衣兵包圍著。

還有其他同夥!?艾絲不禁動搖，正要前去救援，但當即擊出的槍矛阻擋了她的去路。

「……!?」

「妳如果不聽警告，我不會手下留情。」

挺槍刺擊的貓人青年，對她投以冷酷的聲音。

而就在艾絲被拖住腳步的瞬間，貝爾他們那邊也開啟了戰端。

簡直就像以傚效尤似的，男女四名黑衣兵撲向少年與女神。

視線前方的光景令艾絲焦急，試著突破圍攻自己的冒險者們，但他們不讓艾絲如願。

攻擊速度再度加快。

加速的五個人影更為激烈地一再進攻，猛烈程度讓艾絲睜大了金瞳。

——這些人，果然是……

敵方可怕的實力令艾絲心焦，同時她幾乎確定了對方的來頭。

某個【眷族】——可說是等同於都市最大派系（洛基眷族）的另一個最大派系。

他們是受某位美神率領，實力足以與艾絲平分秋色，身經百戰的第一級冒險者。

（【女神之戰車（Vana Freia）】與【炎金四戰士（Bringar）】……！）

一邊是擁有戰車別名、飛毛腿，在歐拉麗首屈一指的Ｌｖ．６；一邊是雖身為Ｌｖ．５，但默契十足——憑著最高水準的聯手行動，發揮超越Ｌｖ．６以上戰鬥力的四胞胎小人族。

自己的攻擊全被小人族的多段迎擊壓制住了，貓人徐徐加速，漸漸可以看出其「敏捷（腿腳）」凌駕於經過升級的艾絲之上，以排山倒海的連擊強迫她維持刀劍結界。她下不了決心在對人戰中使用自己的真本領「魔法（風靈疾走）」，況且敵方也不容許她念出短短一句的詠唱。

寡不敵眾，就算厲害如艾絲，也不可能敵得過五名第一級冒險者。

只要他們有意下手，這場戰鬥輕易就會分出勝負。

「我重複一遍，這是警告。」

「繼續過度干預，當心小命不保。」

手持槍矛與斧頭的小人族持續著軟刀殺人般的交戰，揮刃砍向艾絲。

眼見戰況逐漸趨於劣勢，艾絲的表情就要失去平靜時，貓人襲擊者從暗色護面底下，發出冷徹心肺的眼光。

「妳敢妨礙我們——妨礙那位大人，我就要妳的命。」

以駭人之勢一揚，劃破空氣的長槍掠過銀色護胸，削掉了一塊表面。

銀色碎粒如水花般從防具飛濺，在艾絲的視野中閃閃發亮。

「——艾絲小姐！」

就在這時。

少年的疾呼飛向了她。

陷入困境的艾絲猛一回頭，只見貝爾筆直伸出了自己的右臂。

他獨自一人漂亮擊退四名黑兵，左臂抱著赫斯緹雅，深紅眼瞳對準了黑衣的襲擊者們。

第一級冒險者們也對貝爾的動作起了反應，艾絲趁此機會，從他們的包圍中脫身。

說時遲那時快，少年轟然吼出了炮聲。

「【火焰閃電】！」

六道炎雷不念咒文直接射出。

瞬間連射的閃電型火焰重疊著飛馳而去，吞沒了襲擊者們。

爆炸。

凶猛熱浪從命中地點湧來，爆發威力的炎雷化為片片火花在空中起舞，強光將貝爾、赫斯緹雅與艾絲的臉龐染成緋紅。

當「魔法」的燃燒聲啪滋啪滋響個沒完時。

漆黑的襲擊者們，輕易揮開了街道一角引燃的火海。

「居然不用詠唱就發射了魔法……」

「得向那位大人報告才行。大人一定會很高興。」

五名襲擊者絲毫不把初級冒險者的「魔法」當一回事，悠然走出，那幾名小人族的男性更是面露愉快笑容。

看到第一級冒險者們帶著滿身火星走出來，艾絲不敢大意，擺好架式，然而他們似乎認為該收手了，各自放下武器。

「夠了，撤退吧。」

貓人一聲令下，襲擊者們往四方散去。

他們擔心發生的大火會引來外人，迅速救起貝爾擊敗的黑兵們後，就撤退了。

艾絲無意輕率追趕，他們消失蹤影後，艾絲仍沒放下〖絕望之劍〗，等敵兵完全遠去了，才終於鬆一口氣。

她收劍入鞘，走到茫然愣怔的少年他們身邊。

「有沒有受傷？」

「啊，我沒事。艾絲小姐呢……？」

「我也沒事。」

受到赫斯緹雅擔心的貝爾抬起頭來。

雖說沒有效果，但他的支援射擊的確在危急之刻幫了艾絲。

艾絲在第10層也看過這發動速度極其優越的特異「魔法」，她一邊抱著驚嘆之意，一邊想道謝……然而白髮少年雙眼低垂，咬緊嘴唇像在忍耐什麼。

艾絲正對他的表情產生疑問時——

「那些人究竟是什麼人？突然襲擊我們……」

他接著如此問道，好像要隱藏感情，乍看之下平靜如常。

艾絲看貝爾這樣，雖然覺得在意，但仍回答了他不安的聲音。

「夜襲，很常有啊。」

「常有嗎！」

「嗯，不過在地下城之外出手倒是很稀奇……」

他目前仍置身於與派系間勢力鬥爭無關的位置，驚愕地叫出聲來，艾絲腦中也在思考。

是獨自離開【眷族】的自己，遭到襲擊了嗎？

回顧帶來「警告」的襲擊者們的言行，似乎可以理解成艾絲的行動在不知不覺中觸怒了那個派系，那麼貝爾他們只是受到池魚之殃嗎？

艾絲不覺得自己有做了什麼招致別人的強襲，不過她害少年他們遇到了危險，只有這點讓她深感歉疚。

「關於可能襲擊妳的人，妳有想到什麼嫌犯嗎，華倫什麼小姐？」

「……太多了，反而舉不出來。」

對於赫斯緹雅的詢問，艾絲不太敢明確回答，但還是說出了【眷族】的實際情形。

「真是，妳們（洛基）那邊還真會惹事生非啊。」赫斯緹雅聽得傻眼，至於艾絲，則是回想著剛才那些襲擊者的警告。

『妳敢妨礙我們——妨礙我們的主神（那位大人），我就要妳的命。』

貓人青年的發言讓艾絲感到狐疑，不過目前她先將那番話放在心裡。

無論如何都不能讓事情發展成派系「鬥爭」，對方應該也不願意這樣。

只是這份想不通的疑惑，仍然無法消失。

「……？」

雖說火勢減弱了，但大火仍像篝火般在街道中央燃燒，赫斯緹雅說會引來人群，最好早點離開這裡。

為了避免多餘麻煩，艾絲老實點頭，一邊與她交談，一邊走向一條小道。

然而，她發現貝爾一步也沒動，愣愣地站在原地。

「怎麼了……？」

「啊……沒、沒什麼。」

艾絲出聲呼喚貝爾的背影，他好像嚇了一跳，回過頭來。貝爾一邊說「沒事」，一邊趕緊跑了過來。

艾絲看著他這副模樣，將視線投向少年剛才仰望的地方。

都市中央。

聳立於月夜之中的白牆巨塔，俯視著自己與貝爾他們。

「【猛者(奧它)】出現在中層？」

【洛基眷族】男性團員，勞爾・諾德回頭看向背後。

「遠征」兩天前的傍晚。

這裡是公會本部，擠滿了從迷宮回來的冒險者們。身穿裝備的亞人們要拿戰利品換錢、向負責顧問報告，或是達成冒險者委託(quest)要領取報酬，為了各種目的在寬敞的大理石門廳中來來往往。

勞爾站在公布許多委託書與公會官方消息的巨大告示牌前，眼睛轉向前來報告的人物。

「這是真的嗎，安琪？」

「是啊，不過我只是剛才聽冒險者們說的，所以缺乏可信度就是……聽說有好幾支小隊都看到了。」

被勞爾喚做「安琪」的人，是一名黑色長髮及肩的貓人女性。她晃動著長在腰上、與頭髮同色的細尾巴。

「遠征」在即，【洛基眷族】的一部分冒險者來到公會本部，收集了情報。

像是部隊的預定路線上有沒有發生異常狀況(Irregular)，有沒有跟其他派系攻略樓層的行程相衝，再來就是有無樓層主……為了有效率地進行「遠征」，事前收集情報是絕不可怠忽的重要工作。

在【洛基眷族】，這份工作都是由幹部以下的團員進行。

「勞爾大哥——，第18層的樓層主(歌利亞)，好像是真的出現了。其他冒險者似乎也打算扔給前往『遠征』的都市最大派系(我們)討伐，都放著不管。」

「訂購的火精護布(salamander wool)與水精護衣(undine robe)，摩天樓設施(巴別塔)透過公會通知我們，說無法準備所有人的份……要怎麼辦？」

「等、等等啦!?麻煩等一下！」

男女團員們各自帶著得到的情報聚集到勞爾身邊，他急忙筆直伸出雙手，皺著一張臉要大家讓他整理一下，開始思考。

勞爾・諾德。種族是人類，二十一歲。

黑色頭髮留的是刺蝟頭，暴露出整片額頭。不胖不瘦的中等身材完全就是個人類，完全就是張大眾臉，此時他在同伴面前慌成一團，看起來就是個不起眼的男性團員。

然而他的能力值卻是Ｌｖ．４，是如假包換的第二級冒險者。

他原本是鄉下出身的家中三男，八年前照本人的說法，他做下「人生最大的決斷」離開了出生長大的故鄉。如同許多人的狀況那樣，他也懷抱著大大的期待與男人小小的野心，造訪這座迷宮都市(歐拉麗)——等回過神來時，已經被拉進【洛基眷族】了。

自始至終都待在【洛基眷族】的勞爾，被迫跟在芬恩等人的後面經歷無數戰場，一路熬了過來。他自己也無法理解的是，不知道為什麼，芬恩等首腦陣容對他寄予高度信賴，常常把這種雜務交給他辦，或是在探索迷宮時讓他指揮初級團員們。

這個拿偉大的【眷族】前輩跟自己相比，經常缺乏自信的人類青年，用手指敲敲額頭，對團員們的報告排出優先順序，依序對應。

「呃——，那麼安琪，妳說奧它怎麼樣來著……」

「這幾天在第17層附近，他好像在狩獵怪獸。對吧，莉涅？」

最後被問到的貓人，轉向身旁的同仁。綁辮子戴眼鏡的少女(人類)說「是、是的」，點頭同意向其他派系冒險者問到的目擊情報。

【猛者】奧它……他是【芙蕾雅眷族】的領袖，也是歐拉麗首屈一指的武人。

同時也是與【洛基眷族】相抗衡的宿敵的代表人物。

對於名列自家派系危險人物名單(blacklist)首位的這號人物，勞爾思索著。

團長一個人親自前往，而且還在完全不符合實力的「中層」逗留……

「……究竟是在做什麼？」

在場沒人能回答他脫口而出的自言自語。

貓人安琪聳聳肩，周圍其他團員也面面相覷。

「有什麼狀況嗎？」

「啊，格瑞斯先生。」

一行人在巨大告示牌前，置身於人聲鼎沸的空間中，這時一名矮人過來了。

來者是派系首腦陣容之一的格瑞斯，看到這位散發出老兵風骨的矮人大戰士，冒險者們畏懼的視線，自然而然都聚集到他身上。

勞爾將奧它的事，告訴了剛才分頭行動的格瑞斯。

「唔，那個男人跑到『中層』去啦……哎，不用管他啦。」

「沒關係嗎？」

「不要刺激他，當作沒看到就對了。那傢伙就算受了主神之命，也不喜歡耍計謀，老子看他不會對遠征中的我們做什麼的。」

再說公會也在推行深層地帶的開拓——找「遠征」中的派系麻煩，對方也得背負相應的風險。

格瑞斯摸著自己的鬍鬚，又如此補充。

聽了這位派系大人物的解釋，勞爾他們也覺得有道理。

由於艾絲沒有說出來，【洛基眷族】不知道昨晚某個派系進行過強襲行動，因此並未提高對【芙蕾雅眷族】的警戒度，這事就這樣帶過了。

「格瑞斯先生，您那邊……」

「嗯，物資都運進總部了。按照預定，兩天後進行『遠征』，去向公會做正式報告吧。」

格瑞斯說包括「魔劍」等裝備在內，「遠征」一切準備都已齊全，就帶著勞爾他們走向門廳窗口。

高級派系在前往「遠征」時，一定要向公會報告遠征時期與預定期間等等，因為他們是都市(歐拉麗)引以為傲的貴重戰力。

一旦有緊急狀況——他們沒從迷宮回來時，公會往往會組成調查隊或救援隊。

「話說回來，你們有好好休息嗎？」

「……哈，哈哈哈哈哈哈。」

格瑞斯向走在身旁的勞爾，還有跟在後頭的團員們問道。

受到派系幹部(艾絲)的升級刺激，勞爾等團員們明明「遠征」在即，卻到現在還是一樣，一找到機會就做鍛鍊。貓人安琪也看向別的方向，少女(人類)莉涅則是視線游移。

看到勞爾代表大家發出乾笑，格瑞斯就跟某位王族一樣，嘆了口氣。

「老實說，伯特大哥也取笑過小的……」

勞爾泛著眼淚，坦承自己被狼人青年嘲笑過。

狼人的說法是「現在才拚著練太慢啦，白癡」。

「那時候在第24層，伯特大哥也跟艾絲小姐他們一起對抗過可怕敵人，對吧？」

「……嗯。」

勞爾壓低音量湊到格瑞斯耳邊問道，格瑞斯頓了頓之後才點頭。

做為幹部之一，他也聽說了上次發生的事件。

「伯特大哥回來後，還是老樣子呢。」

想起伯特在總部的態度還是一樣傲慢，勞爾低聲說道。

至於格瑞斯……並沒把那個狼人青年鍛鍊得比誰都苛酷的事說出來。

在第24層的交戰後，狼人青年比任何人都無法原諒自己，發揮了他超不服輸又倔強的個性，在勞爾他們面前不動聲色，絲毫不讓人看出他在做自我鍛鍊。

而格瑞斯每天晚上，都陪他在市郊的倉庫做訓練。

「唉……全都一個樣子。」

「？」

勞爾不解地看著格瑞斯，他深深嘆了口氣。

講著講著，一行人來到了服務小姐的窗口。

「我們是【洛基眷族】，就跟之前報告的一樣，兩天後『遠征』，我們要提出申請。」

「好的～，我們收到了～」

一名服務小姐——蜜西亞・弗洛特收下了格瑞斯交出的羊皮紙。

只有一百五十C的嬌小個頭，加上桃紅色的頭髮。她用符合娃娃臉的稚嫩聲音接受申請後，從椅子上站起來端正姿勢。

她雙手交疊，放在腹部上，面帶微笑深深行了一禮。

「期待各位的歸返，祝武運昌隆。」

少女做為一名公會職員，同時也以個人的身分，祈求勇敢的冒險者們凱旋歸來。

遠征的申請單，蓋上了公會的紅色印跡。

「按照預定，【洛基眷族】的『遠征』確定成行了。」

火炬的火焰爆開，發出嗶剝一聲。

在地板覆蓋著巨大石板的陰暗地下空間，四支火把照亮著讓人聯想到古代神殿的祭壇，公會長——精靈洛伊曼・馬迪爾的聲音在壇上響起。

他那俊美精靈不該有的肥胖身體跪在地上，坐在祭壇中央、身高超過二M的魁偉老神——烏拉諾斯對他緩緩點頭。

「你可以退下了。」

「是！」

聽到都市創設神的嚴肅聲調，洛伊曼晃了晃滿是肥肉的身體。他靜靜退了出去，從大廳走上通往地面的階梯。
烏拉諾斯深深坐在巨大的石砌神座裡，洛伊曼消失後仍然動也不動，蒼藍眼瞳持續凝望前方。
「——他們果然要出手啊。」
洛伊曼離去後，祭壇響起了烏拉諾斯以外的聲音。
在石造大廳一隅，黑衣人費爾斯從沉積的黑暗中現身。
此人全身包裹著漆黑長袍，戴著刻有複雜紋路的手套(glove)。他將包得密不透風，看不出容貌、性別與種族的亡靈般外形，暴露在火炬亮光下。
「是啊，洛基也想得到一連串騷動的相關情報。」
對於走出暗處的費爾斯，烏拉諾斯看都沒看一眼，只用聲音回應。
老神與他的左右手，在公會本部地下的祈禱廳裡開始對話。
「你認為在地下城深層……第59層真會有事件的關鍵嗎，烏拉諾斯？」
「沒有確切證據，但我能確定。」
「是因為神的直覺嗎？」
「正是。」
在火炬搖曳的火焰下，兩人進行著簡短問答。
聽了老神的簡潔回答，費爾斯點頭回答「我知道了」。
「我設法在【洛基眷族】準備個『眼睛』吧，好讓我們也知道迷宮深處究竟發生了什麼事。」

聽到黑衣魔術師(magus)所言，「麻煩你了。」烏拉諾斯說。

「我想先整理一下情報，烏拉諾斯，如果你知道些什麼，也請告訴我。」

確定天神稍微縮起了下巴，費爾斯從黑暗堵塞的連衣帽深處發出聲音。

「首先是在第24層得知的事實，就是喚做芮薇絲的紅髮女子——怪人的存在。」

「役使食人花怪獸，守護『寶珠胎兒』之人……」

「沒錯，然後如果相信『第27層的噩夢』首謀，復活的白髮鬼(奧力瓦司·亞克特)所說的話……內藏『斑斕魔石』的新種(怪獸)與胎兒，都是以『她』這個存在做為起源。」

「她」將「斑斕魔石」移植到瀕死的奧力瓦司體內使其復活，讓他重新誕生，成為人與怪物(怪獸)的混種生物。紅髮女子芮薇絲也是這種生物之一，他們是能藉由攝取「魔石」提高能力的「強化種」——活在怪獸的真理之中，超越人類與天神智慧的魔物。

他們這些怪人，以及將食人花(怪獸)當成觸手使喚的「她」，很可能正是自怪物祭以來一連串事件的核心，也就是一切的元凶。

「『沉眠於地底深處』、『想看天空』……這些也是【荷米斯眷族】聽白髮鬼親口所說的，從這些發言推測，『她』應該棲息於地下城深層的深處地帶——」

「目的與『古代』那些怪獸一樣，就是爬上地表嗎？」

聽了烏拉諾斯的發言，費爾斯也回答「恐怕是」。

怪人芮薇絲指示艾絲前往第59層，在那裡等著她的，很有可能也是與「她」相關的某些事物。

「艾絲・華倫斯坦與『寶珠胎兒』的關係，也可做為判斷資料之一。」

「……」

在第18層「里維拉鎮」與胎兒初次接觸時，艾絲顯示出幾乎不支倒地的排斥反應，而胎兒本身也的確對她的「魔法」起了反應。

聽了費爾斯所言，烏拉諾斯的眼睛略垂下去。

火炬火光照亮了老神的側臉，他身上纏繞著陰影，一時之間閉口不語，似乎在尋思某些線索。

費爾斯看烏拉諾斯陷入沉思，察覺到了些什麼，但還是繼續說下去：

「接著是黑暗派系的殘黨，關於他們，不知道是不是我們所認識的過去的亡靈，也不知道組織的領導者是誰，只看到他們在第24層試著將捕獲的食人花運至某處。」

黑暗派系是一個偏激集團，過去公會與許多派系聯手合作，已將其摧毀。

過去的黑暗派系遵從自稱「邪神」的諸神指示，一直以來多次擾亂秩序，又對歐拉麗進行破壞。他們滋擾都市和平、追求混沌的行動有著各種理由，有時帶有明確目的，有時只是天神以犯罪為樂。

黑暗派系的【眷族】已經全數消滅，自稱邪神的主神也全被遣返天界了。那些殘黨是他們的倖存者，或是出現了繼承他們意志之人，目前還不明確。

組成殘黨的派系數量、規模，甚至是領頭的主神都還不明朗。

「地表勢力與『她』組成的地下勢力狼狽為奸，企圖毀滅迷宮都市……這就是事件的前因後果嗎。」

「準確來說，應該是黑暗派系殘黨利用了地下勢力的力量，或是反過來被對方利用了吧。」

費爾斯與烏拉諾斯的聲音，在祭壇上依序響起。

最後兩人推測芮薇絲等人與黑暗派系應該是互相利用，話題暫且中斷。

「……烏拉諾斯，可以問個問題嗎？」

費爾斯晃著黑衣，轉為面對端坐神座的烏拉諾斯。

老神以視線催促費爾斯講下去，於是他接著說：

「第24層的事件當中，據說紅髮女子提到了一個人名……不，可能是一尊神的名字，叫『厄倪俄』。」

那是接受了費爾斯委託的犬人（露露妮）他們，聽到的其中一句話。

──『雖然還不完全，但也養得夠大了，拿去給厄倪俄！』

穿戴面具與連帽長袍（hooded robe）之人──很可能是黑暗派系的殘黨──拿走寶珠胎兒時，芮薇絲的確是這樣說的。

費爾斯提起露露妮報告的情報，向老神問道：

「這個喚做『厄倪俄』的人很可能是重要神物（人物），你對這個名字有沒有印象？」

「……就我所知，天界沒有叫這個名字的神。」

對於費爾斯的詢問，烏拉諾斯斬釘截鐵地說，沒有一個天神叫做「厄倪俄」。

但他又說「不過」，然後繼續說道：

「在諸神（我們）的語言裡，『厄倪俄』這個詞的意思是——」

烏拉諾斯瞇細了他的蒼藍眼瞳。

「——『都市的破壞者』。」

「遠征」前一天。

也就是鍛鍊的最後一天。

在都市外圍地帶，當來自東方天空的曙光照臨著巨大市牆時，石板地上伸長的兩個人影重疊在一起。金色長髮翻飛的少女影子連番進攻，晃動白髮的少年影子拚命追上她的動作。

揮動的劍鞘與短刀如同幾天來的鍛鍊，上演著激烈攻防。

自遠離歐拉麗的山脈射出的美麗晨光，燒灼著艾絲的側臉，眼前少年的身手讓她睜大雙眸。

刺出的劍鞘被擋下。

面對自己迅捷的攻擊，少年踏實地增加了防禦次數。

那是艾絲一直以來示範的，運用「技巧」進行的防禦方式。

不是從正面彈開對手攻擊，而是橫向或斜向敲打，錯開方向加以卸力。

這種防禦是自己要貝爾做的功課，是這場鍛鍊的最終目標。

透過模擬戰，少年看到、感覺到艾絲的「技巧」，一直試著學起來，在一切即將結束的這一天，使出渾身解數表現給她看。

「——！」

短刀蘊藏著憨直的氣魄。

無法完全躲掉的連擊掠過身體，留下擦傷，但少年仍然一擊一擊加以卸力、殺退。

然後。

少年跨越了防禦，第一次對艾絲做出反擊。

「⋯⋯！」

白刃的吼叫直達早晨天際。

少年的一擊被輕易擋下，但的確打中了艾絲。

手臂連同被劍鞘彈開的《短刀》一起無力地下垂，少年上氣不接下氣，艾絲默默地注視著他。

傷痕累累的身體，從第一天以來始終如一的真摯眼神，未曾褪色的深紅光輝。

突然間，朝陽如光線般閃爍了一下。增強的光輝，一瞬間將視野染成白色。

看到少年浮現在純白光景中的身影，艾絲的嘴唇流露出喜悅，真心微笑了。

「這樣，就結束了⋯⋯」

艾絲輕聲對貝爾低喃。

視線朝向東方天空，只見太陽已從雄偉山脈後方露臉。這一星期以來，那也是訓練結束的信號。

艾絲將臉朝向旁邊，黎明之後的美麗朝霞讓艾絲瞇細了眼；一樣注視著那幕光景的少年轉向她，低頭行禮。

「謝謝您到今天為止的指導。」

少年彎下了腰，臉朝著石板地，向她道謝。

這一星期說短還真短，回想起這七天來兩小無猜的幽會，艾絲胸中百感交集。

結果艾絲沒能得知貝爾「成長」的任何祕密，但曾幾何時，她從少年一天天成長的身影中發掘出樂趣，心情興奮雀躍，知道了教導別人的喜悅。

不知不覺間變得只知道戰鬥的艾絲，心裡很高興。

拚命煩惱、沮喪、苦思，然後伴隨著愉快的苦樂，與少年共度的這幾天。

她將與少年共有的時間，以及無可取代的這一瞬間，緊緊擁抱在心裡深處。

兔子般的白髮在風中輕柔飄逸，貝爾最後挺直了彎著的身體。

與他四目交接的艾絲，眼角線條變得柔和，用連自己都感到驚訝的溫和聲音，低聲說：

「我也，要謝謝你。……我，很開心喔。」

兩人一起置身在朝陽的懷抱裡，艾絲再度對少年微笑。

貝爾變得滿臉通紅，嘴巴重複著一張一合，最後低下頭去。看到他從鍛鍊第一天到最後這一刻都老是在害羞，艾絲覺得很有趣，一直笑著。

艾絲知道了，白兔原來是很怕羞的。

「……那麼，你要加油喔。」

「……是。」

交纏的視線慢慢解開，艾絲轉身背對貝爾。

從現在起，自己與貝爾都得再度邁步奔馳。為了不讓這段令艾絲依戀的距離與關係拖住自己的腳步，她只留下簡短話語，就準備離開少年。

這並非別離。

兩人要朝著各自的目標，從今天開始，再度一同邁向不同的高峰。

「……」

在被日光打溼的市牆上走了一會，艾絲緩緩轉過頭來。

漸離漸遠的少年背對著她，奔向自己的道路。

她吸了口澄澈藍天的早晨空氣，嘴唇漏出笑意。

「……以後，見了。」

艾絲轉身背對少年，也向前奔去。

她甩動著濃金髮絲，躲掉刺出的一擊。

優美的瓊音歌聲，響遍天空遭到遮蔽的廣大地下迷宮。面對好幾次飛過的劍影，歌聲並未中斷，也不畏怯。

握住魔杖的蕾菲亞流暢地動著雙唇，編織咒文。

對抗金髮金眼少女的犀利斬擊，蕾菲亞重複移動與閃避，爭取兩者間的距離，即使遇到怎樣都無法完全躲開的攻擊，她也將傷害壓抑到最小程度，不影響到詠唱。

絕對不會再像訓練第一天那樣，害怕攻擊而閉起眼睛。

她凝視眼前的攻擊，保持視野開闊，在腦中描繪幾秒後自己的站立位置與行動，以繼續進行詠唱。

蕾菲亞反覆思考著累積在自己內部的、別人給她的各種教誨。

里維莉雅教過自己的詠唱術，以及大樹之心。

菲兒葳絲指點自己的「並行詠唱」技術。

她將這一切，直接表現給憧憬的劍士艾絲看。

「【狙擊吧，精靈射手。射穿吧，必中之箭】。」

恰似翩翩起舞那樣，配合著對手的劍舞，演奏自己的歌聲。

然後，蕾菲亞與展開的魔法陣，一同完成了「魔法」。

「【靈弓光箭】！」

發動的光矢散放出光輝。

艾絲閃避後，疾馳的魔法彈命中地下城壁面，將表面炸開。

無數碎片飛舞，濃煙升起，被炸出個大洞的迷宮牆壁，說明了比起兩天前與菲兒葳絲做的訓練，「魔法」的威力提高了。

「哦──」艾絲看看牆壁，又看看蕾菲亞，正在感嘆時。

看到「並行詠唱」的完成度有所提升，氣喘吁吁的精靈少女，臉上浮現一絲笑容。

「好厲害喔，蕾菲亞，妳真的學會『並行詠唱』了。」

「嘿、嘿嘿……這都要感謝大家教我，不是我的功勞……」

只要少了其中一人，「並行詠唱」一定就學不會了。

因為跟艾絲還有菲兒葳絲做了模擬戰，又有里維莉雅的教誨，才能有這個結果。自己只是受到她們引導，拚命追趕罷了。

蕾菲亞紅著臉自謙，艾絲對她回以微笑，表示沒那種事。

聽到她由衷的讚美，蕾菲亞更害臊了。

「艾絲小姐……我會加油的。在『遠征』的時候，我也會努力支援艾絲小姐你們的。」

蕾菲亞與艾絲面對面，緊緊抱住魔杖，注視著艾絲的眼眸。

她不會白費與艾絲她們做的訓練，不會扯大家後腿，一定要成為他們的力量。

聽蕾菲亞說出心裡的意志與誓言，「嗯。」艾絲點點頭。

自己決心堅定的表情，映照在眼前的金瞳裡。

「……艾絲小姐，那個少年後來怎麼樣了？」

最後，蕾菲亞的嘴唇問出了這個問題。

對於她的問題，艾絲的眼神和緩許多。

「那孩子，也很努力喔。」

「遠征」前一天，也就是蕾菲亞與少年鍛鍊的最後一天。

早上與少年做完了鍛鍊，如今艾絲的表情顯得有些爽快。看慣了的缺乏感情的相貌，流露出少許喜色。

「這樣啊……」

蕾菲亞以嚴肅的神情，接受了艾絲的表情與話語。

她視線往下移，定睛注視安裝在雙手魔杖上的藍白魔寶石。

結果少年的身影，還是沒從蕾菲亞的心中消失。

直到最後，甚至在這一刻，她都關注著少年的動向。

「明天就要『遠征』了……今天早點回去吧。」

艾絲建議該離開這陣子當作訓練場的地下城窟室，回總部了。

蕾菲亞抬起頭來，回絕她的提議。

「那個，請讓我再待一下，做點調整。我一個人可以的。」

「……嗯，知道了，不要太勉強自己喔。」

艾絲沒說什麼，就接受了蕾菲亞的請求。

她似乎從少女的眼中感覺到了什麼，先離開了窟室。

蕾菲亞一個人留在牆壁與天頂蘊藏滿滿燐光的空間，閉起眼睛，做個深呼吸。

不久，她握著魔杖，開始唱起精靈之歌。

有時確認動作，有時對來襲的怪獸放出閃光。

她努力複習並反覆實踐，直到時間用盡。

「……該回去了。」

後來蕾菲亞又進行了好幾小時的「並行詠唱」，最後從衣服裡掏出懷錶，喃喃說著時間到了。

刻著葉片與樹木銀雕的同胞（精靈）產懷錶，顯示時間已是傍晚。

蕾菲亞「啪」一聲闔起錶蓋，邁出腳步，快走到出入口時，回頭看看這幾天進行訓練的窟室。

她對學到了許多事物的場所投以淡淡微笑，這次不再回頭，離開窟室。

「好像有點待太久了……」

蕾菲亞從第5層西側的窟室，小跑步跑向地面。

艾絲明明叮囑過，自己卻一下子練過頭了。蕾菲亞反省著，回到充滿冒險者的正規路線。她有空就順手解決一下遇到的怪獸，與許多同行擦身而過，或從背後追過他們，在「上層」裡前進。

然後她走完第1層稱做「起程之路」的大通道，登上通往地面的大洞螺旋階梯，來到摩天樓設施（巴別塔）一樓。

蕾菲亞正要走出門，前往廣大的中央廣場（Central Park）時，撞見了一個冒險者。

「啊。」

「啊。」

兩人異口同聲，互相凝視。

不曾忘記的深紅眼瞳，以及初雪般純白的頭髮。

肩膀掛著巨大背包，身邊有個一頭灰褐色長髮的狼人小妹妹……不，是少女——應該是冒險者同伴。

從迷宮回來，滿身是傷的白髮少年，跟蕾菲亞一起僵住了。

周圍的同行們走過他們身邊，狼人少女一臉不解地看著她與少年。

先採取行動的是蕾菲亞。

她橫眉豎目，對著渾身僵硬的少年，用力一指。

纖纖玉指筆直對著少年。

「我不會輸的!!」

她扔下睜大眼睛、驚慌失措的少年，邁步跑開。

承受著吃驚的狼人少女與冒險者們的視線，她穿過門口，來到中央廣場。

對明天「遠征」的決意，以及對少年的鬥志。

蕾菲亞懷抱著兩種心情，躲開人群，衝過染成棗紅色的廣場。

朝著火紅燃燒的夕陽，蕾菲亞不停奔跑。

「洛基～，拜託妳了～」

「嗚喔喔喔喔——！是還有多少人啦——!?」

夜晚。

在【洛基眷族】的大本營（總部）黃昏館，天神的咆哮直達月夜天際。

叫聲的來源，是好幾座尖塔圍繞的中央塔最高層，洛基的神室（寢室）。登上長長的螺旋階梯，便會來到一扇門前，她可愛的眷屬們在這裡大排長龍。

「太多人更新【能力值】了吧——!?這可是『遠征』前一天晚上耶，吼——!?」

這些排隊等候的人，原來是要請主神強化能力（能力值）的團員們。明天「遠征」在即，團員們不分男女蜂擁而來，想讓【經驗值】反映在能力上。

洛基就是擔心會變成這樣，所以早就叮囑過團員們「遠征前要做最終更新的話，記得早點過來」，然而……熱心鍛鍊的他們還是折磨、訓練自己到最後一刻，用盡所有時間累積【經驗值】才過來。洛基不是不能體會他們的心情，但一旦輪到自己，實在很想慘叫。

「可惡的特訓熱！可惡的艾絲美眉!?」洛基怨恨著那個金髮天然物體，拚命更新眷屬們的【能力值】。面對嚴苛的「遠征」，只要能稍微提升生存的可能性，她不能嫌累。

「可惡啊——！連吃豆腐的餘力都沒有啦——!?」

「謝謝～」

洛基流著血淚，目送脫掉上衣、露出酥胸與滑嫩美背的獸人團員離去。

更新潮讓她連喘口氣的時間都沒有，再怎麼處理，排隊等候的團員們都不見減少，成員眾多的【眷族】特有的煩惱——主要是主神的辛勞——就顯現在這裡。

從最初開始更新到現在，時鐘短針已經轉了約兩圈，日期都快變了。

「結、結束了嗎!?」

最後一名男性團員說著「多謝～」離去後，洛基瞪著房間門口，感覺不到人的存在。

看房門不再打開，肩膀上下起伏的洛基，露出歡喜與安心交雜的表情。

然而就在下一秒，好像算好時機似的，房門被用力推開。

「喂，洛基，更新【能力值】啦。」

「咕呼……伯特……」

看到狼人青年走進房裡，洛基倒在床上。

「怎麼這麼不識相啦——」主神累垮了，用眼淚沾溼床單，「誰管那麼多啊。」眷屬說。

他自己拉了把椅子來，在洛基面前坐下。

「唉……如果是艾絲美眉之類的來收尾，我也會興奮到流鼻血，辛苦有了代價的說——。
唉……伯特喔……」
「小心我扁妳喔。」
伯特在像個大叔一樣念念念的主神面前，脫下了戰鬥裝(battle jacket)。
「不就一個人，是會花妳多少時間啊，快點。」
「好咧好咧，嘿。」
伯特裸露上半身，背部朝向她，任由天神的手指滑動。
洛基解開了鎖(lock)，轉瞬間讓朱紅色【神聖文字(hieroglyph)】浮現出來，開始更新【能力值】。
「等所有人走光後才過來，幹嘛，一個人偷偷訓練是祕密啊——？」
「馬的，妳怎麼知道的啊。」
「咕呼呼！不告訴你。」
主神人在自己的背後，看不到表情，伯特已經不想隱藏厭煩的臉色了。
洛基邪邪笑著，滲出神血(ichor)的手指在他背上滑過。
「要是知道伯特躲起來偷做訓練，那些怕你的孩子一定也會被你的反差萌到，跟你親近喔？
應該會比現在自在一點吧——」
「哈！跟小咖相親相愛有什麼意義。」
除了幹部之外，很多人都怕伯特，洛基流暢進行著更新作業，對這個獨行俠好言相勸，但本人只覺得無聊，發出訕笑。

他像是用瞪的一樣，琥珀眼瞳定睛注視著房間前方的整片牆壁。

「強者的職責就是站在高處，盡情俯視那些小咖。」

「……」

「我們不嘲笑他們，對他們吐口水，誰要來做這件事？只會讓不自量力的笨蛋越來越多吧。」

伯特一字一句中流露出煩躁，繼續說：

「那些傢伙必須抬頭仰望我們，看到脖子都快斷了，不然他們永遠只是令人作嘔的小咖。」

他這樣講，就像在暗指被艾絲這次升級所刺激，拚命開始掙扎的團員們。

洛基默默聽伯特說，注視著削掉一切贅肉、經過千錘百鍊的上半身，以及眼前留下淡淡傷痕的背部，閉起眼睛輕輕一笑。

【能力值(ability)】更新結束，洛基將它翻譯成通用語(Koine)。

「伯特——，能力參數上升了很多喔——」

「多少？」

「差不多3。」

「根本沒上升嘛!!」

伯特吼叫著，把翻譯好的更新用紙一把搶過來。

「不不，你都Lv.5了，而且只是做自我鍛鍊就能提升這麼多，很棒了啦。」洛基笑著告訴他。「連安慰都算不上。」狼人低頭看著紀錄紙，只用鼻子哼了一聲。

洛基的房裡滿是酒瓶等雜物，伯特點燃了桌上的燭台，直接把更新用紙燒了。

「……也是呢，伯特很強嘛。」

過了一會，伯特穿起戰鬥裝要離開房間，坐在床上的洛基，出聲對那高挑背影說道：

「所以拜託伯特，你要保護大家喔——」

面臨危機四伏的「遠征」，洛基懇求伯特。

狼人青年在房門前停下腳步，聽到主神這樣說，轉過頭來。

「……哈！妳東挑西揀的眷屬（那些傢伙），也不是蠢貨吧。」

難得看到洛基露出愣愣的表情，伯特掀起了嘴角。

「小咖是小咖沒錯，但不是窩囊廢，用不著我來保護。」

聽到總是無法坦率點的孩子這樣說。

洛基咧起嘴角，回以笑容。

她自然而然地清醒過來。

「遠征」當天早上。

從窗簾縫隙灑落的陽光，讓艾絲慢慢睜開眼瞼。

她在總部自己房間的床上撐起上半身，看看靠在牆邊的愛劍（絕望之劍），又看看窗外，瞇細了眼睛。

天空晴朗無雲。

「好，我要拚了——！」

「很吵耶，閉嘴做準備啦……」

在分配給她們的雙人房。

起床的蒂奧娜與蒂奧涅姊妹，吵吵鬧鬧地開始打理行囊。

她們正在準備出發，進行期盼已久的「遠征」。姊姊暴露出豐滿的胸部與柔韌雙腿，穿起戰鬥衣，妹妹在她身旁已經換好衣服，打開收納箱（chest）的櫃子，把裡面的東西扔了一地，將道具（item）等所需物品一件件塞進包包裡。

蒂奧涅發著牢騷，地板轉眼就被蒂奧娜的私人物品淹沒。

蒂奧娜晃著穿在身上的裹裙，最後前往靠在牆架上的大型武器旁，那是她的專用武器。

「我得在這次『遠征』裡追上艾絲才行！」

她握住大雙刃的刀柄，刀刃表面散發著光澤。

「蕾菲亞，我先過去囉——？」

「啊，好的，慢走！」

女性團員室友離開房間後，蕾菲亞趕緊繼續做準備。

她在鏡子前把濃金色長髮束起來，用嘴裡銜著的髮飾——同時也是冒險者護身配件（accessory）的銀飾（白銀髮束），在後腦杓綁起馬尾。

蕾菲亞綁上了銀製髮飾，看看鏡子，點頭表示一切搞定。

「……」

蕾菲亞從椅子上站起來，拿起魔杖〖森林淚滴〗，最後低頭看著自己的手心。

她握緊拳頭，就像在確認同胞——好友讓給自己的「魔法」力量。

蕾菲亞抬起頭，把支援者裝備的筒形背包掛在肩上，離開房間。

「啊，伯特大哥。」

在黃昏館前的庭園，團員正在搬運大型貨物箱等物資。

基層成員全部出動，正在檢查、整理帳棚與備用防具，以及超過三十把以上的「魔劍」等許多行李，以備出發。

所有人都對今天的「遠征」緊張興奮不已，到處有人在交談，勞爾正在對團員們做指示時，看到伯特從高塔大門走出來。

裝備的雙臂護手與白銀金屬靴（metal boots），在陽光下發亮。

「您、您早。」

「你們不准扯我後腿，知不知道。」

勞爾對第一級冒險者當中頭一個到的狼人青年率先打招呼後，他對勞爾以及附近所有人如此揚言。

廣受基層成員畏懼的他，講話口氣讓許多人縮成一團，「啊，啊哈哈哈……」勞爾邊冒汗邊擠出笑聲。

同時，他那即使面臨「遠征」仍然不變的態度，也讓勞爾產生了奇妙的安心感。

「艾絲她們還沒來嗎？」

「是、是的。蒂奧娜小姐她們剛才在餐廳趕著吃早飯……但艾絲小姐好像還在房間。」

「啊啊？那傢伙是不打算吃飯了嗎？」

即使旁人都嚇得縮成一團，勞爾仍不氣餒，繼續跟伯特對話。一提及艾絲的話題，他停下腳步。

「嘖，真拿她沒轍。」伯特邊咒罵邊掉頭，沿著來時路走回去。

狼人青年回到宅邸裡，大概是要去艾絲的房間吧。勞爾目送他離去，心想：他在一些莫名其妙的地方，還真會照顧人呢——

「……」

包括中央塔在內，大本營由八座塔組成。

在正北方的尖塔，芬恩待在自己的房間，單膝跪地，一手貼在胸前。

他靜靜閉著雙眼，在他的面前，牆上掛著繪畫式紡織品（壁毯），而就在它旁邊的架子上，安放著一尊女神像。

以金絲銀線編織成的壁毯，以及手拿槍矛的石膏像，都是同一尊神像。

就是小人族虔誠信仰的虛構女神「菲亞娜」。

「芬恩，老子要進去了。……喔，好像打擾到你了。」

「不會，沒關係，剛剛結束。」

進入房間的格瑞斯與里維莉雅，看到芬恩跪在女神跟前，本想晚點再來，不過他睜開眼睛，站了起來。

他剛才在向自己信仰的神祈禱，此時轉向兩名盟友。

「都準備好啦，包括物資在內，萬事俱備。」

「嗯，謝謝你，格瑞斯。」

「為了以防萬一，我想最後跟你討論一下，就是關於到第18層為止，第二隊的編組方式。」

芬恩與格瑞斯、里維莉雅圍成一圈，開始討論。

「遠征」即將開始，【洛基眷族】的首腦陣容進行最後一次確認。

「里維莉雅，大家情況如何？」

「他們這幾天光顧著鍛鍊，我本來只擔心他們身體出狀況……不過一切都沒問題，他們都有好好調養身心。」

「畢竟都是些血氣方剛的傢伙，士氣也旺得很。」

討論結束後，芬恩一問，兩人都說團員們處於最佳狀況。

此時庭園那邊還傳來喧鬧聲，格瑞斯雙臂抱胸，瞇細眼睛。

「包括艾絲在內，年輕人都長大了……真懷念只有老子跟你們倆那時候啊。」

「現在退隱還太早喔，格瑞斯。」

聽矮人提起【眷族】剛成立的時期，里維莉雅閉起雙眼，露出微笑。

芬恩笑著，抬眼看著他們倆，然後慢慢變了表情。

「終於走到這一步了，男神（宙斯）與女神（赫拉）留下的對未到達樓層的挑戰……只要能超越這一步，我們的名聲就會再度震撼世界。」

為了復興小人族而追求名聲的他，碧眼當中有著無可撼動的意志之光。

看到他這副模樣，里維莉雅開口道：

「已經夠了吧？現在沒有一個小人族不認識你了。」

聽到里維莉雅這樣說，芬恩閉起眼睛搖頭。

「在都市（歐拉麗）名聞遐邇的小人族，除了我以外就只有女神芙蕾雅的【炎金四戰士】……在這世界上，我幾乎沒聽過幾個同胞的名字。」

不只是歐拉麗，即使放眼全世界，也只能聽到寥寥幾個小人族的名聲。

芬恩一邊如此談起，一邊往下看著自己的拳頭。

「小人族需要光明，需要名為『勇氣』的旗幟。」

如同在久遠的古代，一族的勇者們被模擬為女神「菲亞娜」，長久以來成為小人族精神的依託——芬恩接著如此說。

同時他又傾吐了內心話，說為此他會不擇手段，也願意犧牲一切。

「我不能就此罷手，無論有什麼等著我，我都會繼續前進。」

看到這小小冒險者抬起頭，說出自己的覺悟。

格瑞斯摸著鬍鬚，笑了。

「真是……跟相識的時候一個樣子。你總是懷抱著不符合矮小個頭的野心，而且大言不慚。」

「我自認為已經圓滑多了。」

「真敢講。」

芬恩故意聳聳肩，格瑞斯的鬍鬚跟嘴唇一起翹了起來。

里維莉雅看著兩人對話，最後不禁懷念地說：

「……我們那時候總是爭執不休，想不到現在卻一起站在最前線攻略地下城，真不可思議。」

里維莉雅回憶過往。

高傲而堅持己見的公主（精靈王族）；不知怎地就是討厭她，粗野地罵人的大漢（矮人）；然後是看兩人不合，整天嘆氣的少年（小人族）。

芬恩、里維莉雅與格瑞斯各自憶起他們的相遇，以及直至今日的每一天，互相交換了一個微笑。

「來一下那個吧，振振精神。」

格瑞斯迅速伸出一條手臂。

看到一隻大拳頭伸到圈子中間，芬恩與里維莉雅苦笑著，但也像是事前約好般，學著他做出一樣的動作。

過去，三人在發誓的那一天，做過這個儀式。

主神看他們交情極端惡劣，硬是建議他們像這樣把手疊在一起，互相說出自己的願望。

「願能有火熱的戰鬥。」

「願能見識未知的世界。」

「願能復興我族。」

矮人、精靈與小人族依序出聲，最後把伸出的拳頭碰在一起。

他們回到自己的原點，互相分享自己的意志，不久就恢復成引領派系的首腦陣容該有的表情。

「艾絲他們在等著，走吧。」

聽芬恩這樣說，他們互相點點頭，三人走出房間。

「話說芬恩，你另一個目的進展得怎麼樣了？」

「喔，你說繼承人……為了生下子嗣，想娶妻的那件事啊。」

「很不巧，都沒遇到好對象。格瑞斯、里維莉雅，你們若是認識哪個好小人族（女孩），跟我介紹一下吧。」

「蒂奧涅會殺了我，恕我拒絕。」

「老子也是。」

三人一邊互開玩笑，一邊往前走。

帶著槍矛、斧頭與法杖的亞人，前往團員們等候的地方。

晴朗無雲的天空，將陽光灑落在中央廣場上。

在這八條大街匯集的都市中央開闊空間裡，一大早就有眾多冒險者形成人潮。

身穿裝備的少年、少女與魁梧男性們，帶著支援者前去挑戰地下城。各類種族的人群正在前往白牆巨塔時，艾絲也仰望著宏偉的摩天樓設施。

在大本營前集合的【洛基眷族】一行人按照團長（芬恩）指示，經由北大街來到這座中央廣場。他們帶著好幾個裝滿裝備品與物資的大型貨物箱，在離「巴別塔」北門正面有段距離的位置等著。

小孩子看了都不敢哭的小丑（trickster）徽章團旗，以及都市最大派系的各個成員，引來了周圍群眾的注目與議論，但艾絲等人只是等著出發的號令。

「哦，【劍姬】！真是久違啦，一切都還安好嗎？」

「椿小姐……」

艾絲正在仰望直指蒼天的巴別塔時，旁邊有個聲音叫了她。

一看，左眼以眼帶覆蓋的鐵匠，椿・柯布蘭德用容易親近的笑容，正往她這邊走來。

如同裝備了劍與鎧甲、全副武裝的艾絲，她也穿起了迷宮用的武裝。島國特有的鮮紅袴褲一直遮到小腿，大陸式戰鬥衣穿在身上包住豐滿胸部，外面再戴上護手與護肩等防具。

下半身與上半身，分別由所謂的遠東產和裝與大陸產洋裝組合而成。

插在腰際的，是收在漆黑刀鞘裡的太刀。

除了她以外，還有好幾名高級鐵匠——【赫菲斯托絲眷族】的成員，與【洛基眷族】會合。

「從今天起，請各位多多指教。」

「嗯，沒問題。不過妳不用太客氣哦？鄙人與其他人都是想去，才跟你們去的。」

艾絲事前就聽里維莉雅說過幾位鐵匠會跟他們同行，她開口致意，椿態度爽快地說出了單純明快的理由。

看她哈哈大笑的模樣，艾絲心裡正想苦笑時，她「哦」了一聲，視線從艾絲身上移開。

「被鄙人找到了吧，伯特・羅卡。你可是強迫鄙人，用那種蠻不講理的預定行程要鄙人打銀靴（弗洛斯維爾特），要是敢再弄壞，鄙人可不饒你。」

「哪會那樣動不動就弄壞啊，知道啦。先別管這個，喂！不准靠近我!?」

椿一找到伯特就想走過去，看她不懷好意地笑著，不必要地逼近過來，狼人青年粗著嗓子嫌煩。

那副天不怕地不怕的光景引來了旁人的畏懼，艾絲也不可思議地看著他們，這時，有個人影悄悄接近她。

「嗨，【劍姬】，最近還好嗎？」

「……露露妮，小姐？」

有人呼喚自己，一回頭，只見犬人少女出現在眼前。

【荷米斯眷族】團員露露妮的登場，讓艾絲愣了一愣。

「妳怎麼會，來這裡……？」

「算是來為『遠征』送行吧，因為妳幫過我好幾次嘛。」

看來就如同她所說，她好像是趁著這段出發前的空白時間，來給艾絲送行的。

她說自己不是「遠征」參加者，在這裡待太久會被瞪，匆匆忙忙想把事情辦一辦。

「這是帶來送妳的，我鑽進遺跡之類的地方時常用的隨身口糧，只要吃一個就能撐一天喔。啊，裡面沒放什麼奇怪的東西啦。」

「……謝謝。」

露露妮把用小袋子裝著的方塊狀隨身口糧遞給艾絲，她微微一笑。

當伯特與椿的對話吸引著團員們的目光，艾絲接過小袋子時——「鏗」一聲。

露露妮用小袋子遮著，把一塊水晶偷偷塞到艾絲手裡。

「這是黑袍人給妳的。」

「！」

聽到她用只讓自己聽見的音量呢喃，艾絲睜大了眼睛。

黑袍——就是那個數次與艾絲還有露露妮做接觸的黑衣人。

聽到這塊藍水晶是那個來歷不明的魔術師(mage)的委託品，艾絲難掩驚訝之情。

「我有請【萬能者(亞絲菲)】檢查過了，好像不是什麼怪東西。……他說希望妳去第59層時，可以把這個佩帶在身上。」

盜賊少女在不被任何人發現的狀況下，把黑衣人的口信與水晶都交給艾絲。

她小聲告訴艾絲「妳想扔掉也行，交給妳判斷囉」，然後退後一步。

看拿到小袋子與水晶的艾絲啞然無語的樣子，露露妮垂著眉毛笑了。

「……雖然我曾經硬是強迫妳接委託，但我說為妳送行是真的。上次沒喝到，這次等妳回來，我們去喝一杯吧？」

犬人少女淡淡染紅著褐色肌膚，用手指搔了搔臉頰。

「那我走囉。」說完，她轉過身去，搖了一下腰上的尾巴。

艾絲目送那背影消失在人群之中，視線往下看看小袋子與水晶。

她低頭看了一會連著鍊子的小塊藍水晶，然後將它綁在鎧甲的護腰具上。

艾絲並非完全信任黑衣人，不過露露妮最後講了那句話，這就當作是她給自己的護身符吧。

藍光在銀色護腰具上閃爍。

「剛才那位是露露妮小姐？她找艾絲小姐什麼事……？」

——只有蕾菲亞一個人，看到了艾絲與露露妮的對話。

蒂奧娜與蒂奧涅跟周圍團員們一樣吱吱喳喳地講個不停，她在兩人身邊偏了偏頭。

「蕾菲亞小姐。」

「啊……阿蜜德小姐？」

聽到有人叫自己，蕾菲亞回頭一看，有如精緻人偶的美麗銀髮少女（人類）站在那裡。

從西北大街方向走來的【迪安凱特眷族】治療師（healer）——阿蜜德低頭致意。

「我忙著處理米赫神他們……呃不，某個派系的新商品契約，之前都沒時間去拜訪各位，幸好趕上了，這些東西請您收下。」

「這是……靈藥（potion）嗎？」

「是的，這是我們派系的高等魔法靈藥（high magic potion）。」

阿蜜德拿給蕾菲亞的，是裝在隨身包（pouch）裡的試管組合。

她嚇了一跳，阿蜜德說：「算是『遠征』的餞別吧。」

「阿蜜德，妳來送我們啊！可是怎麼只有蕾菲亞有!?我們呢!?」

「蒂奧娜小姐應該不需要吧？」

蒂奧娜發現蕾菲亞她們在講話，也來插話，阿蜜德噗哧一笑。

聽到她吵著「怎麼這樣～！」，阿蜜德接著說「開玩笑的」，拿出比蕾菲亞那份更大的隨身包。

「這是高等靈藥（high potion），還有少許萬靈藥（elixir），請大家分著用。」

「謝謝妳，阿蜜德。這麼多……太感激了。」

蒂奧涅接過隨身包後道謝，阿蜜德搖搖頭。

心地善良的少女治療師依序注視蕾菲亞她們的臉，然後深深鞠躬。

「祝各位武運昌隆。」

只說了這句，阿蜜德就離開了蒂奧娜她們身邊。

蕾菲亞視線落在她送給大家的治療道具上，跟蒂奧娜還有蒂奧涅一起大聲道謝。

在她們的周圍，還有好幾幕類似的光景。

與【洛基眷族】成員有個人交情的冒險者們出聲呼喚他們，有人還帶著笑容為對方打氣。

眾多人類與亞人，都在為挑戰未到達領域的冒險者們加油。

「——所有人員，『遠征』現在開始！」

沒過多久，芬恩就站在部隊正面高聲喊道。

周圍所有人都轉過來，面對左右伴著里維莉雅與格瑞斯、背對著巴別塔的【眷族】領袖。

「這次也是一樣，在樓層前進時，我們要將部隊分成兩組！先出發的第一組由我與里維莉雅指揮，第二組則是格瑞斯！在第18層會合後，就一口氣前往第50層！我們的目標只有一個，就是未到達樓層——第59層!!」

團長的宣言，震撼了伯特、蒂奧娜與蒂奧涅、蕾菲亞、椿，以及在場所有團員的耳朵。

如同許多人那樣，艾絲也一邊注視著芬恩他們，一邊想像著他背後的白牆巨塔——底下的怪獸巢窟。

想像著黑暗地底深處，迷宮的深層區域。

「你們是不亞於『古代』英雄的勇敢戰士，是冒險者！你們將挑戰巨大的『未知』，帶回財富與名聲!!」

從大道，從廣場角落，從建築物的窗戶。

居民、冒險者，都市裡的所有人都在關注【洛基眷族】的出發，以及他們的將來。

「我們不需要成立於犧牲之上的虛偽榮譽!!你們必須向這地表的光明發誓——一定會活著回來!!」

團員們握緊了拳頭時，芬恩彷彿在向頭頂上的蒼穹暫時告別，吸了一口氣——然後發號施令。

「遠征隊，出發!!」

戰吼響遍上空。

在團員們的吶喊包圍下，艾絲仰望澄澈天空。

【洛基眷族】，開始遠征。

「來看看會變成怎樣吧——」

宅邸中央塔的頂端。

與留守組的團員們目送芬恩他們從總部出發後，洛基爬上屋頂，定睛注視著吶喊轟然響起的都市中央。

「等待著的是災厄，抑或是……」

公會本部地下神殿。

在火炬光明的包圍下，烏拉諾斯也將他的蒼藍眼瞳，朝向被黑暗堵塞的頭頂上。

「——好了，讓我見識一下吧？」

而在白牆巨塔的最高層。

妍麗女神不為人知地笑了笑。

在諸神的注目下，地下城就要寫下一篇冒險譚。

在「遠征」當中，派系的主戰力常常集中於率先前進的第一部隊——也就是先鋒隊。

這是因為在地下城不知道會發生什麼事，必須由他們處理路線上可能發生的異常狀況。為了讓負責搬運物資與備用武裝的後續部隊——進行「遠征」時的命脈——能夠安全前進，他們必須完成做為先遣隊的職責。

先行入侵地下城的第一部隊由芬恩與里維莉雅帶頭，並有艾絲、伯特、蒂奧娜與蒂奧涅等七名第一級冒險者，陣容堅強。除了他們以外，支援者等隊員當中，也有勞爾等許多第二級冒險者。

第二部隊有剩下的一名第一級冒險者格瑞斯，還有蕾菲亞等魔導士。

這支部隊的人員多於先鋒隊。

「欸欸，蒂奧涅。為什麼有其他【眷族】的人混在小隊裡啊？那些人應該不是雇來的支援者吧？」

在通道狹窄的「上層」，部隊為了避免人擠人而分成兩隊前進時，蒂奧娜回過頭來問道。

她到現在才發現後面跟著【赫菲斯托絲眷族】的鐵匠們。

「？」

「蒂奧娜妳好笨喔。這麼快就忘了上次遠征的撤退理由嗎？」

「他們是鐵匠，蒂奧娜。」

「啊啊！」

聽到驚訝的蒂奧涅這樣說，又聽了里維莉雅的仔細說明，蒂奧娜這才露出恍然大悟的表情。蒂奧娜似乎對有點難的事務工作一竅不通，沒在關心「遠征」的準備事宜，現在才知道鍛造大派系（赫菲斯托絲眷族）跟他們同行。

十五名【洛基眷族】的冒險者，加上十名【赫菲斯托絲眷族】的鐵匠。將隊伍分成兩隊時，他們也請鐵匠們分成兩組，並請團長椿到主隊去——也就是後續部隊。

「不過鍛造大派系（赫菲斯托絲眷族）的高級鐵匠竟然願意跟我們來，真的好厲害喔——!?」

「我硬是拜託女神赫菲斯托絲答應的，妳可別失了禮數喔，蒂奧娜？」

聽到關於名震都市的高級鐵匠們的詳細說明，蒂奧娜興奮不已，與鍛造神（赫菲斯托絲）直接做過交涉的芬恩半開玩笑地對她笑著說。「我知道啦！」蒂奧娜回以笑容，拔腿就跑，從背後抱住了走在前面的艾絲。

「艾絲，艾絲，妳聽到了嗎！【赫菲斯托絲眷族】的高級鐵匠們跟我們一起來了耶！」

「嗯……聽到了。好厲害喔。」

艾絲跟其他人一樣，早就知道鐵匠們有跟來，但還是對蒂奧娜興奮的聲音報以微笑。她背後揹著天真爛漫的亞馬遜少女，兩人笑鬧著交談。

目前的位置是地下城第7層。

一行人被淡綠色天頂與牆壁包圍，熱鬧得絲毫不像是要「遠征」，順暢無阻地往前進。

「哦，如果是【赫菲斯托絲眷族】的人，那就絕對不會扯我們後腿了。我放心啦。」

「看，又來了──。伯特就愛擺架子。」

在艾絲身旁晃著獸耳的伯特，聽到同行之人都是高級鐵匠，笑了笑。

蒂奧娜半睜著眼看著他的狂妄笑容。

「我說伯特啊，你為什麼老是喜歡這樣講話？瞧不起其他冒險者，你很開心嗎？我很討厭你這樣耶。」

「妳別誤會了。我才沒有可恥到會去瞧不起小咖，沉浸在優越感中咧──。我只是在陳述事實。」

就像昨晚對洛基脫口說過的，伯特瞧不起小咖的行為有他的意義在，對蒂奧娜的說法嗤之以鼻。看到伯特這種態度，「嗚嘰──!?」從背後抱著艾絲的蒂奧娜像猴子一樣發怒。

伯特引來反感，旁人極力爭辯。

這種光景至今已上演過無數次了。

「我只是看不慣弱小的傢伙而已。明明就無能為力，卻成天笑嘻嘻的，看了就想吐。」

「在我聽起來，你這只是強者立場的驕傲罷了。」

「就是嘛，伯特自己以前也曾經弱小過啊。」

「我只是在說，人要衡量一下自己的斤兩。」

當里維莉雅與蒂奧娜對伯特的一貫主張提出反駁時，艾絲在一旁聽著，獨自思考。

「斤兩……」她喃喃自語，獨自思考。

既非憐憫，也不是侮辱或驚訝，只是單純的疑問。

那時候，少年被迫看清了自己的斤兩，他心裡到底有什麼想法、感覺，怎麼能那樣發憤圖強呢？

她想起在酒館裡看到的，那雙泫然欲泣的深紅眼瞳，獨自思考。

被伯特輕視、侮蔑、唾棄的他，究竟是如何跨越挫折——不對，也許正因為遭人嘲笑過，少年才能奮發向上？

他是否以無法原諒自己的憤怒與懊惱為動力，一心一意地，真摯地，不顧一切地開始往高處邁進？

（該不會——）

少年所說的目標——難道是伯特？

艾絲不知怎地受到了沉重打擊，不敢背上蒂奧娜的重量，腳步差點踉蹌了一下。「？」身後的蒂奧娜一臉不可思議的表情，艾絲撐住膝蓋，站穩腳步。

下次問問看好了……但又覺得很可怕，不敢問。艾絲為自己的想像煩惱不已，眼睛輕微下垂。

她腦中回想起與少年度過的一星期。

（他現在，在做什麼呢……）

是否仍在持續奔馳呢？

是否將自己的教導藏在心中，繼續奮戰呢？

艾絲想起少年變得精悍了點的側臉——霍然抬起頭來。

「……四個人吧。」

「怎麼，說人人到啊？」

緊黏著艾絲的蒂奧娜說，身旁的伯特也做出反應。

小隊所有人都將視線朝向那邊，只見即將到達的十字路右邊路徑，有四個冒險者神色驚慌地跑來。

他們頻頻回頭往後看，簡直就像在逃離什麼似的。

「他們看起來好～慌張喔。要不要叫他們一下？」

「算了吧，在地下城內，原則上是不准干涉其他小隊的。」

「欸，你們怎麼啦——！」

「……大笨蛋。」

無視於蒂奧涅的制止，蒂奧娜對冒險者們喊道。

他們嚇了一跳，好像現在才注意到艾絲等人，急忙在他們面前停下腳步。

「妳、妳是誰啊？咦……不會吧！是、是【大切斷(亞馬遜)】！」

「蒂奧娜・席呂特！」

「不，是【洛基眷族】！咦，他們在遠征嗎！」

冒險者們看出了他們是誰，一下子變得畏畏縮縮。

「為什麼每次都是我啊……」聽到冒險者害怕地用綽號叫自己，蒂奧娜兩眼直瞪著他們發牢騷時，伯特問他們在做什麼。

對於他夾雜著嘲笑與侮辱的問法，冒險者們一時氣憤……但又馬上想起了什麼似的，渾身發抖。

「……我們遇到了，彌諾陶洛斯。」

「……啊？」

「我是說，彌諾陶洛斯！那個牛怪物，竟然在上層這裡到處亂晃！」

冒險者們先是壓抑著聲音，然後又發出了痛苦不堪的吼叫，讓伯特一瞬間停住了動作。

其他驚訝地旁觀事情發展的人，聽到「中層」出身的怪獸出現在「上層」的異常狀況，也都臉色大變。

至於艾絲聽到了「彌諾陶洛斯」這個名詞，右手也反射性地晃了一下。

不知怎地，少年的臉龐重回她的腦海。

「……不好意思。可以請你們幾位，將看到的狀況詳細告訴我們嗎？」

「呃，好……」

芬恩代表部隊走上前來，像是冒險者隊長的男子開始講起。

「我們就跟平常一樣在探索地下城，直到剛才，我們在通往窟室的單一道路深處……發現了彌諾陶洛斯。」

接著他臉色鐵青，說：

「然後，我們看到一個白髮小鬼正遭到襲擊，可是我們，中了那頭怪物的咆哮（howl），就逃到這裡來了……！」

——怦咚。

艾絲的心臟重重跳了一下。

一種全身上下噴出汗水的錯覺襲向了她。

她連呼吸都忘了，只是拚命想理解現在聽到的內容。

白髮的，少年……人類？

冒險者們陸續說出的情報，讓她的心臟跳到發痛。

芬恩他們的對話，艾絲已經充耳不聞了，她逼近冒險者們。

「你們是在哪裡看到那頭彌諾陶洛斯的？」

她的聲音，讓所有人停住了動作。

蒂奧娜他們、眼前的冒險者們，還有停止前進的遠征部隊都不例外。

艾絲那令人毛骨悚然的眼神，讓所有人的時間為之凍結。

「那個冒險者是在哪一層樓遇襲的？」

「第、第9層……如果他們還沒移動的話……」

她衝了出去。

艾絲一聽到這句話，就沿著冒險者跑來的那條路，如一陣風般飛奔而去。

「艾絲！」

「妳在幹嘛啊！」

蒂奧娜與伯特的聲音被拋在遠遠後方。

艾絲扔下部隊，甚至忘了現在正在「遠征」，順從加快的心跳聲行動。

動搖、混亂與危機感驅策著她。

（那孩子——被襲擊了!?）

艾絲無暇確認事情真偽，只是不斷踢踹著地面。

遇到的怪獸都被艾絲在擦身而過之際砍成兩截，她絲毫不放慢奔跑速度。艾絲衝過正規路線，轉瞬間就跑完了情報所說的第9層。

地下城的壁面構造一改變的瞬間，不自然的寂靜貫穿了耳朵。

樓層內悄然無聲。

簡直就像怪獸們都在害怕異端怪物而消聲匿跡，屏氣凝息。

而就在艾絲感到驚愕時——彷彿她的擔憂成真了——遠處傳來猛牛的遙吠。

（糟糕!?）

聽到怪物的咆哮中混雜了些許人聲慘叫，艾絲全身發燙。

不會錯，少年……貝爾正遭到襲擊。

Lv．1的初級冒險者被「彌諾陶洛斯」襲擊，根本撐不了多久。縱使受過艾絲的鍛鍊，能力仍然有著絕望性的差距。

一分一秒都不能浪費。

艾絲不知道少年的正確位置，只能以聲音為線索，在迷宮內飛奔時——從正面通道出現了一個渾身是血的小人族。

「!?」

「冒險者，大人……求求您，救救命吧!?」

額頭掛彩、嚴重出血的少女一邊懇求著，一邊應聲倒在艾絲眼前。

栗色眼眸一片模糊，視野無法定焦的她，雙手撐在地上，氣喘吁吁地喊道：

「救救他，救救貝爾大人吧……!!」

「!!」

聽到這撕心裂肺的痛哭，艾絲撐住了她的身體。

「地點在哪裡!?」

「正規路線，E—16的，窟室……!」

少女說出公會公開的地圖資料(map data)中劃分的區域(area)編號，顫抖的手指向自己背後。

只見通道上滿是點點血跡，就像標示出她不顧傷勢前來求救的足跡。

「!!」

艾絲抱起少女，衝了出去。

她跑過亮著燐光的通道，經過好幾間窟室。

少女在她的懷裡流著淚，意識模糊地重複念著「救救他，拜託」，艾絲抱緊了她，沿著通道上的血跡前進。

然後，就在她衝進目標區域前的最後一間窟室時——

「站住。」

有個聲音喝止了她。

「——」

沒什麼，不過是一句話罷了，然而跑進窟室的艾絲卻停下了腳步。

在寬敞的長方形空間，既無怪獸也沒同業的場所，他一個人站在那裡。

身穿防具、有如巨岩的龐大身軀，超過二M的身高。

鋼鐵般肌肉建構成的強韌四肢。

長在土紅短髮中的獸耳證明了此人是獸人，是以勇猛聞名的野豬人（boars）。

與頭髮同樣呈現土紅色的雙眼看艾絲出現，直勾勾盯著她的臉。

「……【猛，者】。」

艾絲變了眼色，注視著視線前方的人物。

彷彿與她沙啞的低喃相呼應，男人瞇細了土紅雙眼。

——【芙蕾雅眷族】領袖，奧它。

與【洛基眷族】敵對的第一級冒險者。

（怎麼會出現，在這裡……）

艾絲仍無法擺脫混亂，臉上失去一切從容。

她無法掌握狀況，不明白奧它為什麼會出現在這裡，又為什麼要阻擋自己的去路。

橫抱著的少女呼吸粗重，傳進艾絲的耳裡，她露出了平時所沒有的動搖表情。

野豬武人莊嚴地佇立於窟室那一頭。

他站在通往目標地區的唯一通道前，用巨大背部擋住了後方通道口。他身上穿著厚度超乎想像的輕裝，左肩揹著巨大背囊。

奧它與呆站原地的艾絲四目交接，同時抓起背囊，用他那岩石般的五指一口氣撕開。

從撕破的布塊中——出現了大劍等無數武器，發出「唰！唰！」聲響插在地上。

「【劍姬】……麻煩妳與我過招。」

「!?」

聽到這句發言，艾絲再也無法掩飾驚愕之情。

至於奧它則是從插在地上的武器中抓住大劍，靜靜將它拔出。

「為什麼!?」

「在地下城，與多年敵對的派系(仇敵)一對一相見……不足以做為廝殺的理由嗎？」

艾絲的質疑，絲毫無法撼動他嚴肅的語調。

為什麼選在這時候？艾絲的思考因焦急而一閃一滅——突然間，三天前那些襲擊者的「警告」閃過腦海。

『今後，不許妳再多管閒事。』

『妳如果不聽警告，我不會手下留情。』

『繼續過度干預，當心小命不保。』

『妳敢妨礙我們——妨礙那位大人，我就要妳的命。』

【女神之戰車】、【炎金四戰士】，然後是【猛者】。

他們共通的隸屬派系，始終相同的「警告」之意。

難道是，難道是，難道是。

他們的目的，他們正要進行的是——

「把女孩放下。」

否則會喪命的。他以土紅眼瞳射穿了小人族少女，同時舉起手中大劍。

壓迫感霎時膨脹，已經不可能避免一戰。

看到他那姿勢，言外之意像是在說「別想過去」，艾絲嘴唇因苦澀而扭曲，只能聽從對方的忠告。

她將少女放在地板上，拔出〖絕望之劍〗。

已經無暇分神思考其他事了，他不是能抱著包袱對峙的敵人。

那個阻擋自己去路的武人，實力甚至超越芬恩、格瑞斯與里維莉雅，是真正的都市最強冒險者。

君臨歐拉麗的「頂天」，唯一一位Ｌｖ．７。

【猛者】——奧它。

「來吧，【劍姬】。」

這句話說出的同時，從他背後的通道，傳來猛牛轟然雷動的怒吼。

艾絲霍然睜大金色雙眼，揮響了利劍。

「讓開!?」

猛牛與少年的叫喊聲湧來，艾絲聽在耳裡，從正面衝向敵人。

【劍姬】與【猛者】。

被譽為最強的兩名第一級冒險者，強制開始了戰鬥。

不耍小手段，使出渾身解數踏進懷中。

艾絲接近奧它，對他使出了令人措手不及的神速袈裟斬。

「——太嫩了。」

「!!」

野豬武人運用單手大劍，輕易彈開這記全力斬擊。

剛強手臂一劍殺退艾絲，她站立不穩，瞠目而視，但瞬時吊起雙眼，利用被彈開的力道施展出迴旋斬。

這一招又被擋下。

大量火花四散時，艾絲不管三七二十一，讓全身加速。

「啊啊啊啊啊啊啊啊啊啊啊啊!!」

毫不留情的連續斬擊。

面對少年的危機，【劍姬】的面具剝落了，奮起的劍擊從喉嚨中逼出咆哮。

大量的刀光全成為一擊必殺，一道道向奧它露出獠牙。

昇華的等級，晉級Lv.6的能力(能力值)。

她將都市頂級(top class)的力量與速度灌注在劍上，揮灑銀光，要砍殺眼前阻擋去路的男人。

「這身手——原來如此，達到了新的巔峰嗎。」

「——」

然而，被擋下了。

所有斬擊全被彈開。

完全防禦。

面對無處可逃的斬擊漩渦，奧它加以一一擊墜。

他站在原地一步也沒動，只用右手握著的大劍，以飛針走線般的準確與技術，再配上大山般的膽量，讓艾絲的攻擊統統失效。

愛劍（絕望之劍）被打得落花流水，往四面八方發出尖聲慘叫。艾絲的眼瞳顫動著；沒聽說少女官方升級消息的武人，帶著感嘆與讚賞之意——制伏了她。

挖穿空氣的剛強劍刃，將艾絲從懷裡打飛出去。

「～～～～～～～～～～～～～～～!?」

艾絲連同滑入大劍之間的〖絕望之劍〗一起被彈飛，以決堤之勢被迫後退。

她的雙腳在地上刻出兩道深溝，好不容易才停下來，只見自己剛才放在地上躺著的小人族少女，就在她的正後方。被迫後退的距離，以及眼前拉開的彼此間距，令艾絲不禁愕然。

艾絲已經防禦了，卻還是被震飛了十M以上的距離。

僅憑著大劍一揮。

「——!?」

艾絲只茫然自失了一瞬間，就再度拎著寶劍砍向奧它。

沒時間了，她不會猶豫。

為了進入敵人擋住的那條昏暗通道深處，她果敢地展開猛攻。

艾絲試著破壞武人引以為傲的完全防禦，在猛攻中交雜來自側面或下方等多種角度的刀光。

「妳究竟還能變得多強，【劍姬】？」

「……!?」

使的明明是大劍，卻以超越細劍（絕望之劍）的速度對抗迎擊。艾絲多次使用移動與牽制（假動作），從四面八方砍去，銅牆鐵壁般的防禦卻依然健在。

奧它嘴上那樣說，卻絲毫不受她的攻勢影響，令艾絲不禁戰慄。

可怕的是劍技不分軒輊，「力量」等體能則是對方為上。艾絲不禁受困於一種幻覺，好像自己教導貝爾時的立場，如今顛倒過來了。

簡直就像磐石一樣。

艾絲再度加速、有如暴風的連續斬擊，一點都不能搖動他。

如同被暴風吞沒，仍悠然聳立的巨岩。

攻擊被不動如山的高牆彈回，奧它為了鎮守背後的通道，站在原地一步也沒動，雖不進攻，但好幾次將艾絲從眼前彈飛。

（這就是……！）

這就是Ｌｖ．７。

不，不對——這就是【猛者】。

跟階級無關，艾絲咬緊嘴唇，知道這是武人憨直地徹底鍛鍊自己，所獲得的力量。

「嗚!?」

隨著一聲巨響，自己被打飛到後方著地，距離再度拉開。

這是第四次了，換算成時間，連一分鐘都不到。

艾絲用來防禦的劍與手都震得痠麻，她定睛瞪著面無表情的野豬人，橫眉豎目。

——我得過去。

——我得救他！

——我不想讓他死!!

艾絲心中懷藏著與少年的交流，只以這唯一的心意踢踹地面，化身為風。

她斷然發動了本來對人戰封印不用的「魔法」。

「【甦醒吧（Tempest）】!!」

怒吼。

為了趕往少年身邊。

她在疾馳途中以氣流恩惠纏身，身影隨著暴風消失了。

艾絲捨棄躊躇，只想著打倒眼前的武人。

「!!」

她帶著裂帛似的吶喊，施展出風之斬擊。

奧它的土紅眼瞳瞇得銳利，手晃了一下。

第一擊被擋下。

大劍與細劍（絕望之劍）相撞的光景讓艾絲一時瞠目而視，但仍然沒停下來。

她在劍上賦予更強的氣流，化為名符其實的暴風進攻。

兩者從正面產生激烈衝突。

（————）

幾秒間，不可置信的光景在艾絲眼前持續上演。

自己怒濤般的斬擊，以及「風」的速度，敵人竟然跟得上，化解了她的攻擊。

對手的武器被飆風利劍的衝擊壓制住，其魁梧身軀也一次次受到凶猛疾風所震撼，即使如此，奧它絕不後退。縱使不敵衝擊力道或是受凶猛來勢威脅，他都能施展全身肌肉力量支撐的驚人身手，再運用左臂護手，上演你來我往的進退攻防。

異乎尋常的「技巧」與「戰術」壓住了艾絲的暴風。

差距太大的經驗值，純粹的歷練之差。

縱然使用魔法（風靈疾走）獲得同等以上的能力，對手超越的戰場數量，依然不會屈服於「風」莫大的恩惠。

區隔彼此的，是長年培養的身心。

是無窮鍛鍊支撐起來的體能，與戰鬥技術。

——深不可測。

艾絲伴隨著強風嘶吼不斷揮劍，對武人的相貌產生畏懼。

就連對抗超越人智的存在——怪物（怪獸）的混種生物芮薇絲時，只要有這陣「風」，艾絲都能取得優勢。

然而對此時的艾絲而言，眼前野豬人的存在感完全超越了那個怪人。

深不見底，而且荒唐透頂。

英豪。

不辭投入才能、孜孜不倦的努力，以及無可撼動的意志，現代的英傑。

【猛者】奧它無庸置疑，是「英雄」的「器量」。

「哼！」

「!?」

奧它不放過受戰慄支配的劍法，大劍一閃，擊中了風鎧。

這一記巨大橫掃直接命中，越過氣流與細劍（絕望之劍），衝擊力道貫穿了艾絲的身體。

纖瘦身軀以驚人之勢刨削迷宮地面，艾絲再度被打往正後方的同時，一拳捶在地上，飛越倒地的小人族上方——著壁。

她踩緊迷宮壁面，右手利劍蓄力。

大氣流纏身，金瞳射穿吃了一驚的武人。
艾絲終於決定使用「殺招」。
（聲音——）
從遙遠深處，黑暗通道的那一頭。
聲音中斷了。
猛牛原本發出的轟鳴咋叫，以及少年可以想像正在拚命抵抗的聲音，都停止了。
艾絲像個快要哭出來的孩子般扭曲臉龐，握緊劍柄。
——讓開!?
與心中的呼喊重疊，艾絲叫出了最後王牌的名稱。
「——微型勁風!!」
風之閃光。
專門用來對付超大型或樓層主的神風，一直線地突進。
面對這橫越窟室的強風螺旋矢，奧它——霍然睜大了雙眼。
他肩膀的肌肉隆起，兩手握緊大劍劍柄。
面臨進逼而來的一擊，野豬武人高舉大銀刃，斜著劈砍而下。
「喔喔喔喔喔喔喔喔喔喔喔喔喔喔喔喔喔喔喔喔喔喔喔喔喔喔喔喔喔!!」
發出咆哮。

聽著有如怪物（怪獸）的吼叫轟然響起，神威風暴與剛強閃光正面相撞。
武人用上了雙手，首度進行全力迎擊。
強風裹身的艾絲視野晃動，奧它身穿的防具爆開四散。
驚人的力量與力量相衝，氣流肆虐，踏緊的地面凹陷——掀起了爆炸聲。
兩者之間產生了毆打全身的衝擊波，反作用力將雙方震得彈開。
攻擊互相抵消了。
「…………」
艾絲被震飛到窟室中央，跌坐在地，呆若木雞。
她的確有控制力道，心中某處制止自己不能殺了對方。
然而，招式被破解了。
艾絲的「殺招」。
被純粹的力量破解了。
「…………」
奧它狠狠撞上通道口旁邊的牆壁，他靜靜離開牆邊，回到定位。
雖然失去了防具，戰鬥衣有部分破損，臉頰、肩膀與暴露在外的肌膚受了些撕裂傷，但也不過如此而已。
奧它扔下碎裂得破破爛爛的武器，裝備起插在地上的另一把大劍。

高牆依舊悠然聳立眼前。

他背後延伸出去的那一條道路，顯得遙不可及。

「……!!」

艾絲只有短短一瞬間被衝擊打垮。

她將愛劍（絕望之劍）刺在地上站起來，再度衝向敵人。

奧它也回應她的劍鬥，不讓她通行。

「讓我過去!?」

她揮灑著汗水，與威力不減的剛烈劍刃交鋒。

奧它不回答，只是以刀劍相接的方式，將自己的意志告訴艾絲。

一方是失去防具的負傷武人，一方是毫髮無傷卻一心揮劍的少女。

哪一方在焦慮不言而喻，兩人展開激烈的劍舞——突然間。

「——!?」

隨著「咚！」的跳躍聲，一個人影出現，從艾絲的頭頂上撲向奧它。

眼見大雙刃伴隨著凶猛風切聲高舉劈下，野豬人將驚愕之情連同武器一起揮開，打了回去。

「這是什麼狀況啊——!?」

大雙刃（烏爾加）被彈開，降落在地的蒂奧娜驚叫出聲，隨即逼近同伴正在對付的敵人。

艾絲睜大雙眼時，女戰士（亞馬遜人）追上了先跑來的艾絲，已經在揮動超大型武器了。

「【大切斷】……！」

艾絲即刻採取行動，與狂戰士(berserker)一同展開猛攻，這個狀況令奧它初次皺起眉頭。隱藏了強大破壞力的大雙刃(烏爾加)搖動了他的防禦，又有好幾道斬擊隨即跟上，讓他漸漸不及反應。

奧它抵擋不住，左手裝備起插在地上的第三把長劍，將一躍而上的蒂奧娜頂往後方。

然而。

就像與她換手似的，這次換成一個匐地而來的人影，向奧它露出獠牙。

「死野豬!!」

伯特像看到仇敵似的瞪著奧它，踢出全力一腳。

武人緊急擋下，然而就像在說「還沒結束」，反曲刀(kukri knife)高速旋轉著飛來。

「……！」

「這是什麼狀況啦……!?」

蒂奧涅講出跟妹妹一樣的台詞，也加入戰局。

四對一，第一級冒險者的援軍。

正巧與月夜下受到黑衣突襲的艾絲不謀而合，都市最強的冒險者遭受著【洛基眷族】的輪番攻擊。

大雙刃(烏爾加)飛馳而過，銀靴(弗洛斯維爾特)連連踢出，反曲刀縱橫交錯。

Ｌｖ．７本來無可撼動的絕對防禦，產生了破綻。

「!!」

而就在那一瞬間，艾絲飛奔而出。

她衝進龐大身軀後方露出的一條道路。

「——唔喔喔喔喔!!」

奧它不讓她如願，展現出超人的反應速度，用長劍掃向艾絲的側頭部。

然而他鋼鐵般的強壯胳臂，被獠牙般的銀靴咬住了。

「別給我東張西望的，死野豬!?」

「【凶狼(Vanargand)】……!」

伯特踹起的踢技，阻止了奧它的攻擊。

接受同伴的掩護，艾絲闖進了武人鎮守的通道口。

——過了!

艾絲凝聚起全身力氣，往通道前方疾驅。

「……!」

金髮金眼少女跑過自己的背後，化身成風，讓奧它扭曲了臉頰。

現在去追，也不能在到達目的地之前追上那個神速的【劍姬】。純粹的武人一面抵禦蒂奧娜等人的攻擊，一面領悟到這點。

「才在覺得拇指一直痛癢……這也包括在其中就是了？」

沒過多久，與奧它他們所在的通道口正好相反的位置，通往第8層的正規路線那邊，傳來一名少年的聲音。

看到帶著長槍、一頭金黃色頭髮的小人族，野豬人瞇細了雙眼。

「嗨，奧它。」

「……是芬恩啊。」

聽到芬恩像老友見面般打招呼，奧它靜靜放下武器。

年輕的第一級冒險者們仍不敢大意地提高戒備，不只如此，一名擁有絕世美貌的王族，跟在芬恩的後面現身了。

彼此的戰力差距決定了一切，野豬武人接受事實，解除了迎戰態勢。

看到對手的敵意消失，蒂奧娜先跑去追艾絲，接著伯特也追上去。

「里維莉雅——!?麻煩妳救一下那邊那個小人族——！」

「現在到底是怎樣啦，搞不懂耶!?」

「那、那兩個傢伙……！」

看到妹妹與伯特自顧自地說完就衝出窟室，蒂奧涅一張臉在抽搐時，芬恩與奧它正在兩相對峙。

蒂奧涅選擇跟心上人留在同一個地方，里維莉雅開始為渾身是血的小人族少女做治療，在她們的身旁，兩個派系的團長開始談話。

「我也跟伯特一樣，還沒掌握狀況，不過……可以問你為什麼要選在這個地方跟這個時候，與我們開打嗎，奧它？」

「剷除敵人不用選擇時間與地點。」

「說的對，那麼，我可以把這當成是派系的全體意見，也就是你的主人的神意嗎？女神芙蕾雅想跟我們全面開戰？」

看到芬恩面帶笑容這樣問，奧它沉默了。

小人族的長槍槍頭發出銳利光芒時，他開口道：

「……是我獨斷專行。」

他聲調低沉地如此告訴芬恩。

奧它放棄了所有武器，向前走去。蒂奧涅眼神犀利地瞪著他，但他無動於衷，走向芬恩等人身邊。

里維莉雅用「魔法」替少女做好了治療，閉起一隻眼睛站到芬恩身邊，奧它直接從兩人身旁走過。

「你們聯合起來，我就沒有勝算了。」

「謝謝你這麼說，我們也不想跟你挑起爭端。」

走過身旁時，野豬人冷靜地說道，芬恩也回答他。

奧它沒再說什麼，就從芬恩他們前來的通道口離開了窟室。

他將宿敵們的存在拋在身後，沿著又窄又暗的通道走去。

「詛咒我大意輕忽，沒能擋下她。」

奧它任憑艾絲留下的道道撕裂傷滴著血，握緊了岩石般的拳頭，低聲說出了意味深長的一句話——對自己的詛咒。

嚴格的武人不曾回頭，只定睛注視前方。

「暫且容我不提自己的無能，說一句吧。」

他聽著從後方遙遠的迷宮深處迴盪的猛牛咆哮，以及冒險者的吶喊，繼續說下去：

「破殼而出，推開別人的援手，迎向『冒險』吧，你必須只看前方。」

奧它吊起眼角，最後說了：

「回應那位大人的寵愛吧。」

從昏暗單一道路的深處，流瀉出亮光。

「……！」

眼看著窟室的亮光越來越近，艾絲加快速度，奔向前方。

視野轉眼間豁然開朗，她看到了存在於廣大空間中央的獨角「彌諾陶洛斯」，以及在大大遠離怪獸的位置仰躺著倒下的少年。

看到後者的模樣，艾絲差點停了呼吸。

彌諾陶洛斯本來正往他走去，但注意到了艾絲的存在——她看到少年的胸膛微弱地上下起伏，安心之情滲透到全身上下。

艾絲胸中百感交集，但只維持了一瞬間，接著以【劍姬】的神情定睛瞪著猛牛。

「……!?」

裝備著冒險者大劍的異質怪獸，被她的氣魄震懾得體毛顫動，呆站原地。

艾絲沒看完這一切就飛奔出去，跑到彌諾陶洛斯的前進路線上，用背部護著倒地的少年，阻擋在牠前面。

魔法(風靈疾走)的餘波形成微風，吹動了窟室地面生長的花草。

「——」

背後傳來倒抽一口氣的氣息。

大概是少年爬起來了，艾絲一掃內心憂悶，握緊劍柄，瞪著視線前方的猛牛。

「嗚，哺喔喔……！」

看到怪獸顯而易見地害怕起來，艾絲並未開口。

只有鎧甲包覆的胸中蘊藏著平靜的感情，也許這是憤怒。

犀利的劍氣，與風一同形成氣旋。

「找到了！艾絲——！」

「嘖，不要為了一點無聊小事到處亂跑啦！」

不只蒂奧娜與伯特，蒂奧涅他們也踏響著腳步聲來到窟室，艾絲的視線掃過彌諾陶洛斯全身。

艾絲不知道牠是不是受過訓練(taming)的怪獸，也不知道奧它他們的目的是什麼。但她下了結論，認為必須盡早除掉這頭怪獸，以免牠再次傷害少年。

忽然間，只聽見一陣沙沙聲。

她背後的草原傳來了小小聲響。

艾絲錯開視線，稍微回頭一看，只見愣住的少年——傷痕累累的貝爾正用手撐住，挺起了上半身。

「……還好嗎？」

——你還好嗎？

就像那場最初的邂逅。

那時艾絲打倒彌諾陶洛斯，救了少年後，也對他說過同一句話。

她的嘴唇浮現出安心之情。

「……你盡力了。」

——他真的已經盡力了。

跟那時候不同。

他與彌諾陶洛斯交戰，並且活了下來，艾絲說出了毫不誇張的讚賞與慰勞。

心中充滿了溫柔感情。

「我馬上就救你。」

——我來打倒那頭彌諾陶洛斯。

艾絲解除了魔法（風靈疾走），加重握住愛劍（絕望之劍）的力道。

當艾絲正要往前踏出一步時。

就在那一瞬間。

（——咦？）

傳來了踏緊地面的聲音。

不是艾絲發出來的。

也不是彌諾陶洛斯，更不是蒂奧娜他們。

那個人發出「咚！」一聲。

從艾絲的正後方。

雙腳在草原上用力一蹬，發出了聲響。

「！」

艾絲一回頭的同時，她的手被抓住了。

金色雙眸睜得好大。

他站著。

少年重新振作，站了起來。

儘管渾身是傷，深紅眼瞳卻橫眉豎目，越過艾絲，定睛瞪著猛牛（彌諾陶洛斯）。

以滾燙的右手，緊緊握住了艾絲的左手。

「……不能。」

他把握著的手一拉，將驚愕的艾絲推到自己背後。

少年憑著自己的意志，挺身向前。

「我不能，再讓艾絲・華倫斯坦救我了！」

然後，他發出中氣十足的咆哮。

就像在撐面子，就像要貫徹志氣，就像主張著不能讓步的心意。

面對舉起漆黑匕首的少年，彌諾陶洛斯也睜大雙眼——然後猙獰地笑了。

如同呼應他的意志，彌諾陶洛斯將大劍的刀刃朝向他。

（為什麼，怎麼會——）

不敢相信。

艾絲是知道的。

知道他只是個普通的少年。

只是個心地善良、純白無瑕的普通小孩。

絕沒有冒險者的「器量」。

（——他是怎麼做到的？）

即使如此。

他卻站起來了。

一個普通的少年。

絕沒有冒險者「器量」的孩子，憑著決意站了起來。

「!!」

少年顫抖著失去鎧甲的四肢，以及滿是血汙的背部，奮發振作起來。

他只定睛注視著自己的敵人，將要迎向一場嚴酷死戰。

（不行——）

她很想說：等等。

艾絲開口想叫住他，正要過去——就在那時。

少年的背影，與過去的光景重疊了。

『——艾絲，在那裡等著。』

眼前的景象，與父親最後的背影重疊了。

「————」

握著一把裂風之劍，留下這句話就迎向決戰的父親，與少年的背影彷彿如出一轍。

一位「英雄」的身影，與少年重疊在一起。

她睜大了眼睛，無法動彈。

心靈與身體分離，幼小的自己（艾絲）呆站原地。

（————啊……）

艾絲明白了。

面對這幕光景，她回想起過往的記憶，並且明白了。

他突破了自己「器量」不足的硬殼，在這一刻，成為了「冒險者」。

朝著往「英雄」的道路，踏出了一步。

「決勝負吧……！」

然後少年。

挺身迎向「冒險」。

如同那時父親衝向漆黑漩渦。

少年也挺身面對紅彤猛牛。

烙印在眼裡的過去光景，透過貝爾與彌諾陶洛斯的戰鬥而復甦。

艾絲沒能阻止他，只是呆站原地。

她發不出聲音，也不能動。

所有聲音都飄向遠方，視野中只看得見這場戰鬥。

猛牛狂暴肆虐的大劍對上少年飛馳的匕首，咆哮與吶喊融為一體，雙方你來我往，互相攻擊。

火花四散，血滴紛飛，尖銳的金鐵交鳴聲不絕於耳。

不分軒輊。

各自驅使性命，進行著單挑。

就連親自教過他所有戰術的艾絲，目睹這人與怪物的死鬥，都感到難以置信。

少年賭上一切，要打倒眼前的敵人。

「——讓開，艾絲！我來！」

伯特走近過來，從背後叫住艾絲。

不原諒弱者的狼人青年，打算救出少年。

「喂，妳幹嘛呆站在那裡……」

然後，當他走到艾絲身旁，想繼續往前走時，忽然停住了動作。

他看到了艾絲驚愕地睜大的金瞳。

「……啊啊？」

伯特也注意到了。

「咦……奇、奇怪？」

「……妳說誰Ｌｖ．１了？」

蒂奧娜與蒂奧涅都注意到了。

「如果我的記憶無誤的話……」

芬恩也看出來了。

「一個月前，伯特看那名少年，不是還把他當成徹頭徹尾的菜鳥嗎？」

他們發現少年達成了顯著「成長」——徹頭徹尾脫胎換骨，吶喊著意志與心願，成為了「冒險者」。

「嗚哺喔喔喔喔喔喔喔喔喔喔喔喔喔喔喔喔喔喔喔喔喔喔喔喔！」

「啊啊啊啊啊啊啊啊啊啊啊啊啊啊啊啊啊！」

咆哮突破天際。

人與怪物從正面展開激烈衝突，持續著速度與力量之戰。

當回過神來時，所有人都聚集到了艾絲身邊。

伯特、蒂奧娜、蒂奧涅、芬恩，還有抱著小人族少女的里維莉雅。

所有人都一語不發，從最近的位置注視那場戰鬥。

就跟雙眸搖曳、被那幕光景深深吸引的艾絲一樣。

大家都懷抱著興趣及興奮。

「《阿爾戈英雄》……」

用很小的聲音。

蒂奧娜慢慢地低喃。

那是一個故事。

一篇描述夢想成為英雄的青年，受到他人惡意與離奇命運捉弄的童話故事。

為仙精所愛、打倒牛人、拯救了一位公主的英雄譚。

那是母親講給她聽，她心愛的故事之一。

「我以前，很喜歡那個童話呢……」

蒂奧娜的聲音震動了艾絲的耳朵。

她像是將眼前的光景與英雄譚裡的一幕重疊，輕聲低語著，雙手抱緊在胸前。

沒錯。

那一定就是英雄譚裡的一頁。
即使水準遠遠不及艾絲他們第一級冒險者，那場搏鬥的光景，卻緊緊抓住了他們的目光。
那一定是艾絲他們早已遺忘的事物。
是諸神永遠凝望、深愛的【眷族神話(Familiar Myth)】。
「「——！」」
決戰。
將妥協遠遠拋開，全力相撞。慘烈的一進一退，停不下來的加速。
人與怪物互相削減生命的決戰景象。
少年讓艾絲的教導開花結果，全心全力與猛牛展開激烈衝突。
拚盡死力與渾身解數，忘記大意與驕傲，一心只渴求勝利。
所有技巧。
所有戰術。
所有機智。
所有武器。
所有魔法。
所有的一切，都投入這一戰當中。
「火焰閃電！」

然後。

「火焰閃電——！」

身體奮起，武器迸發力量，魔法發光。

憑著女神的利刃，呼喚烈焰與雷電——少年咆哮了。

「火焰閃電————————————————！」

爆散。

「————————————————！」

漆黑匕首打進軀體之中，直接從怪獸體內發射零距離炮擊。

從體內綻放火焰轟華的彌諾陶洛斯，伴隨著淒厲的臨死慘叫，被炸成了碎塊。

燃燒的猛牛碎片、滾落草原一隅的獨角，以及飛上半空、刺在地面上的「魔石」。

猛牛戰士消失得無影無蹤，只剩下少年留在原地。

「竟然，打贏了……」

望著那贏得勝利的背影，伯特呆滯地低喃。

「……精神枯竭(mind zero)。」

「站、站著昏過去了……」

維持著匕首一揮到底的姿勢不動的少年，令蒂奧涅與蒂奧娜都戰慄不已。

「……」

然後，艾絲她……

看著那超越極限的背影。

那用盡一切力量的身影。

成功跨越「冒險」的側臉。

胸中溢滿了種種感慨，以及過去的情景。

——貝爾・克朗尼。

艾絲再也不會忘記這個名字。

與父親身影重疊的背影。

英雄譚的一頁。

完成的豐功偉業。

在這一天誕生的「冒險者」——獲得了朝「英雄」邁進的資格。

後章
展開冒險
Гэта казка іншага сям'і
для прыгод
Copyright ©Kiyotaka Haimura

準備露營的喧囂聲不斷響起。

團員們互相發出指示的聲音此起彼落，之間夾雜著周圍忙進忙出的靴子腳步聲。搥進地面的鐵樁捲上繩子，帳棚一個個搭了起來。

地下層第50層。

在這不會生出怪獸的安全樓層(safety point)，【洛基眷族】紮起了露營地，這是「遠征」之間安排的大規模休息(rest)時間。

按照當初預定，分成兩支的部隊在第18層會合，然後他們直接來到這個位於「深層」深處地帶的第50層。

此地簡直像被爆發的火山灰所覆蓋，樓層中的森林都染成了灰色。高大樹木之間穿梭著葉脈狀的青色清流。距離地面數十M遠的頭上天頂，有著類似巨大鐘乳石的岩柱亮著微弱燐光。

【洛基眷族】在能將灰色大樹林一覽無遺的一塊巨石上紮營，由於這個樓層缺乏光源，有如處於暮色之中，因此帳棚與貨物箱上都綁了魔石燈。在搖曳的燈光中，團員們之間發出不同於工作時的嘈雜聲音。

「伯特大哥他們是怎麼啦……」

「我才想問咧……」

「各位變得比平常還粗暴……」

以勞爾為首，貓人安琪與少女(人類)莉涅等第二級以下的派系成員，不時畏縮地竊竊私語。他們的視線，朝向女戰士（亞馬遜人）雙胞胎以及狼人青年等第一級冒險者。

蒂奧娜也不把大雙刃（烏爾加）收起來，嘴裡念著「嗯～！」，在同一個地方來來去去。蒂奧涅也一樣兩手拿著反曲刀，沉默地原地轉圈。至於伯特更是一副凶神惡煞的樣子，嚇壞了鍛造大派系（赫菲斯托絲眷族）的高級鐵匠們。

他們一刻也靜不下來，一語不發地在周圍徘徊，散發出的氛圍讓勞爾等人心裡發慌，在本營那邊做指示的芬恩他們，也對這些年輕的第一級冒險者直嘆氣。

正在搬運帳棚布的蕾菲亞也望著艾絲，對她與蒂奧娜他們投以擔心的眼神。

「……」

待在露營地外面的艾絲，沒注意到蕾菲亞的視線，從巨石上眺望樓層景色。

面對著雄偉的大樹林，她的意識始終沉浸在半路上的回憶——於第9層目睹到的光景。

——擊敗彌諾陶洛斯。

少年貝爾，在第9層與猛牛展開決戰，贏得勝利後。

初級冒險者達成的「偉業」讓所有人都不發一語，有的呆站原地，有的興味盎然地注視少年；而艾絲的視線，則緊盯著少年的背部。

名符其實地耗盡了全副心力，站著昏倒過去的背影。

冒險者有如石匠打出的雕刻般僵硬不動，暴露出刻在背上的【能力值】。

破破爛爛的襯衣，以及滿是血汙泥巴的「神的恩惠（Pharna）」顯示出驚人內容，讓艾絲的雙眼如銳劍般吊起。

所有能力參數幾乎清一色S。

克服極限的【能力值】。

那股衝擊的餘韻，仍未從解讀了【神聖文字】的艾絲胸中散去。親眼目睹到【能力值】突破極限的事實，她聽見了血液的沸騰，以及震動耳朵的心跳聲。

當艾絲發現時，自己已經獨自走向少年身邊。

她緊緊踏在草原上，一步又一步靠近少年。地下城的燐光燒灼著屏氣凝息的側臉，視野中的少年眼見著越來越大。

最後，艾絲停下腳步。

在少年的身邊，因出血而用盡力氣的小人族少女倒臥在地。艾絲沒去注意，金色雙眸定睛注視著眼前的光景。

被破裂的襯衣、血汙與泥巴遮住的【能力值】一部分參數，以及「技能」的欄位。

她想知道。

少女冀望實現宿願的心，要求知道少年的「成長」以及相關的一切，讓艾絲的手臂動了起來。

艾絲朝著化為沉默雕像的少年的背部，慢慢伸出手——

「——別這樣，再繼續下去就說不過去了。」

「！」

里維莉雅從旁出現，抓住了她的手腕。

艾絲整顆心都被背上的【神聖文字】奪去，甚至沒察覺到她靠近，肩膀嚇得一震。

轉向旁邊一看，里維莉雅的翡翠眼瞳正注視著她的眼眸。

艾絲像迷路的小孩般視線左右飄移，然後低下頭去。

「……對不起。」

「……」

艾絲頹喪地放下手，里維莉雅也放開了手。

蒂奧娜、蒂奧涅、伯特與芬恩都沒說話，凝視著佇立在少年祕密之前的兩人。

不久，里維莉雅開始替少年做診斷，艾絲幫她的忙。少年背上披了一件上衣，他的臉——貝爾傷痕累累、眼睛被瀏海覆蓋的臉龐，令艾絲懺悔般地低垂雙眼。

不一會兒後，里維莉雅抱著小人族少女，艾絲也一起揹起少年。

她們向芬恩提出請求，要把兩人送到摩天樓設施的治療室。

獲得許可後，艾絲她們先回地上，芬恩等人則前往正規路線，跟分開的部隊會合。

艾絲路上沒跟里維莉雅交談，只感受著背上少年的重量，將他搬進了摩天樓設施的治療室。

讓貝爾與少女躺在床上，兩人注意著他們的身體狀況，並且拜託主管人員從總部叫來自家派系的成員，命令對方向公會報告彌諾陶洛斯出現在「上層」的整個情況。

而就在團員聽從里維莉雅的指示跑出治療室時，好像剛好輪替似的，一位幼小女神衝了進來。

「貝爾!?」

氣喘吁吁的女神赫斯緹雅，輪流看看床上的少年與少女，這才放鬆了全身的力道。

可能是聽說了眷屬被送來，貝爾的主神穿著像是店鋪制服的打扮，看著少年靜謐的睡臉，手緊緊按住胸口，雙眼含淚。

正要離開的艾絲與里維莉雅轉回來面對她，解釋了事情經過。

「……謝謝妳們。」

赫斯緹雅默默聽完後道了謝，艾絲她們點點頭，就離開了。

後來，艾絲與里維莉雅加快腳步趕回地下城，順利與芬恩他們還有格瑞斯率領的後續部隊會合。

在第18層重新編組的遠征隊，就這樣直接以「深層」為目標出發。

沿途由於受到貝爾「冒險」刺激的蒂奧娜等人熱血地積極應戰，雖然是去程，卻只花了短短六天就抵達了第50層。眼看第一級冒險者把基層成員（自己一行人）晾在一旁大顯神威，不知道事情原委的勞爾他們，到現在都還大感困惑。

（我……）

沉浸在回想中的艾絲，重複著自那天起就不曾中斷的自問自答。

少年的英姿——烙印在心底，讓一顆心的熱度無處發洩。

那背影甚至讓她想起了父親——追憶在腦海中復甦。

然後是突破極限的【能力值】——讓她看到邁向高處的可能性。

與種種光景一同湧上心頭的感情，令艾絲心亂如麻。

紮營完成後，【洛基眷族】開始用餐。

團員們就像圍繞著營火，在營地中心圍成一個大圈，如同以往的「遠征」，他們這次一樣吃得很好。為了慰勞團員們走完到第50層的路以及維持士氣，分配給大家的餐點內容十分豐盛，有肉味果等迷宮產的水果與肉乾，還有大鍋煮成的湯。

鍛造大派系（赫菲斯托絲眷族）的高級鐵匠們也加入行列，熱鬧地吃喝。

「你們一路上看起來不大對勁，是怎麼了？」

幾名看守在露營地周圍站崗，椿銜著肉乾，端著湯盤來到艾絲她們身邊。

她率領的高級鐵匠們果然實力了得，不需要護衛。他們各憑本事擊退了偶發的怪獸奇襲，面臨異常狀況也能冷靜應對，聽從【洛基眷族】的指示行動。椿更是一發現稀有種（rare monster）就一個人脫隊去搶武器素材（掉落道具），用裝備的太刀見一隻砍一隻。她被罵了好幾次都學不乖，直到里維莉雅拿法杖敲她，才終於安分了點。雖然發生了一些事，總之包括鐵匠在內，一路來到這個樓層都沒有任何人員傷亡。

半矮人晃著綁成一束的黑髮，毫不畏怯地向她們問道，正在狼吞虎嚥的蒂奧娜開口說：

「去第18層的路上，我們遇到一個超誇張的冒險者啦——，所以我現在完全坐不住。」

「哦，叫什麼名字？」

「呃……克朗・貝爾尼？」

「嗯嗯，記下來記下來……」

椿把有前途的冒險者——武器使用者的名字寫進名簿(List)裡，跟蒂奧娜講著有點秀逗的對話；一旁的艾絲只是默默補給營養。

她仍然沉陷在思考裡，只吃了一塊露露妮給她的隨身口糧。

「開始做最後一次討論吧。」

用過餐後，艾絲他們以芬恩為中心，開始進行今後的最終確認。

團員們收拾好鍋碗瓢盆，仍然圍成一個圈，傾聽團長的發言。

「如同事前告訴過大家的，從第51層開始，將由經過選拔的一隊進攻，剩下的人員與【赫菲斯托絲眷族】一同防衛營地。」

從第51層開始，即使是支援者也必須具有最低限度的能力。部隊越大，指揮起來會越耗時耗力，為了重視隊伍的行動力，只有【眷族】的精銳們才能前往未到達領域。

剩下其他人的職責是防衛補給據點，也就是根據地（基地營）。

「隊員有我、里維莉雅、格瑞斯……」

等充分休息後，明天才會對未到達領域展開進攻。

芬恩報出身為第一級冒險者的首腦陣容與幹部等七人的名字後，接著叫到負責支援的團員們。

「支援者有勞爾、娜維、亞莉希雅、考斯、蕾菲亞……」

雖然事前就知道了，但蕾菲亞聽到自己被選中，仍然偷偷吞了一口口水。

支援者都是Lv．4，只有她這個精靈魔導士是Lv．3，她悄悄地緊張起來。

「留在營地的人，如果那些新種怪獸出現了，就以『魔劍』與『魔法』從遠距離應對。看守必須提高戒備，不能讓怪獸靠近。安琪，指揮交給妳。」

「是。」

芬恩逐步將防衛時的注意事項、對付腐蝕液幼蟲型的方法，以及露營地的指揮者告訴大家。

代替做為支援者同行的勞爾，貓人女性團員被任命為領隊，她站起來接受這項任務。

「我希望椿也跟我們同行，擔任武器技師。」

「嗯，沒問題。」

椿被選為小隊隊員，面露微笑點頭。Lv．5的鐵匠毫無畏懼，似乎對未知的迷宮領域期盼得心癢癢的。

不一會兒，各事項就全部傳達完畢，盤腿坐在地上的椿霍地站起身。

「那麼，先把該給的東西給一給吧！」

椿語調突然高亢起來，對芬恩他們這樣說。

她使個眼神，高級鐵匠們就從行李中搬出白布包著的武器。

除了艾絲與里維莉雅之外，第一級冒險者們面前都有一份，總共五份。

「這是你們訂的東西……『不壞屬性』。」

芬恩、格瑞斯、伯特、蒂奧娜與蒂奧涅這些第一級冒險者各自拿起武器，拆開包著的白布。

出現在他們眼前的，是磨得銳利的銀色光輝。

「系列作〖羅蘭〗，都是照你們每個人的要求打的。」

第一級冒險者目不轉睛，注視著各自拿在手上的武器。

芬恩是長槍，格瑞斯是大戰斧，伯特是雙劍，蒂奧娜是大劍，蒂奧涅是斧槍（halberd）。

全都是散發銳利光澤的不壞武器，不愧是出自最高級鐵匠椿之手，五件武器都具有藝術品般的美感，同時刀刃也呈現出隱藏的硬度與威力。

武器使用者各自確認手中〖羅蘭〗系列作的觸感時，周圍的團員們都對兼具造形與機能美的特殊武裝讚嘆不已。

「謝謝妳，椿，跟我們指定的完全一樣。」

「重量比想像中還輕吶，不壞屬性的武器。」

芬恩將長槍扛在肩上，露出微笑表示自己很中意，格瑞斯則是輕輕鬆鬆就用單手將大戰斧舉到頭上。

「妳沒訂那個超白癡的武器啊。」

「有什麼辦法，人家跟我說如果訂大雙刃（烏爾加）那種武器，大家的份在『遠征』之前會來不及完成嘛！」

伯特將兩刃雙劍收進劍鞘，問蒂奧娜怎麼沒指定超大型武器——超規格的大雙刃（烏爾加）——的那種形狀，她揮動著不壞屬性的大劍，嘟著嘴表示對方說不行。

「蒂、蒂奧涅小姐，您指定了斧槍啊……？」

「是啊，我想對付第51層以下的傢伙，用大型武器（這種的）比較好。」

超過二M的斧槍魄力讓勞爾直冒汗，使用武器的蒂奧涅本人則是試著橫砍了一下。大型長柄武器發出「咻！」的高速風切聲，「好像真的算是很輕呢。」她瞇細了眼。

「鄙人講究材質，將威力提升到極限了。雖然會因為武器的形狀而有所差異，不過可以保證有第二等級武裝的攻擊力。」

椿雙臂抱胸，看著這些使用者拿著自己的作品，頗為滿意地點頭。

雖說是不壞屬性，但持續進行激戰，銳利度等影響攻擊力的性能還是會下降，所以她沒在遠征一開始就拿出來，而是選在攻略的重頭戲，也就是第51層進攻前的這個時機交給大家。

其他團員始終對第一級冒險者的新武器興奮不已，最後芬恩開口了。

「那麼為了明天，就此解散，看守每四小時換班一次。」

以這句指示為首，團員們開始四散。

有人回去分配到的帳棚，有人去看守人員那邊看看情形，也有人去找高級鐵匠們談事情，各有各的事要做。

艾絲也站起來，正要離開那裡——

「【劍姬】。」

椿走過來叫住了她。

她用沒戴眼罩的赤紅右眼注視著艾絲，手指了指艾絲的腰。

「鄙人幫妳看看武器，應該會需要維修吧。」

她指著的，是來到目前樓層的一路上都在使用的〘絕望之劍〙。不只是與怪獸交戰，跟奧它進行的激戰也的確磨損了劍刃。

「……麻煩您了。」

聽到工匠準確看穿武器狀況的提議，艾絲也老實地點頭。

眾人解散後，露營地中央變得空無一人。

在許多帳棚圍繞的場所，椿準備了攜帶爐與磨刀石，從艾絲手中接過〘絕望之劍〙。她脫下衣服，只剩下袴褲與纏胸布，露出豐滿的胸部與褐色肌膚，開始維修武器。

在她的正面，艾絲在準備好的小底座上坐下。

「不過話說回來，那個小姑娘如今竟然成了代表都市的冒險者啊。」

在露營地的各處，就像椿與艾絲一樣，可以看到一些受託維修武器的高級鐵匠，與在一旁看著的冒險者的組合。

很多人專心在維持自己的最佳狀態時，椿對眼前的艾絲說道：

「也許鄙人應該早點抓住妳，不讓別人搶走？真是可惜了。」

她一邊處理作業，一邊呵呵大笑。

椿說就算沒能直接締結契約，好歹也該讓有本領的冒險者成為顧客，講得好像很惋惜，語氣中卻不帶一點懊悔。

她在艾絲還沒加入【洛基眷族】時，就在歐拉麗待了很長一段時間，此時就像談起往事那樣憶起過往。

「十年前……不對，是九年前嗎？那時的妳就像把無鞘之劍。」

「……」

「無論劍刃如何缺口破損，都要繼續戰鬥下去。鄙人從一開始就在想，妳那樣必死無疑。」

「那麼瘦小的一個女娃啊。」椿說著，艾絲沉默傾聽她的聲音。

同時注視著她手中的劍，受了磨損的表面。

「【劍姬】，鄙人就明講了。鄙人那時候，一點都不想替當時的妳打武器。」

平常如果看到有天分的冒險者──將來有望大放光彩的璞玉，身為鐵匠應該會躍躍欲試，但她看到艾絲，卻沒有這種感覺。

椿一邊研磨【絕望之劍】，一邊如此說。

「當然了，妳只把自己視作一把劍，鐵匠怎麼可能會想替這種人打武器？」

「我……」

「沒錯，妳那時候不是使用武器的人，根本就是鄙人或其他鐵匠打的武器。」

艾絲欲言又止，椿幫她接下去，斬釘截鐵地說。

「當時鄙人還笑過諸神授予妳的名字，覺得【劍姬】這個綽號可真諷刺。」

「……」

「鄙人那時只想知道，妳什麼時候會折斷。」

椿從劍上抬起視線，吊起的嘴唇浮現出低級笑意。

她說直到幾年前，少女都還只是個危險脆弱的存在，就像一把刀刃缺口破損的劍持續戰鬥。

無意間，艾絲想起洛基總是跟自己說「身體向前傾倒著奔跑，總有一天要摔倒的」。

艾絲回想起主神的忠告，與此時面前的椿的右眼互相注視。

「不過，妳變了呢。」

這時，椿柔和地笑了。

「咦……？」

「鄙人是說妳變圓滑了，雖然世人還在說妳像個人偶，但妳的表情變溫柔了。」

椿彷彿要以唯一的獨眼看穿一切，瞇細了右眼如此指出。

至於艾絲聽她這樣說，神情卻變得憂鬱。

艾絲也有自覺，知道自己不再是「一把劍」了。

別人指出自己的改變，充分證明了自己已不像當年，能為了宿願不顧一切，持續戰鬥。

自己對於必須實現的宿願的執著逐漸變弱，令她憂心忡忡。

與奧它他們【芙蕾雅眷族】的戰鬥以及少年的突破極限閃過腦海，艾絲忍不住了。

「妳覺得……我變弱了嗎？」

她向椿如此問道。

艾絲的意思是：自己不再是無鞘之劍，是否就跟折斷獠牙的野獸並無二致。

「應該是變強了吧，Lv.也不斷有所提升啊。」

「我不是這個意思！」

看到半矮人哈哈大笑著，艾絲罕見地加重語氣。

被人形容成人偶、缺乏情緒變化的表情，產生了動搖。

（我……）

自己有沒有對過去做出回報？

透過少年的背影，她想起父親的身影，發現自己差點就要沉浸在幸福之中。這讓她感到焦躁，不知道這樣下去對不對。

看到艾絲低垂著雙眼，椿維修了一會兒劍，閉起眼睛微笑了。
「也許是失去了鋒利，但是用劍來形容，就是尋到了鞘。」
看艾絲抬起頭來，她嘴上留著笑意，繼續說：
「受到劍鞘的保護，劍就不用隨時保持鋒利了。而一旦遇見了必須斬殺的敵人，受到保護的劍又能出鞘，散放光芒。」
刀刃該有收藏的刀鞘，以己身為劍的艾絲也該有安身之處。
椿注視著少女，清楚地告訴她：
「換言之，就是同伴啦。」

練習大動作揮劍的聲音響起。
伴隨著嗡嗡聲，大銀塊般的劍身刨挖著空氣。沐浴在樓層穹頂灑落的星光般燐光下，褐色肌膚的少女甩動著長裹裙，跳著劍舞。
「嗯～，不是大雙刃（烏爾加），用起來就是不順手呢～」
蒂奧娜一手舉高不壞屬性的大劍《羅蘭巨刃》，偏著頭說用起來感覺不對。
亞馬遜少女想讓手習慣一下對付幼蟲型的新武器，在露營地裡靠東邊、能將大樹林一覽無遺的巨岩邊緣，一個人不斷練習揮劍。
她以留下殘像的超高速度，試過了整套攻擊架式。

褐色的柔韌肢體在發熱，微微泛紅。

汗水沿著小蠻腰與肚臍流下，「呼——」蒂奧娜這才呼出一口氣，用手臂擦臉。

「不是說了要好好休息嗎？」

「啊！格瑞斯。」

一名矮人語氣無奈地出聲叫她。

格瑞斯從露營地的方向走來，蒂奧娜把大劍扛在肩上，回嘴道：

「可是啊——，我就是靜不下來嘛，總覺得身體很興奮。」

「……是因為路上看到的那個冒險者小子？」

「嗯！」

聽格瑞斯這樣說，蒂奧娜開心地點頭。

格瑞斯是後續部隊的，跟蒂奧娜他們沒在一起，但有聽芬恩說過來到第50層這裡之前，他們在路上看到了什麼。眼前這女孩平常就已經活力充沛了，現在更是活蹦亂跳，讓格瑞斯嘆了口氣。

不知道那小子是什麼人，但還真會給人添麻煩。格瑞斯真想找芬恩他們提到的那個少年冒險者抱怨兩句。

「他真的很厲害喔!?就像童話故事裡的英雄一樣冒險犯難耶——！」

蒂奧娜不知道格瑞斯的內心想法，口氣興奮地對他說道。

「明明知道對方比自己強，卻還是敢戰鬥！而且還贏了!!」

蒂奧娜就像在講自己的事一樣，染紅雙頰開心地笑著，然後抬頭望向正上方。

她望向比伸出無數燐光岩柱的穹頂更高的地方。

就像注視著少年戰鬥過的遙遠上方樓層。

「明天不管發生什麼事，出現什麼樣的敵人，我都要像那個男生一樣戰鬥！……然後，還要保護艾絲與蕾菲亞他們。」

蒂奧娜仰望著頭頂上，對樓層天頂的群星般光輝瞇細眼睛。

看到少女並不特別爭強，毫不懷疑大家都能活著回來，格瑞斯笑了笑。

「看來擔心這小丫頭，是老子杞人憂天了……」

他苦笑著喃喃自語，伸手去握揹在背上的大戰斧。

蒂奧娜一臉不可思議地看著格瑞斯，他舉起了同樣是不壞屬性的斧頭，對她擺出架式。

「陪妳玩兩下，過來。」

「可以嗎!?」

「算是讓妳冷卻一下，之後妳得馬上去睡覺。」

看格瑞斯笑得輕鬆，「嗯！」蒂奧娜回以滿面笑容。

她揮響大劍，轉眼間就跟矮人試起刀來。

金鐵交鳴的激昂聲調代替了搖籃曲，不斷震動著少女的耳朵。

「不要扯艾絲小姐他們的後腿，不可以……」

念念有詞。

蕾菲亞一個人跪坐在帳棚裡喃喃自語。

自己獲選成為進攻未到達樓層的隊員，到了未知的嚴酷迷宮深處，自己必須掩護艾絲他們才行。

蕾菲亞閉起雙眼冥想，像念咒一樣叮囑自己，明天一定要發揮出十全力量。

「……不能失敗……明天，不能失敗。」

然而冥想的內容已經脫離了精神統一，帶有詛咒味道的咒語徒增更多壓力。

她全身緊繃得硬梆梆，心跳聲都快被別人聽見了。

「妳肩膀太緊繃囉？」

「呀啊!?」

突然間，有人一把抓住她的雙肩。

蕾菲亞尖叫一聲，嚇得跳起來，急忙轉頭看向背後。

「蒂奧涅小姐!?您什麼時候來的!?」

「我說妳啊，好歹注意一下吧……」

獨自走進帳篷的蒂奧涅，傻眼地看著蕾菲亞的反應。

蕾菲亞心臟還在怦怦跳時，蒂奧涅已經一下子坐到她身邊。

「蒂、蒂奧涅小姐，您怎麼會來這裡……？」

「嗯——，因為身體一直在發燙，本來想跟那老妹(笨蛋)一樣揮揮武器的……可是既然團長拜託我嘛，就過來囉。」

看她用手指梳攏著黑色長髮，「？」蕾菲亞偏了偏頭，蒂奧涅突然一轉頭，把臉湊了過來。

「所以，妳在幹嘛啊？」

「啊，那個……我在冥想，叫自己明天不准失敗……」

蕾菲亞吞吞吐吐地低下頭去，她知道自己的實力沒有資格來到深層區域，面對第一級冒險者，講話自然越來越小聲。

看到晚輩急於求成的模樣，蒂奧涅嘆了口氣，靠近過來，兩手夾住了蕾菲亞的雙頰。

「咦……？」

「蕾菲亞。」

「什、什麼事!?」

突如其來的動作讓蕾菲亞滿臉通紅，蒂奧涅溫柔地包住她紅通通的雙頰。

「之前在第51層，艾絲不是說過？我們會保護蕾菲亞，所以妳儘管從容不迫，擺大架子就對了。」

臉頰感受著雙手的溫暖，蕾菲亞瞠目結舌。

像姊姊般開導她的蒂奧涅，在她眼前繼續呢喃：

「然後呢，幫助我們的就是……」

「……我的，『魔法』。」

聽到蕾菲亞的回答，蒂奧涅露出了微笑。

最後蒂奧涅用比親妹妹（蒂奧娜）輕一點的力道抱住蕾菲亞，「看我的看我的～」，在她頭上亂摸一通。

蕾菲亞漲紅了臉，不過蒂奧涅的話語，以及透過肌膚傳來的體溫，都讓她感覺肩膀力道放鬆多了。

她羞答答地，兩人就像一對好姊妹那樣笑鬧。她說「好、好癢喔！」笑著扭動身體，姿勢一個不穩，「呀啊！」兩個人都倒了下去。

濃金秀髮與黑髮散落在鋪了布的地上，蕾菲亞與蒂奧涅仰躺著，看著近在身旁的對方眼眸，都輕聲笑了起來。

「心裡不安的話，我可以陪妳睡喔？」

「這、這個……呃，真的可以嗎？」

「當然囉，跟蒂奧娜睡一個帳篷，她講夢話吵死了，而且動來動去，我都睡不好。」

蒂奧涅靠過來用額頭貼著額頭，蕾菲亞染紅了雙頰，再度笑了出來。

她已做好覺悟迎接明天初次踏入的未到達樓層，不過現在就暫時忘了吧。

為了以後還能這樣一起笑鬧，蕾菲亞在心中告訴自己，明天一定要完成自己的職責。

「要不然我們溜進團長的帳棚如何？只要能請團長當抱枕，我覺得我明天一定能用最佳狀態上戰場～」

「這、這或許有點不妥……」

「死定了啦……死定了啦。」

設置於露營地的大型帳棚。

在分配給幾名男性團員的帳篷裡，勞爾比某個精靈魔導士還緊張。

他坐在帳棚角落的椅子上，兩腳發抖，其他玩紙牌放鬆心情的人，都用擔心的眼神看他。現在這個帳棚裡的男女團員們，除了勞爾之外，都是受命防衛露營地的留守組。

沒錯，只有他要跟芬恩等人一同前往未到達領域。

「喂，勞爾！振作點啦。」

「安、安琪……」

正在檢查自己的武器──單手劍(light sword)與圓形小型盾(buckler)的貓人女性團員，對勞爾這種窩囊的模樣看不下去，走到他面前。勞爾左肩被她纖細的手抓住，抬起頭來。

看到他快要發青的表情，貓人女性團員安琪蹙起眉頭。

「你又不是第一次從第51層進攻，每次不都活著回來了？有點自信嘛。」

聽到黑貓女性口氣雖然重了點，但仍然給自己打氣，勞爾一時語塞，「真沒面子……」變得垂頭喪氣。

安娜琪蒂・奧圖姆。

她跟勞爾一樣，都是隸屬於【洛基眷族】的Lv.4第二級冒險者。由於名字不好叫，因此親近的人都簡稱她「安琪」。

安琪有著美麗黑色毛皮的耳朵與尾巴，還有長度及肩的同色直順秀髮。不愧是被性好女色的主神（洛基）相中，身材窈窕、容貌姣好。芬恩命令她指揮露營地的防衛工作，也證明了她【能力值】等各項能力都很出色。

就勞爾來看，安娜琪蒂・奧圖姆也比自己優秀多了。她沉著冷靜，膽識過人，還會像這樣鼓勵自己。第一級冒險者不在時，會任命她擔任根據地的總指揮，的確說得過去。

「嗚嗚，可是，小的上次差點被那種新種怪獸殺掉，這次搞不好真的會沒命……安琪，如果小的沒回來，希望妳可以幫小的把房間裡的存款寄給故鄉老家……」

「真是！你又來了！」

勞爾與安琪的年齡與入團時期都很接近，支持著第一級冒險者（艾絲）等主力小隊，換個說法就是【眷族】二軍的核心隊員。

聽到常與芬恩等人同行的兩人的對話，團員中一名少女怯怯地舉手。

「那個，第51層以下的樓層，真的有那麼危險嗎？」

晃著辮子的人類莉涅一問，勞爾的身體抖了一下。

「有幾條命都不夠的。」

青年繼續顫聲描述：

「從地下城第52層起，就是地獄了。到第50層為止的常識，從那裡開始統統不管用的。」

他講得繪聲繪影，整個帳棚陷入一片死寂。

基層成員全都閉起了嘴，就連安琪都抿緊嘴唇，不發一語。

自從某人喉嚨發出咕嘟一聲之後，帳棚內就陷入了沉默。

「——勞爾，不要過度驚嚇大家，這樣沒資格做領導者喔。」

「里、里維莉雅小姐……對不起。」

這時，里維莉雅掀開入口布幕，進了帳棚。

在場所有精靈都趕緊恭敬行禮，勞爾歉疚地低頭後，派系的副團長環視了每個團員。

「你們也不用太緊張，即使那種新種怪獸出現了，只要在牠們靠近前打倒就行了。這點小事，可不准你們說做不到喔？」

一手拿著法杖的她晃動著翡翠色長髮，語帶挑釁地說。

「耐心等我們回來就是了，這樣吧，我們會從第59層帶禮物回來的，你們好好期待吧。」

然後，里維莉雅說了這個平常絕不會說的笑話。

周圍團員聽了，當場哄堂大笑。

「里維莉雅小姐，這樣會害我們很期待喔——？」

「既然要帶，就請帶大型級的骨頭回來吧！」

「笨蛋，那要我怎麼搬啊。」

團員們一下子變得熱鬧起來，里維莉雅對他們投以微笑。

為了消除團員們的緊張，她這位副團長大概是特地前來緩解氣氛的。她看出受到上回「遠征」之際出現的幼蟲型怪獸——異常狀況的影響，基層成員之間總是潛藏著不安氛圍。

芬恩與格瑞斯他們，應該也去找其他團員或第一級冒險者講話了。

與他們認識較久的勞爾察覺到這點。

面露笑容的安琪似乎也跟勞爾有同樣想法，對他輕輕點頭。

（小的還差遠了……）

……還沒辦法像他們那樣呢。勞爾在心中低語。

反觀自己真是沒志氣又沒霸氣，消除不掉的自卑感雖折磨著勞爾，不過注視著里維莉雅的側臉，他又改變想法，立志要與如此偉大的前輩看齊。

最後，「好！」他在胸口的位置握緊拳頭。

「做為攻略前夜祭，現在開始牌戲大賽！大家都要拿些東西當賭注喔，誰贏了小的，小的就把儲蓄的所有財產統統給他!?」

利用里維莉雅帶動的氣氛，勞爾順水推舟，為了提升團員們的士氣，斷然舉行名為賭博的活動。

聽到他猛地站起來這樣宣布，「喔喔！」群情為之沸騰。

「別得意忘形了。」

「唉唷!?」

王族的法杖一揮，朝著搞錯方向炒熱氣氛的青年頭上打下去。

「對不起!?」一陣笑聲接在窩囊哀叫聲之後。

「……」

伯特一語不發，瞪著前方的景色。

在紮營的巨大岩石西端，他一個人佇立在陡峭懸崖旁，俯視著下方的光景。

那雙琥珀眼瞳，定睛注視著樓層西部壁面開出的大洞。

「我不用別人來照顧我。」

對於靠近自己背後的氣息，伯特頭也不回地說。

芬恩讓天頂微光照在身上，向前走來，聳了聳小小的肩膀。

狼人青年猜到他的目的，說不用因為是決戰前夕，就雞婆跑來顧慮自己。

「你在看什麼？」

「看就知道吧，就是明天要鑽進去的那些骯髒怪獸的巢穴。」

看伯特定睛注視連向第51層的大洞，看都不看自己一眼，芬恩換了個問法。

「伯特你的雙眼，從六天前就看見了什麼？」

——伯特霎時用力握緊了拳頭。

六天前，在第9層發生的整件事情。

超越「冒險」的少年背影，如今仍烙印在琥珀眼瞳裡。

伯特握緊雙拳，集中注視大洞的眼光中蘊藏凶光。

「芬恩，明天讓我做前衛。」

平常腳程快的伯特，都是擔任中衛位置的游擊手。

而現在，他要求跟艾絲或蒂奧娜擔任的前衛交換。

彷彿要發洩全身壓抑不住的興奮，他要芬恩讓自己打頭陣。

「管他是新種還是女怪物，我要殺得一個不剩。」

抬頭看著面露凶暴猛獸笑容的青年，芬恩點點頭。

「知道了。」

兩人站在一起，眺望著通往樓層深處的黑色大洞。

未到達領域的入口，彷彿暴風雨前的寧靜般保持沉默。

「……」

艾絲環顧同伴與家人（眷族）四散的周圍，再將視線轉回眼前的椿。

「妳並沒有變弱，只是增加了必須保護的事物，並且為自己受到保護而感到驚慌罷了。」

她嘴邊浮現微笑，一會兒後放下攜帶爐與磨刀石，結束了維修工作。

艾絲接過鐵匠遞出的〖絕望之劍〗。

「……」

低頭看看自己的手，以及取回光澤的劍刃後。

艾絲靜靜地，將散放銀色光輝的劍收進鞘中。

怪物的咆哮轟然響起。

震耳欲聾的臨死慘叫在黑暗中迴盪，皮開肉裂的血淋淋聲響與激烈哀嚎互相重疊，突然間戛然而止。

慘叫然後中斷，慘叫然後中斷。

過多怪獸的淒厲慘叫響遍四周時，黑暗中只剩下散放藍紫光輝的無數結晶。

纖細的手指從塵土堆中，撈起了埋在灰裡的結晶，張開下顎將其咬碎。

『妳在做什麼。』

忽然間，有個人對著黑暗說話了。

那聲調就像種種嗓音重疊在一塊，令人毛骨悚然。聽到這既像男人也像女人的聲音，血一般的紅髮飄動了。

女子用綠色眼瞳對著那人，以冷淡的口氣回答來訪者。

「看也知道吧，我在進食。」

紅髮女子芮薇絲如此回答。

這是位置不明的地下城某間窟室，出入口只有一個，牆上亮著的燐光黯淡，室內充斥著模糊的黑暗。

而掩埋她立足處的，是一片茫茫灰海。

數不清的怪獸屍骸，「魔石」被拔除的怪物，淪為堆積如山的高高塵土。芮薇絲把怪獸們抓來屠宰，手中拿著拔出的藍紫結晶，隨便將它扔進嘴裡。

她咬得啪嘰喀哩作響，好像一點都不覺得可口，只是咀嚼著。

正如同「進食」這個字眼，她不斷捕食著怪獸的核心。

看到眼前的光景，來訪者——穿戴藍紫連帽長袍與陰森面具的神祕人物，口氣煩躁地說：

『【劍姬】等人已前往「深層」了，妳為何不動。』

聽到對方的責備，芮薇絲懶洋洋地回答：

「你也是知道的吧？這個身體非常耗能量。」

『……』

帶有破損痕跡的戰鬥衣，簡直像殺害了冒險者後強行扒下來的。芮薇絲一邊指著自己戰鬥衣包裹的豐滿胸部與柔韌肢體一邊說道，轉身背對那人。

假面人沉默不語，在他的視線前方，好幾頭龍從背脊骨到腹部被大劍刺穿，標本似的被釘在地上。深深插進地面深處的大刀束縛，不許痛苦掙扎的龍群脫逃。

芮薇絲再度將手插進抓來的怪獸們體內，不理會湧出的血液與駭人慘叫，取出「魔石」。

「而且『艾莉亞』他們讓我受了重傷，我要休息。」

「更別說『那傢伙』現在比我強。」芮薇絲的言外之意是，自己現在就算與艾絲他們交戰，也很可能反遭擊敗。

身為人與怪物（怪獸）的混種生物，也是吞噬「魔石」提升能力的「強化種」，她告訴對方自己要捕食怪獸，徹底恢復之前在第24層之戰大幅消耗的力量與傷勢。

冷酷的女怪人，再度咬碎藍紫結晶。

『如此任性妄為，要是出了什麼差錯……』

「那些傢伙很強，一定會抵達『那個』等待著的第59層。……最壞的情況，『艾莉亞』就算成了屍體也無所謂。」

假面人咋舌，清楚地嘖了一聲。

『妳打算違逆神（厄倪俄）嗎？』

聽到這句話，芮薇絲回過頭來，瞇細眼睛。

「你們要利用我們無所謂，隨便你們。不過相對地，我們也要擅自行動。」

『……！』

「告訴厄倪俄，偶爾也該自己行動一下。」

轉身背對連帽長袍發抖的那人，芮薇絲開始走向窟室深處。

「我言盡於此，給我滾。」

聽到這句話的同時，假面人的腳邊，開始滴落幾滴紅血。

抬頭一看，上方天頂有好幾頭食人花綻放著花頭，在那裡蠢動著，無數觸手捕獲了大量怪獸。

被觸手勒緊淌血的可悲供品，又一頭掉在芮薇絲身邊，發出咚沙一聲。役使食人花的怪人開始吞噬這些怪獸，以及被武器釘在地上的龍群。

面對女子的淒慘晚餐，假面人轉身離去。

背後傳來怪物再度響起的尖叫，藍紫色的連帽長袍厭惡地搖擺。

在沒有日出與日落的迷宮深處，只有時鐘指針告訴眾人翌日早晨到來。

搭在陣地中的許多帳棚籠罩在樓層薄暗與燐光中，少女手中雕刻了葉片與樹木的精靈銀錶，啪一聲合了起來。

劍、魔杖、大雙刃、砍刀、銀靴、長杖、大戰斧、槍。

眾多的冒險者，注視著散放光輝的各種武器。

豎立在本營的小丑團旗也面帶滑稽笑容凝望眾人，小人族的領袖開口了。

「——出發。」

隨著沉穩的號令，芬恩率領的【洛基眷族】精銳隊伍從露營地出發。

留在根據地的團員們與高級鐵匠們呼喊著送行，他們走下巨岩，開始在灰色大樹林中前進。

七名戰鬥員、五名支援者、一名鐵匠，總共十三人組成小隊。

前衛是伯特與蒂奧娜，中衛是艾絲與蒂奧涅，然後是芬恩。

後衛是里維莉雅與格瑞斯。雖然一部分人員布署有所變更，但仍然是【洛基眷族】第一級冒險者小隊的黃金陣勢。這個布署方式再各安排兩名持有武器與道具的支援者，就是這次的隊形。

身為客將又是技師的椿，待在團長(芬恩)所在的中衛。

支援者們晃動著裝上巨大武器與大盾的大型背包，一行人往第50層西端的大洞前進。

「吼，為什麼我得跟伯特做前衛啦——」

「吵死了，笨亞馬遜人。」

支援者們已經開始緊張，變得沉默寡言時，扛著不壞屬性大劍的蒂奧娜抱怨著。腳穿銀靴(弗洛斯維爾特)，腰佩不壞屬性雙劍《羅蘭雙刃》，雙腿還裝上了插有十把以上「魔劍」的腿包，全副武裝的伯特看都不看她，歪著嘴角。

「哈，哈！【洛基眷族】總是這麼熱鬧呢。」

看到前衛攻手並不爭強，只是吵嘴，把手放在太刀刀柄上的椿呵呵大笑。「讓妳見笑了。」

身旁的芬恩回以苦笑。

「蕾菲亞，妳呼吸很急促，放鬆身體的力道。」

「好、好的！里維莉雅大人！」

「老子是不會叫妳像蒂奧娜他們那樣，不過……好吧，總之沉穩點。魔導士需要的，就是緊急情況時的膽子。喂，勞爾，你也一樣！」

「好、好的!?」

聽走在身邊的里維莉雅這樣說，待在後衛位置做支援的蕾菲亞，將她的忠告銘記在心。王族閉起一隻眼睛，跟平常一樣泰然自若，那雙翡翠色的眼眸叫她別忘了「大樹之心」。在兩名精靈背後，替小隊殿後的格瑞斯撫著鬍鬚，對著在中衛位置縮成一團的勞爾背後大聲吆喝。

被完全保持平常心的第一級冒險者們圍繞著，在蕾菲亞的前方，待在中衛的長髮女戰士（亞馬遜人）與金髮金眼劍士轉過頭來。蒂奧涅邊走邊對她眨眨眼，艾絲也露出小小微笑。

看到她們對自己笑，蕾菲亞自然而然露出笑容，點點頭，重新揹好筒形背包，跟著小隊前進。

少女手中的魔杖前端，魔寶石散放出微弱的藍白光芒。

「好了，從現在開始不可以再閒聊了，所有人準備戰鬥。」

不久一行人穿過了灰色大樹林，大洞出現在眼前，芬恩出聲說道。

樓層西端壁面開出的大洞——連接第50層與第51層的甬道，形成險峻的坡道。俯視著等同於懸崖的陡坡，下面樓層已經有好幾對怪獸眼光，浮現在黑暗中。

小隊所有人都靜靜舉起武器，帶著長槍的芬恩說道：

「——去吧，伯特、蒂奧娜。」

前進。

凶暴的狼人與凶猛的女戰士(亞馬遜人)化身為風，衝下陡坡。

小隊跟在他們後面，往未到達領域的進攻就此開始。

一出安全樓層馬上就是與怪獸的交戰，伯特的銀靴與蒂奧娜的大劍，眨眼間就擺平了牠們。

「按照預定走正規路線！提高警覺，不要讓新種接近！」

從第51層到更深的第57層，是「深層」罕見的迷宮構造。黑鉛色的地下城結構描繪出平面天花板與壁面，錯綜複雜的統一通道連接著窟室之間。

彷彿像是回歸初衷般與「淺層」有著相同的構造，但規模與寬廣程度截然不同的迷宮中，以迅捷的步調前進的小隊聽從芬恩的指示。

不許進行多餘戰鬥，更遑論浪費物資。

以未到達領域第59層為目標，一行人高速衝過地下城。

「前面通道要生出怪獸了。」

「前衛別管！艾絲、蒂奧涅，解決牠們！」

「是！」

劍士敏銳的直覺預測到通道即將生出怪獸，芬恩喊著做出指示。

伯特他們直接通過的通道，左右兩面牆產生了裂痕，正如艾絲所說，「黑犀牛」群突破了壁面蜂湧而出。霎時間，兩把反曲刀與一挺細劍（絕望之劍），將剛出生的犀牛怪獸碎屍萬段。

「你們可別被集團甩開了！」

格瑞斯以斧頭劈碎追上來的怪獸，大聲對小隊最後面的人員喊道。

地下城正在發出咆哮，整個樓層的怪獸都想阻止入侵迷宮的冒險者們，從各處湧來。

從岔道，從十字路前方，從天花板，從牆上。

與怪獸的連續遭遇（encounter），「深層」的威脅。黑犀牛（black rhynos）與巨大蜘蛛（畸形蜘蛛）用至今樓層完全比不上的頻率自四面八方來襲。

小隊與陸續湧來的怪獸交戰，但絕不畏怯。

「嘎嚕啊啊啊啊啊啊啊啊啊啊啊啊啊啊啊啊啊啊啊啊啊啊啊啊啊啊!!」

伯特正面衝向阻擋去路的怪獸們，以閃光般的一腳接上迴旋踢，踹飛所有敵人的上半身。【凶狼】看都不看虛軟倒地的屍骸，繼續將更多敵人咬成碎片。

他充分發揮本來擔任游擊任務的飛毛腿，採取打帶跑戰術，搶在隊伍之前進攻，一擊粉碎一頭怪獸。狼人以高速移動及腳踢亂舞，為小隊殺出一條道路。

「伯、伯特大哥，比平常還凶狠……」

看到狼人順從沸騰的熱血量產出怪物死屍，單手裝備著自衛用長劍的前衛支援者之一嚇得發抖，低聲說道。

他倒抽一口氣，在他眼前，「伯特別囂張——！」燃燒著競爭心的女戰士（亞馬遜人）也揮舞著大劍迅猛殺敵。

「嗯，打鬥之激烈真是勝於耳聞啊。——哦！到手（get）！」

椿眯細眼睛看著前衛的戰況，以太刀瞬殺來襲的黑犀牛，抓起崩毀塵土中出現的武器素材（掉落道具）「黑犀牛角」。鐵匠說著天神使用的語言，喜孜孜地把犀牛角扔進背上的背囊。

從鞘口放出的太刀一閃，音速的居合「技巧」。

目睹肉眼無法辨識的一連串居合斬，與她並肩奔跑的勞爾發出呻吟。

「椿小姐，您明明是鐵匠，怎麼會這麼厲害啊……」

「嗯，武器不是都得試斬一下嗎？鄙人想知道自己的作品對迷宮怪獸能起多大作用……於是一路往地底下鑽啊鑽，砍啊砍，就這麼變強啦。」

什麼鬼啊，太可怕了吧。勞爾聽了這個純粹的鐵匠所言，嚇得要死。

專心撿武器素材（掉落道具）的半矮人把周圍支援者也牽扯進來，擅自行動，但不至於影響小隊前進。

「蕾菲亞，不要貿然精煉『魔力』，會把那些新種引來的。等遇到牠們再詠唱就行了，現在先交給艾絲他們。」

「我、我明白了！」

在後衛位置讓隊員們包圍著，里維莉雅與蕾菲亞也緊挨著奔跑。

翡翠色雙眸提醒還在成長的少女，又隨時觀察周圍情形。掌控小隊火力的魔導士們相信同伴，做好萬全準備等著上場。

「娜維，給我大雙刃（烏爾加）！」

「是！」

蒂奧娜頭也不回，把不壞屬性的大劍往背後一扔，交換武裝，Lv．4前衛支援者的女性團員將大雙刃（烏爾加）丟（傳）給她。

裝備起超硬金屬（堅鋼）製的大重量武器，蒂奧娜定睛注視怪獸在眼前集合形成的超厚肉牆，飛奔而出。

她跑過伯特身旁，衝進多達二十頭的怪物大軍。

「我要……上囉——!!」

她用上整個身體，名符其實灌注了渾身力氣，施展出迴旋斬。

以巨大雙刃使出的陀螺大斬擊，將前進路線上所有怪獸統統砍成兩段。

蒂奧娜以臨死慘叫為伴，掀起一片腥風血雨，這時，她察覺殺出的道路遠方，傳來喧鬧的進擊聲。

「——來了，是新種！」

黃綠色團塊淹沒了整條寬廣通道。

被斑斕色彩侵犯的表皮，加上讓人聯想到魔鬼魚（魟魚）、又寬又平的扁平手臂。一堆疣足進逼的模樣好似戰車，體內累積著能溶解一切的腐蝕液。

【洛基眷族】終於遇上了他們最戒備的幼蟲型怪獸。
「變更隊形!!蒂奧娜，後退！」
指揮官芬恩即刻喊出緊急指示。
而他才一喊出口，艾絲立刻與後退的蒂奧娜默契十足地調換過來，衝出中衛位置。
「【甦醒吧】。」
艾絲發動魔法，與向前奔去的伯特肩並肩，發動突擊。
「艾絲，給我！」
「——風啊。」
應伯特的要求，風之力量寄宿到白銀金屬靴上。
狼人讓雙腳裝備的〔弗洛斯維爾特〕纏繞氣流，拔出腰上雙劍。
帶著風的恩惠與不壞屬性武器，兩人一躍而出，跳向幼蟲型大隊。
「痾喔喔喔喔喔喔喔喔喔喔喔喔喔喔喔喔喔喔喔喔喔喔喔喔!?」
破鑼尖叫轟震四周。
從敵人口腔噴出的腐蝕液全被風鎧彈開，緊接著不壞屬性的劍光將怪獸大卸八塊。
艾絲和伯特伴隨強風大顯身手，也不讓一滴腐蝕液灑到背後的同伴。縱使怪獸一齊射出液體，或是爆炸開來噴灑體液，結果都一樣。伯特的旋風腳一次踢穿好幾個敵人，艾絲的神速斬擊一口氣砍斷巨大身軀；遇上不壞屬性，敵人根本別想破壞武器。

包括聯手行動在內，都市最大派系（洛基眷族）有備而來，已不再會輸給新種（怪獸）了。艾絲他們以幼蟲型最不擅長對付的風鎧蹂躪敵人，有如怒濤一般殺光怪獸。

他們把敵方的進擊頂了回去。

「【封閉的光明，結凍的大地。漫天吹雪，三度嚴冬——吾名為阿爾弗】!!」

「所有人退散！」

而在艾絲他們的奮鬥背後，里維莉雅進行的「並行詠唱」轉眼間結束。

隨著芬恩一聲令下，前衛與中衛霎時往左右退開，部隊形成了炮口陣形。

炮身中央出現了翡翠色的魔法陣。

白銀長杖舉起——第一等級魔導武裝〔偉大精靈〕迸發出冰雪閃光。

「【狂喜・芬布爾之冬】！」

三道暴風雪沿著通道飛馳而去。

蒼藍與雪白炮擊連同迷宮，將前方怪獸全數冰凍起來。艾絲與伯特往岔道避難時，直線伸長的通道一直到最遠盡頭，全都化為蒼冰世界。

從結凍的幼蟲型到遭受池魚之殃的怪獸，全成了無數冰雕到處林立。

「哎呀哎呀，真是驚人的『魔法』，要是能用『魔劍』使出就好了。」

「要是真的那樣，魔導士（我們）就沒面子了。」

在成了凍土的地下城裡，椿直呼「哦——好冷好冷」摩娑著兩條手臂，里維莉雅對她苦笑。

艾絲與伯特跟小隊會合，為了以防萬一，他們一邊打碎所有怪獸冰雕，一邊在通道上奔跑。
覆蓋著冰霜的壁面，即使是深層出身的怪獸也別想誕生。艾絲等人在結冰的正規路線上前進，很快就來到了通往下面樓層的階梯。
「從現在開始要注意，恐怕不再有機會做補給了。」
面對寬廣的長長階梯——通向第52層的甬道，芬恩回過頭來看向小隊所有人。
團長的言外之意是，要使用道具的話現在就用一用。聽他這樣說，一路上毫髮無傷的冒險者們都沒有動作。
大家只是一齊繃緊了表情。
只有唯一不屬於【洛基眷族】的椿看他們如此緊張，露出狐疑的神情。
「我們走。」
不久，芬恩做出了簡短命令，小隊開始往第52層前進。
在與第51層並無二致的黑鉛色迷宮裡，部隊用比剛才更快的速度（步調）奔馳。
「盡量避免戰鬥！怪獸只要打飛就行了！」
芬恩不停做出指示。
怪獸的出現頻率與遭遇次數依然沒變，小隊跑過了迷宮。
「哦哦！『掉落道具』。」
椿邊跑邊以太刀迎擊，解決了怪獸，看到貴重的武器素材（掉落道具）出現，兩眼發亮正要去撿，但勞爾不許她這麼做。

「不可以停下來!?」

「唔？」

他拉住想脫隊的椿的手。

鐵匠本來要撿掉在地上的武器素材（掉落道具），手腕被勞爾抓住，她表示疑問。

「為什麼？鄙人沒來過這麼深的樓層，有什麼狀況嗎？」

「會被狙擊的……!?」

勞爾滿臉冷汗，如此說道。

「狙擊……？」

從不停奔跑的小隊當中，椿視線掃過景色逐漸變化的迷宮。

亮起的燐光、好幾條歧路、試著靠近他們的怪獸。她觀察了一下周圍，並沒有看到想對他們下手的可疑影子。

究竟怎麼回事？椿正要追問——猛然注意到一件事。

不只是勞爾，支援者們都發瘋般地追著第一級冒險者跑。

每個人都充滿危機感，臉色慘白。

跑在最後面的格瑞斯也催促喊道「不要拖拖拉拉！」。

所有人都不說話，憋著呼吸，只踏響著激烈的前進腳步聲，甩開怪獸的咆哮。整支小隊籠罩著異樣的緊張感。

然後，就在椿開始覺得不對勁時——聲音響起了。

那是彷彿自地底升起的，不祥的吼叫。

「……龍……在遠方吼叫？」

怪物之王的嘶吼緊咬耳朵。

椿知道了那是什麼的咆哮，但知覺範圍內沒有任何敵人。

「芬恩。」

「對——」

里維莉雅從背後呼喚芬恩，他點點頭。

「——被捕捉到了。」

小人族的碧眼瞇細到極限。

「快跑！快跑!!」

冒險者們嚷著催促移動，奔行速度（步調）更為加快。

前衛不顧一切地打飛出現在通道上的怪獸，「從哪裡……!?」椿看向四面八方。背後近處傳來蕾菲亞急促的呼吸聲，不曾中斷的怪物遙吠更助長了混亂。

不對，咆哮不是來自周圍——

「從下面來的？」

下一秒鐘，待在中衛前面的艾絲低聲說：

「——要來了。」

【劍姬】的雙眸，變得如劍一般銳利。

「伯特，改變方向!!」

芬恩立即發出指示，跑在前頭的伯特，以及慢一步跟在後頭的蒂奧娜與整支小隊跑出正規路線，衝進岔道。

下個瞬間。

「————————————————」

地面爆炸了。

『~~~~~~~~~~~~~~~~~~~~~~~~~~~~!?』

向上爆發的烈火，然後是紅蓮般的衝擊波。

伯特等人的背部、芬恩他們的側臉、格瑞斯等人的武裝都被染得通紅。

面對以灼熱色彩燃燒自己臉部與眼罩的猛烈爆炎，椿的右眼睜得不能再大。

簡直像是特大地雷爆炸一樣，樓層地板都被火紅烈焰籠罩，小隊通過之處的怪獸全被火海吞沒蒸發。

火焰熱浪一下就燒到天頂，直接突破第51層。

迷宮在眼前被炸碎，再加上凶猛湧來的爆炸氣浪，使得支援者們都憋住慘叫。

「繞道!!西邊路線!!」

芬恩的激動指示引導了小隊，冒險者們跑出正規路線，在迷宮狀的寬廣通道上全速狂奔。

很快地，大爆炸再度轟然引爆。

「把幼蟲型（怪獸）引來也無所謂!!里維莉雅，快用防護魔法!!」

「——【迴響吧——傳遞心願（聲音）吧，森林的法衣啊】！」

「多少敵人!?」

「六，不對，超過七頭!?」

絆住腳步的震動與超乎想像的熱量，襲擊著小隊。

好幾次大轟炸接連發生，熱風與片片火花湧向艾絲等人，芬恩連珠炮似地下達命令。里維莉雅連回答都嫌浪費時間，開始詠唱，蒂奧涅往下看著不斷踢踹的地面，大叫著回答。

不久，龍的咆哮清晰地響遍四周，接著是震動樓層的連鎖爆炸……不，整個附近層域全都受到震撼。

地面掀起的轟炸在第52層炸出大洞，岩盤嘩啦嘩啦地向下崩塌。冒險者們的視野，清清楚楚看見紅蓮般的大火球撞破地面，穿透頭頂上的好幾片天頂。

「是這麼回事啊……!!」

Copyright ©Kiyotaka Haimura

椿臉上的笑容嚴重歪扭，露出領悟一切的表情。

至於與其他人一起奔跑的蕾菲亞，臉上失去了所有色彩。

（這、這是真的嗎……!?）

她早已聽說過，也做好了足夠覺悟。

然而親眼目睹這種現象，仍令她難掩動搖之情。

受到大轟炸的攻擊，後衛的小隊隊形就要崩潰了，蕾菲亞待在這個位置，胸口深處的心臟以驚人速度亂跳。聽見龍的駭人咆哮，連第一級冒險者都得專心逃命，再加上仍持續不斷的怒濤「炮擊」，慘叫聲慢慢逼上喉嚨，她就快陷入恐慌——這時，蕾菲亞的蔚藍眼瞳看見了那個。

「勞爾，快躲開!?」

「咦？」

只有跑在最後面保護小隊的格瑞斯，與她一樣當先注意到。

面臨從通道橫穴進逼的成束粗絲，勞爾聽到叫聲，卻反應不過來。

看到眼前的光景，蕾菲亞緊急伸出了手。

「勞爾先生!?」

就在他後方的蕾菲亞，把青年連背包一起推開。

勞爾身體向前撲倒時，蕾菲亞被側面射來的粗絲纏住了手臂。

她被捉住，一口氣拉離隊伍。

「蕾菲亞!?」

蒂奧涅大聲慘叫，把蕾菲亞拖進橫穴裡的，是「畸形蜘蛛」的粗絲。

少女的神色因焦慮而扭曲，巨大蜘蛛怪獸釣起了她，張開下顎正要大快朵頤——燒成了灰燼。

膨脹的地面噴出好幾發爆炸火焰，燒光了巨大蜘蛛。

「————」

蕾菲亞被絲線釣著，貫穿半空中。

全身受到灼熱熱浪的襲擊，她就這樣摔落了樓層空出的大洞之中。

此時熊熊燃燒的蜘蛛絲恰如要將她拖進地獄深淵，先是一瞬間的浮游感，然後她頭下腳上地掉了進去。

接著，蕾菲亞看到了。

好深，好深，太深了。

放出的大火球打穿了好幾個樓層，形成了既長且大的縱穴。

她一路往洞穴底部墜落，幾頭巨大紅龍仰望著她，從無數獠牙縫隙中吐著煙。

蔚藍眼眸震動著，她嚇得魂飛魄散。無窮無盡的恐懼緊緊抱住她不放。

果然，果然，果然。

接連襲擊小隊的大爆炸——正是來自遙遠下面樓層的炮擊。

蕾菲亞等人被怪獸從幾百M外的地底狙擊了。

（真，的——）

以凶惡咆哮告知前兆的魔龍火炮。

瞄準射擊、打壞了好幾面厚實岩盤的碩大火球。

棲息於深層地帶的強大怪獸的攻擊，威脅著冒險者。

無視到達樓層的能力標準的暴行。

難以置信的「樓層無視」。

「喔喔……」

蕾菲亞被龍的眼光盯住，畏縮得不能動，至今前輩告訴她的話，閃過她的腦海。

——第50層以上的常識，從那個層域開始統統不管用。

——地下城第52層以下，是地獄。

蕾菲亞終於明白了里維莉雅與勞爾說過的話。

若是在之前的樓層，這可是特級的異常狀況，令人無法相信的事態。

規模差多了。

尺度差多了。

威脅性差太多了。

這就是地下城？

不可能！

太荒唐了!?

真正的——地獄!!

「喔喔喔喔喔喔喔喔喔喔喔喔喔喔喔喔喔喔喔喔喔喔喔喔喔喔喔喔!!」

直達天際的魔龍吶喊，讓蕾菲亞的臉龐因絕望而龜裂。

朝著巨龍墜落的噩夢般光景。

好幾發大火球（flare）的通道、長而廣大的縱穴受到震撼。

——過去曾君臨迷宮都市頂點的【宙斯眷族】。

至今仍擁有到達樓層最高紀錄（record）的他們，為這個層域起的名字是——「龍壺」。

待在壺穴最下層——炮擊地點第58層的，是炮龍「瓦爾岡龍」。

這是以雙腳站立，巨大身軀全長足足有十M的大紅龍。

蕾菲亞突破風阻，瀏海被風壓捲起，往強大怪物嚴陣以待的縱穴底部墜落。

其他樓層的怪獸也遭受波及，亂七八糟地摔下去，蕾菲亞整個人就要向恐懼屈服。

（我有，做過這種夢——）

不合常軌地從高空墜落的可怕夢境。

而現實（現在）等待著她的，是比衝撞地面更可怕的龍（狀況）。

少女受到原始恐懼所束縛，一根手指都動不了，然而一頭炮龍（瓦爾岡龍）已經張開了下顎。

炮身般的口腔強烈燃燒，裝填了大炎彈、染成鮮紅的龍口瞄準了正上方。

牠打算以大火球將蕾菲亞連同墜落的怪獸一起燒毀。

「「蕾菲亞!!」」

「!?」

就在這時。

大聲呼喚名字的聲音，破壞了蕾菲亞被拉長到極限的體感時間。

眼睛往正上方一看，只見第一級冒險者們縱身跳入了開出的大洞。

「少扯我後腿啦，笨蛋!?」

蒂奧娜、蒂奧涅，以及伯特。

三人踢踹著縱穴壁面，往正下方奔馳。

看到第一級冒險者趕來援救自己，蕾菲亞的眼眸產生一層水幕，震動了。

「——【薄紗吐息】!!」

接著從第52層，響起珠圓玉潤的魔法名稱。

溫暖的綠光法衣，分別包裹了墜落的蕾菲亞以及蒂奧娜他們全身。這是里維莉雅的防護魔法，能抵禦敵人的所有攻擊。

得到了都市最強魔導士的恩惠，三名第一級冒險者在牆上奔跑，轉瞬間就追上了蕾菲亞。

「————————————啊啊!!」

然而，大紅龍的炮擊也幾乎在同一時間發射。

直徑超過五M的大火球騰空而起，將蕾菲亞等人全身照成紅蓮之色時——扛著銀色大劍的蒂奧娜一個人飛了出去。

「去你的——————!!」

她整個人撲過去，雙手握緊不壞屬性的大劍，朝著大火球高舉劈下。

大爆炸。

然後，相互抵消。

在蕾菲亞等人的視線前方，火球被擋下、爆發。

「蒂奧娜小——!?」

少女的慘叫還沒叫完，女戰士先從爆炸強光中現身。

「好燙——!?」

看到蒂奧娜身上纏繞著大量火星但四肢健全，蕾菲亞赫然睜大了雙眼。打破常識的狂戰士身上冒著黑煙，看起來好得很。

也因為有綠光（薄紗吐息）加護隔絕了大部分熱量，身體沒事。不壞劍沒留下一點傷痕，散放出明亮的銀色光輝。

「蒂奧涅、伯特！飛龍（翼龍）要來了！」

除了第58層的好幾頭炮龍，蒂奧娜又察覺到第56層附近有動作，大聲喊叫。

如蟻巢般連接縱穴的橫穴，飛出了許多拍打翅膀的魔龍。

這是身體加上尾巴足足有三M長的「邪惡翼龍」。

「龍壺」之名就是取自這種藍紫色的飛龍與炮龍，這種飛行怪獸會通過大紅龍的火球打通的縱穴，襲擊冒險者。

看到飛龍種從第56、57層的橫穴陸續現身，伯特與舉起大劍的蒂奧娜一同衝了出去。

「蒂奧涅，保護那個笨蛋!!」

伯特以快到讓人忘記正在向下墜落的速度踢踹岩盤，化為箭矢，拔出雙劍捅進直直飛來的一頭飛龍。

兩挺銀劍刺進了飛龍的雙眼，「啊啊啊啊啊啊啊啊!?」怪獸鬼吼鬼叫，伯特直接將牠一腳踢飛，使其撞上另一頭飛龍，一邊盤旋墜落一邊把其他個體拖下水。伯特以腳踢的反作用力將雙腳接在牆上，閃避飛龍群的火炎彈——一齊攻擊，並再度發動襲擊。

蒂奧娜也不落人後，接近飛龍後斬斷其翅膀，加以擊墜。

伴隨爆炸聲射出的炮龍大火球，也被他們打落身軀格外龐大的飛龍當成肉盾，撐過了第二波炮擊。

「嗚、嗚啊……!?」

大爆炸掀起強光，怪獸向下墜落，龍群的吼叫聲令人想摀起耳朵。

這世上不該有的驚人光景，讓蕾菲亞渾身發抖，嚇破了膽。

「吸一口氣!!」

「！」

蒂奧涅看蕾菲亞這樣，對她叫道。

「不用怕！我們會保護妳!!」

肩扛斧槍的女戰士（亞馬遜人）的聲音，以及強而有力的眼光，打動了蕾菲亞的內心。

蕾菲亞想起昨晚與她共度的時刻，再加上里維莉雅的綠光（守護），少女接觸到第一級冒險者們勇於突破眼前困境的氣概，喉嚨發出咕嘟一聲，接著將恐懼趕出體外。

她點頭回答蒂奧涅，握緊手中魔杖。

蕾菲亞被風吹著，定睛注視大紅龍嚴陣以待的地獄深淵。

「艾絲，不准去！」

——場面轉回小隊主隊。

艾絲馬上就想跟著蒂奧涅他們一起跳進大洞，但芬恩阻止了她。

「要是勞爾他們掉進縱穴，我們會保不住所有人。我們要沿著正規路線前往第58層！妳留在我們這邊！」

「……！」

艾絲站在大洞邊緣，神色因苦澀而扭曲，但芬恩擔心支援者的指示很正確，她聽從了。

即使蕾菲亞他們從縱穴降落在途中的樓層，在複雜迷宮內也很難找到他們。相較之下，第58層的構造是單一特大窟室，只要抵達那裡，不費吹灰之力就能會合，蒂奧娜他們應該也明白這一點。

而且艾絲對幼蟲型能發揮極大力量，只要有她在，部隊前進速度就能加快。為了即刻前往第58層，她絕對必須留在主隊。

「格瑞斯，伯特他們就拜託你了！」

「好！」

格瑞斯裝備起自己本來的大戰斧，以及支援者交給他的不壞屬性斧頭，帶著總共兩把武器代替艾絲去追蕾菲亞等人。

芬恩沒有目送他跳進大洞，就迅速重新編組部隊，再度開始趕路。

「都、都是小的害蕾菲亞……」

「放心吧，之後我們會好好懲罰你。現在繃緊神經，不要再大意了。」

勞爾因為自己的失誤招來這種狀況而發抖，然而聽到里維莉雅的懲戒宣言，他臉色蒼白，不再有多餘時間自責，其餘三名支援者也用同情的眼光對他集中轟炸。

將艾絲安排在前衛位置，小隊疾步跑過第52層。

「哈哈！這下可真是來到了個可怕的地方啊。」

在激戰的迷宮內，椿一邊忍不住發笑，一邊用太刀斬殺靠近的怪獸。

部隊一分為二。

被分割成兩組的小隊，各自沿不同路線趕向第58層。

蒂奧娜等人一面承受炮龍(瓦爾岡龍)的炮擊，一面與飛龍(翼龍)群展開戰鬥。

「龍壺」由於大火球破壞了樓層，而擴大了其規模。染成紅蓮之色的幾十頭怪獸，與冒險者展開了激烈空戰。

「哇——!?有一頭龍飛得好快!?嗚咕!?」

「嘖，『強化種』嗎……!?」

持續下降的蒂奧娜等人踢著牆壁跳向怪獸，以活用能力(能力值)的荒唐戰法不斷擊墜飛龍，但他們畢竟沒有翅膀，力有未逮。

「邪惡翼龍」以化為翅膀的前肢雙翼高速飛行，其中一頭速度格外優異的個體，讓蒂奧娜與伯特陷入苦戰。怪獸於突擊的同時張牙舞爪彈開武器，又以尾巴撞開兩人，再補上好幾發火炎彈。綠光加護逐漸被削弱，蒂奧娜他們的反擊又都撲了個空，身上的傷越來越多。

牠襲擊同胞(怪獸)吞食許多「魔石」，成了「強化種」。比同胞更凶猛、強壯的飛龍之王，布滿血絲的獸眼睥睨著不會飛的獵物，破風飛來要殘殺兩人。

周圍擁有藍紫鱗片的飛龍群也想來個反攻，撲向他們。

「蒂奧涅小姐！幫我!!」

「！」

看著下方伯特他們被飛龍包圍的景象，蕾菲亞叫道。

她甩開恐懼，拿出氣勢，蒂奧涅幫她一把，將她扔向牆壁那一邊。

蕾菲亞姿勢不穩，但仍勉強降落在牆上，學著第一級冒險者們的做法，往下方跑去。

「──【解放一束光芒，聖木的弓身。汝乃弓箭名手】。」

不輸給毆打全身的風壓，蕾菲亞倒豎柳眉，編織咒文。

自己不能只是讓人保護，她不要這樣。

她必須用自己的「魔法」拯救他們。

蕾菲亞要求自己保持「大樹之心」，一邊持續移動，一邊斷然進行「並行詠唱」。

「【狙擊吧，精靈射手。射穿吧，必中之箭】！」

飛龍們注意到詠唱，射出飛石般的火焰。她腳在牆上一踢，閃避如雨的火球，絕不放開「魔力」的韁繩。

回想起與艾絲還有菲兒葳絲的特訓，蕾菲亞持續奔跑，高聲歌唱。

看到少女重複著移動與閃避的同時進行「並行詠唱」，蒂奧娜與蒂奧涅都吃了一驚，同樣顯得驚愕的伯特，吊起嘴角笑了。

意志！

堅強的意志！

不要膽怯!!

蕾菲亞震動著內心，伴隨著魔法陣的光輝，筆直伸出魔杖。

「【靈弓光箭】!!」

光矢射出，是最大輸出的大閃光。

特大號單射魔法朝著正下方的龍群發射出去。

——瞄準的目標，是最遠處!!

「強化種」與蕾菲亞四目交接，睜大了布滿血絲的魔龍之眼。

飛龍之王拍動著巨大翅膀，逃離進逼而來的光箭。

「————轉彎————!!」

接著，魔導士的咆哮改變了大閃光的軌道。

從直線變成曲線，具有自動追蹤屬性的單射魔法（靈弓光箭）跟在大吃一驚的龍背後。

大飛龍與光矢進行著熾烈的高速空戰（dog fight），其他飛龍在縱穴中飛來飛去、擋住去路，大閃光射穿了牠們的翅膀，對飛龍之王緊咬不放。

然後，光彈命中目標。

「喔喔喔喔喔喔喔喔喔喔喔喔喔喔喔喔喔喔喔喔喔喔喔喔喔!?」

伴隨著眩目閃光，大聲慘叫的飛龍之王失去了「魔石」，化做一堆塵土。

看到灑落在「龍壺」中的龐大灰雨，蒂奧娜對蕾菲亞筆直伸出握緊的拳頭，伯特也只對她笑了一下，就攻向剩下的其他飛龍。

蕾菲亞感到胸口發熱，也馬上準備進行下一個詠唱。

「——我可不能輸給她呢。」

跑在牆上投擲飛刀的蒂奧涅，看到年輕魔導士的奮戰也舔了舔嘴。被飛刃（小刀）刺穿眼睛的飛龍群哀叫著墜落，她一起降落，揮響一手握著的斧槍。

女戰士自從目睹某個少年的「冒險」以來，早就壓抑不住興奮，面對這場困境，仍然露出凶猛可怕的笑容。

「————————!!」

眼見冒險者踢著牆壁跳到空中，化為彈丸高速落下，飛龍群的口腔都噴出了火焰。面對火炎彈的風暴，蒂奧涅斧槍一揮到底，接著轉動它擋掉所有火彈。

「不壞武器（這玩意兒）可真方便。」

看到不壞屬性的武器讓無數火球煙消霧散，她笑了笑，接著高舉斧槍砍下。

她打碎了急速進逼的飛龍腦殼，弄得腦漿四濺，並直接以屍骸當作立足點騰空跳起。

蒂奧涅以攻擊距離既長且大的斧槍，同時砍倒了周圍的所有怪獸。

「不過威力還是不夠呢。」

斧槍沒能一次切開所有怪獸的皮肉，刀刃陷進了飛龍的軀體，令牠痛苦掙扎。

蒂奧涅把砍進飛龍體內的斧槍一拉，一手從腰上拔出反曲刀砍下去。

她斬斷了飛龍的長脖子。

「啊啊啊啊啊啊啊啊啊啊啊啊啊啊啊啊啊啊啊啊啊啊啊啊啊啊啊啊啊啊!!」

「吼，煩耶!?蒂奧娜妳要解決乾淨啊!?」

第58層大紅龍的咆哮以及炮擊的大火球，讓蒂奧涅罵了一句。

「我只有一個身體耶，哪來得及啊！」視野下方的親妹妹一邊燒到身體，一邊打掉好幾發的火炮，蒂奧涅咕了一聲，將斧槍高舉過頭。

蒂奧涅・席呂特——綽號是【怒蛇(Jörmungandr)】。

她越是發怒就越強悍的模樣絕不只是譬喻，就連諸神都對這個第一級冒險者感到畏懼。

一旁蕾菲亞的視線在說「該不會……」，只見蒂奧涅整個人衝向大火球。

「從剛才就吵吵吵……煩不煩啊啊啊啊啊啊啊啊啊啊啊啊啊啊啊啊啊啊啊啊啊啊啊啊啊!?」

不壞屬性的武器與暴跳如雷的女戰士，粉碎了紅蓮大火球。

「——看我踹死你們。」

當高舉揮下的斧槍在上空綻放爆炸火花時，不斷擊殺飛龍的伯特，對縱穴底部怒目而視。

視野內能確認到的炮龍有四頭，到第58層只剩下不到兩百M的高度。

面對逐漸逼近的「龍壺」終點，他把兩手拎著的雙劍收回腰際。

「喂，一發就夠了！想辦法解決一下那個火球！」

「我先說清楚，擋下那個可是很痛的喔——!?」

伯特對降落到同樣高度的蒂奧娜喊道，她一邊揮動大劍，一邊大聲吼回去。女戰士好幾次用攻擊抵銷炮擊，身體與衣服有很多地方燒焦，烤得焦黃的褐色肌膚也受到了多處燒傷。

聽噗茲噗茲地冒煙的少女這樣說，「少囉嗦，快做。」伯特講得一副事不關己的樣子。

「我要上了!!」

「你給我記住——！」

兩人不把飛龍放在眼裡，勇往直前衝向第58層。

四對炮龍的眼睛瞄準了靠近的兩人，伯特從腿包中拔出「魔劍」。

那是一把金色裝飾、黃色刀身的匕首，他把電氣啪滋作響的匕首抵在右腳的〔弗洛斯維爾特〕上。長靴鑲嵌的黃玉吞噬了電擊之力，而「魔劍」則粉碎散落。

下個瞬間，白銀金屬靴開始纏繞著猛烈雷電。

「喔喔喔喔喔喔喔喔喔喔喔喔喔喔喔喔喔喔喔喔喔喔喔喔喔喔喔喔喔喔喔!!」

四個大火球射出。

仰望正上方的四隻炮龍(瓦爾岡龍)展開了同時炮擊。

眼見大火炮彈群只隔著些許間隙飛來，伯特踢踹岩盤，躲掉第一發。第二發大火球就要吞沒浮空的他，但蒂奧娜高舉大劍，發動了突擊。

「預備——嘿!!」

伴隨著極大的爆炸聲，她打散了大火球掩護同伴，伯特再次降落在牆上。

然後，一口氣加速。

他穿過並排飛來的大火球之間，任由烈火焚燒著雙臂護手，突破了同時炮擊的銅牆鐵壁。

炮龍（瓦爾岡龍）的眼中寫滿驚愕之情，特殊武裝膨脹的雷光燒灼著大紅龍的眼睛。

風馳電掣。

蘊藏於右腳的雷電之力，在他衝過的牆上描繪出光之軌跡，伯特恰如一道奔雷，朝著龍群降落。

下個瞬間，他已經跑完整段「龍壺」，從開出大洞的天頂來到了第58層。

咚！伯特氣勢如虹地踏入底層。

他盯上正下方的一頭大紅龍，化為疾雷踢出銀靴（弗洛斯維爾特）。

「去死吧。」

轟炸。

金屬靴砸進了炮龍仰頭向上的臉孔，產生了大型閃光。

「魔劍」的雷電配合〖弗洛斯維爾特〗的攻擊力，達到了最大威力。大紅龍吃了這一記灌注渾身力氣的雷電腳，整顆頭顱消失不見，慢慢仰躺著倒下。

長達十M的魔龍巨軀沉入地面，像倒塌的高塔般轟然震動整個樓層。

伯特就在牠旁邊漂亮著地，耳朵聽著龍群混亂的吼叫聲，抬起頭來。

「我回來了……你們這些王八蛋。」

深層區域第58層。

這裡與第49層──大荒野(莫伊特)一樣，就是個廣大的單一空間，沒有迷宮，也沒有阻擋視野的隔牆，是一間以黑鉛色牆壁與天花板描繪出來的長方形巨大「窟室」。

【洛基眷族】的最高到達樓層是第58層。

過去伯特他們遭受到無視樓層的炮擊，失去了體力、道具與其他裝備，只得在第58層放棄攻略迷宮。

仰望頭頂上，炮龍高高佇立，還有其他大量怪獸蠢動，面對第58層的懾人光景，一頭野狼露出了凶暴笑意。

「我第二名！」

接著，蒂奧娜也從同一個大洞降落在第58層的地上。

包括大紅龍在內，無數怪獸都將眼光朝向僅僅兩個冒險者。

下一秒鐘，又有新的人影自天頂現身。

「──【如雨驟降，火燒蠻族】。」

「你們快逃!!」

伯特他們正準備迎戰時，頭頂上傳來瓊音般的詠唱及警告。

伯特與蒂奧娜猛地抬頭一看，只見正在防禦飛龍攻擊的蒂奧涅，以及魔杖指著地面的蕾菲亞，從天頂的大洞現身。

蕾菲亞在降落的同時持續編織咒文，此時完成了詠唱，伯特他們見狀，不顧怪獸的攻擊緊急離開原地。

然後——

「【齊射火標槍】!!」

炎矢豪雨覆蓋了第58層。

驟降的魔法彈引爆了慘叫，炮龍（瓦爾岡龍）即使一身紅色鱗片受到幾十發炎矢都能撐得過來，但其他怪獸就沒這麼厲害了。藉由大量精神力與強力的【妖精追奏】（技能）提升威力的廣域炮擊，將小型、中型與大型的各種深層怪獸焚燒殆盡。

幾十頭怪獸化為灰燼，被斬殺的飛龍群也從頭頂上一隻接一隻落下，第58層呈現一片屍橫遍野的景色。

「蕾菲亞、蒂奧涅！」

「我、我還活著……」

「用了那麼誇張的『魔法』，還真好意思說呢。」

蕾菲亞讓蒂奧涅抱著，降落在樓層裡。

勉強逃出炮擊範圍的蒂奧娜跑向她們，蒂奧涅聽到蕾菲亞在自己懷裡愣愣低語，笑了笑。

她們只分享了一瞬間的喜悅，裝備起雙劍的伯特就對她們說：

「只有那種臭龍，無論如何都得殺光，不能讓牠們幹掉艾絲他們。」

他琥珀色的銳利雙眼瞪著四周，顯露出毫不衰減的戰意。

第58層冒著黑煙，火星飛舞，化為一片焦土。

雖然藉由剛才的「魔法」，本來存在的大部分怪獸都被擊殺或是無法再戰，但樓層內仍然散布著數不盡的敵人。飛龍從頭頂上空出的好幾個大洞陸續出現，最可怕的是炮龍依然健在，剩下七頭。

進行「樓層無視」炮擊的大火力仍然是個威脅，伯特告訴蒂奧涅她們，決不能讓牠們狙擊此時還在上面樓層移動的小隊主隊。

「我贊成，可不能讓怪獸傷害團長他們。」

「蕾菲亞，妳先做一下回復。」

「好、好的!?」

亞馬遜姊妹扛著不壞屬性的斧槍與大劍，定睛注視著發出低吼的七頭炮龍，蕾菲亞聽了蒂奧娜的指示，趕緊翻找用帶子綁在肩膀上的筒形背包。氣喘吁吁的她連忙喝下【迪安凱特眷族】標誌的高等魔法靈藥。

「可、可是……我、我們打得倒七頭嗎？」

「打不倒就只能嗝屁啊，不用我明講吧。」

「哎，想也是啦～」

蕾菲亞面對視野中鋪展開來的光景，不禁脫口而出，伯特與蒂奧娜接連回答。

燃起莫大殺氣的七頭不祥大紅龍，外加拍動翅膀飛空的幾十隻飛龍，還有在地面橫行霸道的多種怪獸。

不亞於大荒野大軍（弗莫爾）的第58層景色震懾了蕾菲亞，講話口氣如常的伯特與蒂奧涅，心裡其實也不輕鬆。

面臨清晰可見的死亡線，第一級冒險者們的神情也緊繃起來。

「……你覺得里維莉雅的綠光加護（薄紗吐息）還能撐多久？」

「畢竟是那個臭老太婆的『魔法』，應該能撐一小時……不過再打個兩、三戰，大概就沒效了吧。」

蒂奧娜與伯特小聲交談，討論此時仍包裹全身的防護魔法。

光之法衣一直保護他們免受炮龍（瓦爾岡龍）與飛龍（翼龍）的屢次猛攻，已經削弱、變薄許多了。只要再被大火球直接打中一次想必就會消失，蒂奧娜他們也會被燒死。

「……解決炮龍（瓦爾岡龍）後，就到通往第57層的甬道避難。我們就躲在那裡等團長他們來，沒意見吧？」

按照常理來想，與來自四面八方的無數敵軍交戰，絕不是個好主意。

蒂奧涅環視樓層的北端與南端、第57層與第59層的階梯後如此指示，蕾菲亞他們都點點頭。

「喔喔喔喔喔喔喔喔喔喔喔喔喔喔喔——!!」

不久，一頭炮龍發出咆哮，為第二戰打出信號。
面對怪獸們一齊展開行動，蒂奧娜、蒂奧涅、伯特與蕾菲亞舉起武器，向前奔去。
下個瞬間。

「──────嘎!?」

自上空飛來一個影子，粉碎了一頭炮龍的頭顱。
「──────」
龍的巨大身軀發出轟然巨響，倒在地上。
看到大紅龍的頭顱豪爽地炸開，不只蒂奧娜他們，所有怪獸都停住了動作。
一瞬間的寂靜竄過眾人之間。
自天花板大洞降下、宰殺了炮龍的人影，從倒地的龍屍上慢慢拔出大戰斧。
「你們還活著嗎，嫩小子們。」
看到矮人老兵從深深戴著的頭盔底下投來視線，蕾菲亞等人都驚愕地睜大雙眸。
「格……」
「格瑞斯……？」
蕾菲亞沙啞地低喃，蒂奧娜的聲音接了下去。

伯特與蒂奧涅也呆站原地時，第一級冒險者格瑞斯・藍德羅克雙手中的兩把大戰斧，散發著銀色光輝。

「喔，喔喔喔喔喔喔喔喔喔喔喔喔喔喔喔喔喔喔喔!?」

同胞遭到瞬殺，炮龍憤怒的吼叫聲直達天際。

以此做為開端，怪獸們開始行動，殺向獨自出現在龍群正中央的矮人。

「格瑞斯!?」

「老頭!!」

蒂奧涅與伯特遠遠叫喊著，格瑞斯翻動披在身上的披風——消失了。

他踏碎地面，以矮人不該有的速度逼近一頭炮龍（瓦爾岡龍）的腳邊。

充分發揮Lv.6能力（能力值）的第一級冒險者，目眥盡裂，把背後蓄力的雙斧砸進龍的腳上。

「————!?」

一頭大紅龍沒能做出任何抵抗，一隻腳血肉橫飛，就這樣摔在地上。

神速高超的身手與當機立斷，讓蒂奧娜等人倒抽一口氣。

事實上，炮龍（瓦爾岡龍）的前肢像飛龍（翼龍）一樣變成了巨大翅膀，因此無法進行近身戰。炮擊特化的怪獸頂多只能揮動牠又長又粗的尾巴，也就是說大紅龍的懷裡正是唯一的安全地帶。不只如此，衝進龍的懷裡，還能讓其他炮龍害怕自相殘殺，藉此封印牠們的大火球。

大紅龍群一時之間不知該如何進攻，格瑞斯緊抓這個破綻，再度踢碎地面，開始移動。

他將重量可與大雙刃（烏爾加）匹敵的主武裝〖巨碩戰斧〗與不壞屬性的大戰斧〖羅蘭大斧〗——扔到一旁。

雙手重獲自由的格瑞斯，抓住了腳被打碎、摔倒在地的炮龍（瓦爾岡龍）的尾巴。

「哼！唔！喔喔……!!」

他用上雙手與全身拉扯龍尾，將它抬了起來。

五根手指戳破、陷入堅硬的紅鱗之中，一路拖著炮龍的巨大身軀移動。

飛龍群自上空灑落的火炎彈他一概不管，只是讓整張臉充血漲紅，額頭浮現出好幾條血管。

接著，格瑞斯發出了雄壯吼叫：

「……喔喔喔喔喔喔喔喔喔喔喔喔喔喔喔喔喔喔喔喔喔!!」

配合著矮人扭轉上半身的動作，龍的巨大身軀開始從地面浮起。

——不會吧。

蕾菲亞等人都產生了同樣的心聲，他們的預感成真了。

格瑞斯就這樣開始旋轉，尾巴被抓住的炮龍（瓦爾岡龍）也好像理所當然般跟著旋轉。

大紅龍身長達到十M的巨大身軀，被一個矮人抓起來甩。

「啊……啊啊啊啊啊啊啊啊啊!?」

尾巴被人抓住的龍發出慘叫。

格瑞斯藉由超水準的「力量」能力參數，以及矮人特有的強化「力量」的「技能」恩惠，把炮龍當成鏈球（hammer）一樣甩動。

「不、不妙⁉」

「快趴下⁉」

蒂奧涅與伯特大叫出聲，跟蒂奧娜還有蕾菲亞一起趴到地上。

「⁉」

三圈，四圈，五圈，六圈。

每增加一圈，速度與破壞力就隨之暴增，一瞬間就把靠近的怪獸們統統驅散。就連其他炮龍（瓦爾岡龍）都被格瑞斯用同胞的身軀打飛，一掃而空。

第一級冒險者，格瑞斯・藍德羅克。

這位力大無比的老兵，正可謂體現了矮人種族的特質。不只在【洛基眷族】，格瑞斯的「力量」與「耐久」在整個都市（歐拉麗）也是數一數二，天生就是個前衛攻手，也能擔負前衛人牆（wall）之任，可稱為超前衛特化型。他揮出的拳頭是打碎一切敵人的破碎鎚，強壯體魄則是最堅固的盾牌。

格瑞斯能擊碎所有阻擋去路之人，任何攻擊都無法使他屈服；歐拉麗的諸神授予他的綽號是——【重傑（Elgarm）】。

傳說他曾經獨自舉起嚴重破損的巨大帆船（Galeón），是與【勇者（Braver）】及【九魔姬（Nine Hell）】齊名的矮人大戰士。

「唔喔喔喔喔喔喔喔喔喔喔喔喔喔喔喔喔喔喔喔!!」

怪獸遭到粉碎，臨死慘叫迴盪，然後是凶惡的漩渦聲。

業已化為巨大暴風的格瑞斯與大紅龍，將周圍所有怪獸盡皆吹飛。

「飛吧啊啊啊啊啊啊啊啊啊啊啊啊啊啊啊啊啊啊啊啊啊!!」

格瑞斯使出最後一招，放開了龍尾。

巨大身軀帶著強大離心力往斜上方飛去，波及了頭頂上的飛龍群。

被扔向高空的巨龍鏈球描繪出弧線，壓碎飛龍群，同時在第58層的牆上爆炸。

牠惡狠狠撞上岩盤，造成坍方，製造出有如隕石的轟炸聲。

「……騙、騙人的吧……」

蒂奧娜從趴著的地面抬起頭來，滿身灰塵，臉頰抽搐。

五頭炮龍吐出舌頭躺在地上，被打飛的怪獸們屍骨無存，而視野深處有一頭大紅龍頭部埋在牆裡。

看到暴風雨過後般的光景，伯特、蒂奧涅與蕾菲亞都維持著匍匐的姿勢，一張臉痙攣著。

「哈啊，哈啊……呼，真想痛飲矮人的烈酒喝個過癮。」

做出這件事的本人肩膀上下起伏，從懷中取出高等靈藥，當成酒一樣仰首灌下。

格瑞斯粗魯地用手臂擦擦嘴，然後看向倒在地上發呆的蒂奧娜他們。

「發什麼呆啊，嫩小子們。怪獸還會再來個一陣子，快站起來。」

他說的沒錯，遠遠那一頭第58層的壁面產生了裂痕。

飛龍群再度從天頂徐徐修復的大洞飛來。

格瑞斯撿起扔掉的兩把大戰斧，保持著臨戰態勢。

「只、只要有格瑞斯先生一個人，好像就夠了……？」

「少胡說八道，哪能一天到晚那樣亂來啊。」

蕾菲亞跟蒂奧娜他們一起搖搖晃晃地站起來，與格瑞斯會合，他一口否定了蕾菲亞所言。

矮人大戰士堅稱剛才只是僥倖，在胸前交叉舉起雙斧利刃。

「撐到芬恩他們趕來，沒問題吧？」

鎧甲被飛龍火焰燒得焦黑，披風破破爛爛，身上多處掛彩。

看到格瑞斯斷然進行那種荒唐攻擊時受的傷，伯特他們都明白了。

格瑞斯平時之所以沒發揮如此強大的力量，是因為把第一線讓給他們，自己總是負責後方事務。

為了保護伯特等人，還有勞爾他們那些年輕團員。

看到伯特他們閉口不語，一臉嚴肅，格瑞斯回過頭來，對他們露齒而笑。

「喂，平常的調皮搗蛋都跑哪去啦？還不快去大鬧一番，讓老人家休息休息？」

聽到他半開玩笑的挑釁語氣，伯特他們翹起一邊眉毛，各自做出不同反應。

「你這種老頭哪會老啊。」

「我可不會輸喔——」

「我看我還是沒辦法當領導者，看到這種的是要怎麼當啦。」

聽這群血氣方剛的年輕冒險者自顧自地說，「你們這些年輕人喔。」格瑞斯也笑了。
看他們拿起武器，發出響聲，蕾菲亞也趕緊舉起魔杖。
「唔！那是……新種啊。」
在格瑞斯視線前方，樓層北端空出的第57層甬道，吐出了無數可怖的影子。黃綠色與斑斕色彩的可怕表皮，讓格瑞斯瞇細了雙眼。
「通、通往第57層的路……」
「被堵住了啊，真是，沒完沒了……你們不要離開老子身邊！」
蕾菲亞喉嚨發出咕嘟一聲，身旁的格瑞斯氣勢萬鈞地衝了出去。
目睹深層深處地帶緊湊的威脅，第一級冒險者們不願落於人後，跟隨矮人大戰士進攻。

「變更隊形！艾絲，到前衛去！」
為了搭救蕾菲亞，格瑞斯等人跳下縱穴之後。
與他們分散的小隊主隊——芬恩等人一面與怪獸群交戰，一面於第52層當中前進。
「勞爾你們在中衛固守，掩護艾絲！里維莉雅，麻煩妳殿後！」
「是!?」

「知道了。」

芬恩一邊急速奔馳，自己也一邊揮動不壞屬性的長槍，掩護在最前線戰鬥的艾絲，或是擊殺她砍漏的怪獸。

他在中衛位置迅速下令變更隊形以應急，憑著培養出來的統率力引導小隊。領袖強而有力的聲音預防了士氣的下降與動搖，即使身在困境當中，仍然為冒險者們指出方向。

勞爾等人明白只有忠實聽從他的命令才能脫險，以整齊劃一的動作變更隊形。

「椿，抱歉，要借用妳的力量了。」

「沒問題，交給鄙人吧。」

聽到定睛注視前方的芬恩這樣說，椿翹起嘴角點點頭。

同樣待在中衛的她太刀高速出鞘，將怪獸砍成兩段，與芬恩一同支援前方的艾絲。

前衛是艾絲，正後方是勞爾等四名支援者，左右有芬恩與椿保護他們，最後面是里維莉雅。

以支援者為中心的隊形，用比之前更快的速度衝過第52層的通道。

「不要停下腳步！」

他們躲開來自下方不曾中斷的炮擊，只驅散最小限度的怪獸。

面對「樓層無視」的攻擊，局勢不容推測。只要能殺出一條血路，沒打完的怪獸自己會被炮龍（瓦爾岡龍）的大火球殲滅。

艾絲等人唯有進擊一途，以到達第58層為第一優先。

芬恩完全掌握了超越都市（歐拉麗）面積的廣大深層地圖資料，逐一做出路線指示，在龍群的連續炮擊中指出通往下一樓層的最短路徑。勞爾他們將大型武器等隨身物品集中交給其中一名支援者，空出雙手，以短刃（dagger）與槍矛持續支援前衛。

里維莉雅的綠光（薄紗吐息）加護包裹著小隊所有人，全體防護魔法不只保護了蕾菲亞他們，也讓艾絲等人全身發光，好幾次替他們擋掉了驚險攻擊。

「喔喔喔喔喔喔喔喔喔喔喔喔喔喔喔喔喔喔喔喔喔喔!!」

凶暴而凶惡的怪獸們，阻擋了他們的去路。

巨大毒蠍（venom scorpion）、雷激蛇（thunder snake）、大銀蛇（silver worm）……深層怪物與之前樓層的怪獸在戰鬥力上截然不同，再加上跨越樓層飛來的大炮擊，各種強大怪獸直至今日，一直阻撓著艾絲他們【洛基眷族】的迷宮攻略。

「芬恩，敵人有九隻！」

「突破這裡！艾絲，去吧!!」

艾絲依照芬恩計算出的最短路徑飛奔而出。

來自通道前方的怪物咆哮拍打著少女的身體，她像要擋回咆哮般大喊：

「【甦醒吧】！」

她發動魔法（風靈疾走），斬向敵人。

艾絲躲掉進逼的所有巨大毒針與雷擊，手中寶劍轉瞬間蹂躪了九隻怪獸。

斬擊一閃化為起伏狂風，一次將好幾隻怪獸砍得爆散開來。風鎧與覆蓋身體的防護魔法綠色光膜一同嘶吼。

「多虧艾絲升級了，真是幫了一個大忙。」

「就以我親眼看著她亂來的立場而言，心情真複雜。」

看到【劍姬】突破怪獸肉牆，之後繼續如怒濤般殲滅阻擋去路的障礙，芬恩輕聲說道；親眼看過她單獨擊敗樓層主（烏代俄斯）的里維莉雅也輕聲回答。

Lv.6的能力加上【風靈疾走】更上一層樓的力量輸出，艾絲的突破力跟以前簡直不可同日而語。就連上次進攻深層時無法輕易制伏的巨大毒蠍與雷激蛇，她都能像勇猛的大戰士（格瑞斯）一樣瞬殺。

艾絲身上纏繞風力，獨自一人擔起前衛之責，高高堆起怪獸屍體，開闢道路。

「這、這樣感覺好像用不到小的我們耶……！」

「勞爾，準備魔法靈藥。」

「好、好的!?」

眼前光景讓勞爾等支援者嚇得發抖，不過芬恩不許他們袖手旁觀。

在深層區域，體力與精神力的消耗比之前樓層激烈多了。艾絲的能力再怎麼突出，一直戰鬥下去很快就會耗盡力氣。芬恩仔細觀察打前鋒的少女的狀態，做出補給指示，勞爾趕緊翻找道具。

「娜維、亞莉希雅、考斯，準備『魔劍』。」

「「「是！」」」

「艾絲一退後補給，就射擊。」

人類、精靈、獸人。勞爾以外的三名支援者，裝備起佩帶的「魔劍」。芬恩一邊以長槍屠殺怪獸一邊下令，他們照著指示，一等到流著汗的艾絲退到中衛位置，就揮動「魔劍」砍下去。

無詠唱的即時魔法射擊，把怪獸們連同前方的通道一併炸碎。

勞爾邊跑邊把魔法靈藥交給艾絲，在她做完補給、回到前線之前的短暫時間，炮火強光遏止了怪獸的進擊。

「來自下方的炮擊停止了……是格瑞斯他們嗎？」

「應該是吧，趁現在趕路吧。」

以艾絲做為前導，小隊勢如破竹，椿注意到樓層不再震動，不禁脫口說道。芬恩看大火球的狙擊消失了，也點點頭。

很可能是格瑞斯他們降落到第58層後掃蕩了炮龍，或是引開了牠們的注意，遏止了炮擊。

取而代之地，下面樓層的飛龍（翼龍），從炮龍（瓦爾岡龍）的大火球打出的縱穴蜂擁而來。擁有翅膀的飛行怪獸能夠經由「龍壺」在樓層間自由來回。

敵人在通道與窟室中從頭頂上飛撲而來，讓一行人陷入苦戰，所幸有艾絲的風與芬恩指揮的聯手行動，小隊逐步擊退飛龍——終於發現了通往下面樓層的階梯。

「第53層……！」

小隊轉瞬間衝下長長階梯，到達下一個樓層。

驚人的行進速度讓勞爾嘆了口氣，不知道是出於激動的情緒還是畏懼。

在他身旁，芬恩提高警戒環顧周圍，瞇細了碧眼。

「新種怪獸似乎……沒出現呢。」

艾絲用了那麼多【風靈疾走】，會受「魔力」吸引的幼蟲型怪獸卻沒出現。

芬恩與小隊一同衝過怪獸暫時停止出現的樓層──安靜得甚至有點陰森的迷宮，舔了舔拇指。

「看看是什麼會來吧？」

他從拇指痛癢看出了異常狀況的前兆，露出笑容。

很快地，芬恩的預料成真了，艾絲他們的前進路線上，出現了幼蟲型怪獸群。

「是、是新種⁉」

「不，等等，那是……」

勞爾叫出聲來，里維莉雅看見視線前方的光景，神情變得嚴肅。

在淹沒寬廣通道的幼蟲型當中，有一隻身體特別龐大的大型幼蟲，背上有件藍紫色的連帽長袍搖動著。

「是第24層的……！」

那個全身用布遮住，戴著陰森紋路面具的存在，喚醒了艾絲的記憶。

當艾絲與怪人芮薇絲交戰時，那人撿走了「寶珠胎兒」帶到了別的地方，很可能是她的同謀。

「是人族，嗎……？」

那人的四肢套著靴子與銀色金屬手套，的確呈現人形。看到那個站在怪獸身上而不會被甩落的詭異存在，椿也狐疑地扭曲著右眼。

面對馬不停蹄地持續奔跑的艾絲等人，身穿連帽長袍之人筆直伸出了右臂。

配合他的動作，幼蟲型怪獸群排成了好幾排橫列，還調整頭部高度，像階梯一樣形成上、中、下三段。

『殺了他們。』

下個瞬間，幼蟲型猛然張開口腔，噴出了大量腐蝕液。

「!?」

「改變方向！跑進橫穴!!」

海嘯般的大量腐蝕液一湧向艾絲等人，芬恩馬上下達命令，讓小隊於千鈞一髮之際逃進通道的橫穴裡。

里維莉雅最後一個避難，在她的背後，呈現一片有如汙泥流進血管般的光景。充滿怪物體液的通道，牆壁與天頂轉瞬間被溶化，加上滋嗚嗚嗚……的腐蝕聲，產生刺鼻的惡臭與滾滾濃煙。

「腐、腐蝕液的同時射擊……!?」

勞爾表情僵硬，發出呻吟。

受到統率的怪獸們，居然發動了集中炮火。就算是艾絲的風，也不是稍微輸出力量就能全部擋掉的。

面對沖洗通道，連迷宮一起溶化，不可能防禦的攻擊，支援者臉色都發青了。

「站起來，要來了！」

聽到許多蟲腳的腳步聲從腐蝕的通道深處──炮擊地點蜂擁而來，勞爾等人急忙站起來。小隊在芬恩的催促下由艾絲帶頭，往橫穴前方衝去。

「能像軍隊一樣操縱新種啊……那個長袍人，會不會跟那個女人是同類？」

「……！」

芬恩握著長槍奔跑，艾絲聽到他的低喃，眼眉搖晃了一下。

跟那個女人──芮薇絲是同類，也就是怪人。

想到對方與那個女人一樣，都能役使色彩斑斕的怪獸，少女心亂如麻時，芬恩接著說「不過他們還真是神出鬼沒啊」。

「結果那人究竟是何許人也？」

「講得簡單點，就是馴獸師。」

「什麼，妳是說他能駕馭那麼強大的怪獸嗎！」

里維莉雅直截了當的答案，讓椿大吃一驚。

聽到那人荒唐到能操縱深層怪獸的大軍，勞爾等人倒抽一口冷氣，椿與他們都大感驚愕時，幼蟲型怪獸群再度出現在前進方向上。

「埋伏!?」

腐蝕液的同時炮擊，吞沒了支援者的慘叫。面對這種剛才光景重新上演的攻擊，艾絲等人不得不改變方向。
「又、又出現了!?」
「三點鐘方向也來了!?」
看到幼蟲型到處蜂擁而來，勞爾與支援者們的報告幾乎是在慘叫。炮擊聲與腐臭，還有被溶解的別種怪獸的臨死慘叫響遍四周，艾絲等人聽從芬恩的指示，在第53層內逃跑。
『別讓他們跑了，巨蟲（virga）。』
身穿連帽長袍的人跟幼蟲型集團一起追逐艾絲他們，還率領著許多食人花窮追不捨。
「被誘導了……！」
「真想不到怪獸也會用戰術對付我們呢。」
里維莉雅發現怪獸的布署地點，與他們的逃跑路線全都有所交錯，臉頰歪扭起來，芬恩也點頭回答她。
連帽長袍人率領的幼蟲型限定了小隊的前進路線，不會錯，敵人想把小隊逼入絕境。
有種包圍網越來越窄的感覺，難道這一切都是敵人——怪人的計謀？艾絲等人滴著汗水的同時產生一股寒意，彷彿自己被逼進了無路可逃的死巷。
（……可是，那人好像在找什麼？艾絲嗎？）
當整支小隊充斥著焦躁情緒時，只有芬恩一個人瞥了一眼後方。
連帽長袍人站在猛跑的幼蟲型身上做指揮，即使被面具遮住，芬恩仍確切感應到對方視角的移動，以及視線的感覺。

芬恩看了一眼金髮金眼的少女，陷入思考，此時她仍在前面一個勁地跑，被芬恩以及其他人擋住了。

對方的目的是否跟芮薇絲一樣，要活捉艾絲？

還是對方把芬恩他們【洛基眷族】視作敵對勢力，想殲滅他們？

芬恩一瞬間與連帽長袍人視線交錯，眼神變得銳利。

「芬恩，我們快要無處可逃了!?」

「……」

眼看小隊被敵人牽著鼻子跑，往對方要的方向逃跑，里維莉雅大聲說道。

芬恩在腦中攤開第53層的廣大地圖，一掌握小隊的現在位置以及附近的地理資訊，馬上抬起頭來。

「左轉，艾絲！」

艾絲從好幾條通道中轉進一條路，只見前方是一條又長又寬的單一通道。

小隊移動到通道的大約半路位置後，芬恩即刻大聲喊道：

「迎擊！掉轉方向!!」

意想不到的指示嚇破了勞爾等人的膽——但他們仍然相信領袖說的話。

他們咬緊牙關，壓抑住想逃跑的雙腿，轉過身來。前衛的艾絲與後衛的里維莉雅迅速掉換位置後，連帽長袍人率著怪獸主隊，出現在他們一路跑來的道路遠方。
看見令人生厭的怪獸大軍，艾絲走上前，提高了魔法(風靈疾走)的輸出。
「——並排三面盾牌!!」
聽到團長即時急促地呼喊，團員們已經是像條件反射一樣照辦。
勞爾以外的三名支援者扯下裝在背包上的大盾，站到敵人正面，把三面盾牌密密地排在一起。
「艾絲!!」
芬恩緊接著喊了一聲，艾絲往背後一瞥，先是瞠目而視，然後理解了一切。
她膝蓋使勁蓄力，接著做了個後空翻。
艾絲踏碎地下城的地面跳向背後——然後不是著壁，而是著盾。
她用長靴踩緊了支援者們排成牆壁的大盾，舉起〖絕望之劍〗。
大氣流起伏，銀劍震動。
支援者們的表情，都因為下一刻即將發生的衝擊力而緊張，艾絲的腰猛力一沉，又有勞爾用肩膀衝撞過來，用上全身支撐同伴的身體。
下個瞬間，艾絲的嘴唇念出了招式名稱。
「微型勁風。」
她踢踹盾牌，風之弩砲向前飛出。
『!?』

追來的連帽長袍人肩膀一晃。

強風螺旋矢把做為支撐的大盾向後彈飛，離弦飛去。怪人這才知道自己被引誘到無處可逃的單一道路，面對艾絲進逼而來的殺招，大聲叫道：

『巨蟲!?』

幼蟲型立刻同時擊出炮火。

腐蝕液巨流與強風螺旋矢激烈衝撞，風之一閃隨即戰勝對手。

『——』

看到艾絲的殺招硬是把炮擊頂了回來並急速逼近，連帽長袍人緊急閃躲。

假面人跳向通道天頂的角落，在他的下方，強風螺旋矢吞沒了一大群怪獸。

排成一條直排的怪獸被一口氣貫穿，消滅殆盡，接著一陣凶惡暴風吹向藍紫色的連帽長袍。

被衝擊波啪沙啪沙地毆打著，面具底下發出了低語。

這怎麼可能。

「讓我費了一番工夫呢。」

『!?』

在天頂浮空的連帽長袍人，受到了長槍挺出的攻擊。

當艾絲衝向通道最遠處，炸碎了迷宮時，芬恩跟在她的殺招（微型勁風）之後，不給敵人冷靜下來的時間就發動攻擊。

眼見不壞屬性的銀槍刺向自己，連帽長袍人把金屬手套一揮，勉強彈回了這一招。

「看來怪人之間的力量也是有差距的呢。」

『……!?』

對方踢踹牆壁著地，芬恩與他展開近身戰。

面對長槍的亂刺，對方以金屬手套拚命地一味防禦。碰上芬恩技壓群雄的槍術，敵人連反擊都做不到。

眼前的怪人比芮薇絲弱。

芬恩與那個紅髮女子在第18層交手過，一下就看穿了這點。

小人族的連續攻擊從視野下方刺出，而且還加快速度，讓連帽長袍人忍不住叫喚出聲：

『食人花!!』

無數黃綠觸手自地面擊出，像要擊潰長槍的追擊。

芬恩後退時，從單一道路上空出的橫穴中，湧來了好幾隻食人花。

數不清的觸手讓迷宮穿孔，從天頂、壁面與地面飛出，自四面八方灑下黃綠色的雨點。芬恩如旋風一般轉動長槍擋掉全部攻擊，連帽長袍人趁機想反擊，撲向了他。

高速攻防讓周圍的人都跟不上，在遙遠通道的那一頭，艾絲阻擋殺向自己的幼蟲型，混戰聲轟然響起；同一時間，芬恩與怪人將戰場從單一道路轉到橫穴，銀槍銀拳你來我往，戰況激烈。

然後，連帽長袍人接受食人花的掩護，發動了觸手的集中攻擊，自己也打算趁勝追擊——說時遲那時快。
『嘰!?』
彷彿以支援射擊還以顏色——一支箭刺進了連帽長袍的肩膀部位。
「射、射中了……」
在芬恩的遠遠後方，勞爾舉著弓呆愣地說。
怪人馬上拔掉肩上的箭，啪嘰一聲將它握碎。
「沒用!?」
「不，幹得好，勞爾。」
男性團員窩囊地哀叫一聲，芬恩對他笑笑，一次殺退了好幾隻食人花的觸手。
下個瞬間，紅彤袴褲疾速奔過長槍開出的一條路。
「看這樣子——砍了沒關係吧？」
『——』
椿任由束起的黑髮翻飛，一躍而出，來到怪人正面。
她不給姿勢不穩的連帽長袍人逃跑的機會，瞇細右眼拔出太刀。
自刀鞘使出的神速居合斬，命中了敵人。
『咕——啊啊啊啊啊啊啊啊啊啊啊啊啊啊啊啊啊!?』
敵人的右臂，連同裝上的金屬手套一起被切斷。

自己的手臂飛上空中，怪人發出慘叫。他緊急往側面倒下，才勉強沒命中要害，但椿繼續追擊。

『——吃這招吧!?』

然而，敵人的叫喚招來了一隻食人花。

椿的太刀還沒砍中敵人，醜惡的花嘴先把連帽長袍人整個吞了進去。

「什麼！」

食人花長條身軀被太刀砍到，發出哀嚎，但還是帶著吞下去的怪人試圖逃跑。

牠以觸手回收飛上空中的右臂，往橫穴深處跑去。椿大吃一驚想追，一直在進行詠唱的王族先完成了咒文。

「——【狂喜・芬布爾之冬】!!」

三道暴風雪射擊出去。

寒冰魔法將整條橫穴一路冰凍到遠處盡頭。

轉身逃跑的食人花一瞬就被凍住，封入蒼冰世界。

看怪獸遭到冰封而停止了動作，椿這次得意揚揚，跑了過去。

「……唔？」

「怎麼了，椿？」

椿打碎了食人花冰雕，對著被吞下的怪人舉起太刀，卻停頓了一下，然後睜大眼睛。

芬恩與勞爾他們在後方擊退剩下的其他怪獸，里維莉雅跑來椿這邊，也看見了情形。

「只剩長袍……？」

「難道被他逃了？」

被打碎的食人花，口腔裡只剩下空蕩蕩的連帽長袍，以及結冰碎裂的面具。被砍斷的右臂也只剩下藍紫破布與金屬手套，裡面卻空空如也。

「趁著暴風雪阻擋視野的一瞬間，逃出了魔法範圍？」

「真無法置信……這是何等神速的身手……不對，是逃跑的速度。」

里維莉雅啞然無語，身旁的椿表情苦澀地呻吟。

她們抬起頭，在兩人的視線前方，從橫穴延伸出細窄通道，與錯綜複雜的迷宮相連接。

「里維莉雅、椿。」

「抱歉，芬恩……似乎讓那人逃了。」

「如何是好，要追嗎？」

芬恩帶著勞爾等支援者，還有殲滅了怪獸後回來的艾絲過來，里維莉雅與椿回頭看他。

食人花凍結的長條身軀中散落著藍紫長袍以及金屬手套，芬恩觀察了一眼，搖搖頭。

「當務之急是與格瑞斯他們會合，趕快前往第58層吧。」

「知道了。」

芬恩由於擔心同伴的安危而做此判斷，沒有人提出異議。

已經將怪人逼入絕境，卻又讓對方跑掉了，雖然讓大家心裡有點顧慮，不過一行人還是再度趕往下面樓層。

「艾絲，前衛再麻煩妳了。」

「嗯。」

艾絲點頭答應芬恩。

霜雪覆蓋的連帽長袍，注視著冒險者們漸漸跑遠的背影。

第58層的戰況水深火熱。

冒險者們的退路，仍被從通往第57層的甬道湧出的巨大幼蟲堵塞住，為了求生存，他們不斷與大量怪獸交戰。

幼蟲型在這深層當中仍然算得上是異常存在，牠們形成了連數都嫌累的巨大集團，向格瑞斯他們以及其他怪獸出手攻擊。對「魔力」與「魔石」起反應後發動襲擊的先天習性，將戰場導向混戰。

幼蟲型以腐蝕液溶解對手，再張開大口將痛苦掙扎的怪獸連同「魔石」一起吞噬；凶暴怪獸不顧皮肉溶化仍然張牙舞爪、撕咬獵物；飛龍群從頭頂上灑落火炎連彈。

破鑼咆哮、野獸嘶吼與飛龍呼吸，在第58層中互相交纏。

「這幾個樓層每次都是這樣嗎!?」

「妳問我，我問誰啊！」

到處都在發生怪物慘烈的自相殘殺，蒂奧娜與伯特驅散著周圍怪獸，攻向突破壁面剛出生的炮龍。為了阻止大火球把敵我雙方一起炸飛，裝填了「魔劍」的銀靴施展寒冰腳，並與不壞屬性的大斬擊聯手出擊，送大紅龍上西天。唯一值得慶幸的是，幼蟲型的介入讓戰場移動起來稍微輕鬆了點。

兩人躲避著幼蟲型即刻噴出的腐蝕液，最糟的三方混戰持續進行。

「這些怪獸是成天沒日沒夜在打仗嗎？」

受到蒂奧涅保護的蕾菲亞，對幼蟲型的習性有所顧忌，不敢輕易進行詠唱；而格瑞斯則是甩動著披風勇猛奮戰。

他先是如炮彈般猛力突擊，接著抽出武器，用那兩把大戰斧驅逐了所有敵人。

一群幼蟲型發現他靠近過來，噴出了腐蝕液。

「這招老子看過了。」

不過他輕鬆躲開，【巨碩戰斧】對著地面一閃(swing)。

岩盤被挖出一個窟窿，碎石散彈形成遠距離武器炮轟幼蟲型，怪獸們被打得千瘡百孔，滴滴答答淌著體液後爆開。

面對剩下的幼蟲型，矮人大戰士把不壞屬性的斧頭高舉過頭。
「喝啦啊!!」
「嘎!?」
大縱斷的一擊讓大型個體連抵抗都來不及，就被劈成兩半。
（不過，這些怪模怪樣的怪獸……）
在將近八小時的激戰當中，身手從來不見衰退的格瑞斯，在頭盔底下露出狐疑的表情。矮人的眼光，正在觀察幼蟲型的動作。
（從北端的第57層起一面吞噬其他怪獸，一面往窟室中央移動……一路南下。）
看到新種怪獸仍繼續從通往第57層的甬道湧出進攻，格瑞斯瞥了一眼背後。
那邊是樓層南端，有著通往下個樓層的入口。
（這些傢伙全是以第59層……或是更下面的樓層為目的地嗎？）
出現在深層區域到處肆虐的幼蟲型，所要前往的區域(area)，或是要回去的地方。
格瑞斯對未到達領域淤積黑暗的入口瞇細眼睛，將意識拉回戰鬥上。
「炮龍……！還來啊!?」
眼見大紅龍再次從樓層中誕生，蒂奧涅滴著汗水，罵了一句。
伯特嘖了一聲，「討厭鬼！」蒂奧娜甩著手腕，蕾菲亞呼吸變得急促；長時間的戰鬥讓年輕冒險者們無法掩飾疲勞。

看到炮龍撞碎地面出現在樓層中央，格瑞斯發揮著不知疲倦的強韌性(toughness)，也打算趕過去——說時遲那時快。

「【狂喜．芬布爾之冬】！」

大暴雪魔法從樓層正北方吹來。

不只是大紅龍，附近一帶的怪獸全被冰封，蒂奧涅他們睜大了眼睛，就看見一道金色斜線。

「!!」

如飛箭般疾馳空中的金髮金眼劍士——艾絲打碎了炮龍冰雕。

〔絕望之劍〕一揮出，砍下結凍的龍的頭顱，冰塊就這樣碎裂開來，發出轟然巨響砸在地上。

「艾絲小姐!!」

「里維莉雅！」

看到同伴現身，蕾菲亞與蒂奧涅都發出歡呼。

艾絲在樓層中央著地，身後還有里維莉雅、芬恩與椿。勞爾等四名支援者也跑了過來，看起來一切平安。

「團長～～～!?」

「要高興等會再說！先掃蕩殘存的怪獸!!」

蒂奧涅一下子變得活力充沛，芬恩不多理會，向團員們做出指示。

聽到派系領袖強而有力的聲音，伯特等人恢復了氣力，與艾絲他們互相幫忙，開始處理剩下的敵人。

支援者們的掩護相當出色，幼蟲型與飛龍都變成了屍骸，或是地面高高堆起的塵土。

「艾絲小姐，您沒事吧!?」

「嗯，我很好……你們呢？」

「幸好有格瑞斯在，勉強撐過來了！」

怪獸持續出現了這麼久之後，似乎進入了長長的生產休息期（interval），周圍沒有任何動靜。炮龍打破的天頂大洞也全都修好了，沉默終於降臨第58層。

艾絲、蕾菲亞與蒂奧娜得以會合，手拉著手分享喜悅。

芬恩與里維莉雅出聲慰勞格瑞斯，椿呵呵大笑，在蒂奧涅與伯特身上拍打著，前者露出苦笑，後者則一臉厭煩。溼著眼眶的勞爾與其他支援者放下背包，迅速將補給道具發給大家。

「哦哦！這就是使出了那種荒唐炮擊的龍的獠牙嗎!?這邊還有鱗片!?拜託一定要讓我帶回去!?」

「抱歉，椿，之後再說吧。」

鐵匠看到怪獸屍堆中的「炮龍獠牙」、「炮龍紅鱗」以及其他多種武器素材（掉落道具），興奮得不得了，芬恩的回答卻比她冷淡多了。他很認真地告訴椿，這些東西太大了，要等到回程才搬得了，而且會妨礙到探索。

一行人移動到樓層南端，在芬恩的指示下做個休息（rest）。

「雖然小隊被一分為二，不過還是成功攻略了第58層……真不知是吉是凶。」

「哼！只要不是頭一次看到，怎樣都會有辦法啦。」

聽到里維莉雅所言，伯特鼻子哼了一聲，但聽起來也有點像在逞強，「明明剛才還喘得跟什麼似的——」蒂奧娜取笑他。「那是妳吧⁉」伯特大吼大叫，以他們為中心，蕾菲亞與勞爾他們都笑了出來，小隊產生一股鬆弛的氣氛。

團員們慢慢喝下靈藥與魔法靈藥，艾絲把露露妮讓給自己的隨身口糧全部分給大家，椿拿出一整套鍛造工具，流暢地為冒險者們的武器做維修應急。

一行人席地而坐，面對近在咫尺的未到達樓層，展開短暫的休息。

「……」

「團長？怎麼了嗎？」

艾絲等人正在喘口氣時，蒂奧涅忽然向芬恩出聲問道。

小人族帶著長槍佇立，背對著正在休息的小隊，在他的正面，是樓層南端空出的陰暗大洞。

芬恩保持一段距離，與通往第59層的甬道相對峙，定睛凝視黑暗深處。

「根據【宙斯眷族】留下的紀錄，第59層起是『冰河領域』……」

「是、是的。據說那裡到處流著冰河湖的水流，難以前進，極寒冷氣會使身體變得遲鈍……」

「火、火精護布已經準備好了，雖然有些是請其他派系讓給我們的，總之包括支援者在內，所有人的份都湊齊了。」

聽到芬恩與蒂奧涅講起第59層的事，勞爾趕緊站起來，從背包中拿出鮮豔的紅衣，這是具備了防寒屬性的火仙精防具。

芬恩並沒理會團員們的反應，只是用他那湖面般的碧眼緊盯甬道，說：

「能凍住第一級冒險者手腳的恐怖寒氣……如果是這樣，那我們現在就面對著那個樓層，為什麼冷空氣沒飄過來？」

聽了他的分析，蒂奧涅與勞爾心頭一驚，肩膀晃了一下。

芬恩的意思是，小隊此時在樓層南端直通第59層的甬道前待機，然而不知為何，眼前的大洞卻沒飄來一絲冷空氣。

艾絲等人聽到他們的對話，一個接一個拿著武器站起來。

「所以是有什麼狀況嗎？」

「不知道，不過……老子不認為【宙斯眷族】會誇大其詞。」

伯特定睛注視著洞穴，格瑞斯重新戴起頭盔，不禁說道。

面對不容漠視的狀況，所有人都擺出冒險者的神情。

「……」

當小隊燃起了緊張感時。

艾絲想起大約二十天前，某人在第24層對她說過的話。

——「艾莉亞」，到第59層去。

——現在正好發生了有趣的狀況，妳能知道妳想知道的事。

非人族類的紅髮女子是這樣告訴艾絲的。

她說在這前方的第59層，有著某些東西。

有著艾絲想知道的事物。

面對連接地底深淵的洞穴，艾絲悄悄握緊了劍柄。

以鍊子繫在她護腰具上的水晶，好似啟動了功能一般，朦朧地亮起微光。

「團、團長，這下該怎麼辦啊……？」

「……火精護布就免了，所有人三分鐘後出發。」

芬恩舔了一下右手拇指，對甬道投以銳利眼光，並做出指示。

小隊馬上做好準備，結束休息時間。艾絲等人裝備起武器，排好隊形，踏入眼前的大洞。

「與其說冷……」

「……不如說悶熱呢。」

在黑暗籠罩的甬道中，勞爾等支援者點亮了攜帶式魔石燈，蒂奧娜與蕾菲亞微微冒著汗。

情報中沒有的潮溼空氣讓眾人閉口不語，心緒不寧。他們步下通往遙遠下方的階梯，對周圍的任何一點聲響都很敏感。

喀，喀。

冒險者們走下階梯的腳步聲不斷響起。

往黑暗的深處，更深處。

往底部前方的光明之處。

「芬恩，這是……」

「對，我們現在即將看到的……」

里維莉雅從背後出聲對芬恩說道，他點點頭。

「是所有人……就連諸神都沒目睹過的——『未知』。」

然後，他們到達了光明的前方。

艾絲等人走完整段甬道階梯，進入了未到達領域第59層。

「————」

視野中鋪展開來的光景，令所有人忘了說話。

那裡根本沒有任何冰河。

並沒有高聳的冰山，或是藍冰的水流。

艾絲等人的眼睛看到的，是令人毛骨悚然的植物草木叢生，面目全非的第59層景色。

「……密林？」

裝備起反曲刀的蒂奧涅環顧四周，目瞪口呆地低聲說。

規模比正上方第58層還大的寬敞「窟室」裡，生長著一片綠色的樹木與藤蔓。甬道前的空間密集生長著高大樹林，地面是青翠草原與色彩斑斕刺眼的朵朵小花。密閉空間的樓層壁面、遙遠四方聳立著綠牆，大小各異的無數花苞垂掛其上。

「這是，第24層的……？」

蕾菲亞將魔杖抱在胸前，顫抖著喉嚨低聲說。

看到這片酷似遭巨花寄生、變貌的第24層糧食庫(pantry)——苗床(plant)的光景，伯特也瞇起了眼睛。

艾絲也抿緊了嘴環顧周遭，這時在驚慌失措的支援者當中，勞爾抬起頭來。

「有聲音……」

從甬道的正面、樓層中央的附近，傳來奇怪的聲響。

那是種又尖又細的聲音，好像在咀嚼什麼，然後什麼崩裂了，又有某種東西在不時顫抖。

聽到從堵塞視野的密林深處傳來的神祕聲響，停下腳步的小隊，視線全都集中在一名小人族身上。

手持長槍的芬恩，很快就下令道：

「前進。」

領袖的一句話，讓隊伍開始行動。

由伯特與蒂奧娜帶頭，小隊沿著通道般開闢出來的密林單一道路前進。

所有人的視線都掃過密林左右兩方，好應付任何出現的東西，而不會手足無措。

仰望正上方，數十M高的天頂上亮著燐光。只有一部分沒覆蓋綠肉的上方景觀，讓艾絲他們知道這個面目全非的樓層，的確是自己所知道的地下城。

一行人彷彿被越來越大的聲音引誘著，直線前進了幾分鐘後。

密林消失了，在一口氣擴大的視野當中，冒險者們看見了那個。

「……那是，什麼？」

拿著大雙刃（烏爾加）的蒂奧娜輕啟雙唇，不禁脫口而出。

樹林消失不見，變成了灰色大地遼闊的大空間。

荒野般的樓層中心，有著數不盡的幼蟲型及食人花怪獸。

令人作嘔的大群怪物，包圍著擁有巨大植物下半身的女體型怪獸。

「是『寶珠』的女體（怪獸）型嗎。」

「宿主是……『巨花魔』……嗎？」

格瑞斯皺著臉頰，身旁的里維莉雅講出了某種怪獸的名稱。

她說的是棲息於深層區域的巨大植物怪獸，又稱為「屍王花」，不管是同胞還是冒險者，什麼都抓來吃。

幼蟲型從口腔伸出舌狀器官，把前端的「斑斕魔石」遞給巨大植物（巨花魔）的女體型。食人花也張開巨大下顎，露出口中的「魔石」。

女體型貪婪地吞下獻給自己的「魔石」。

存在於巨大植物之上的上半身，與一行人在第50層遇到的幼蟲型女體怪獸十分相似。無數觸手一個接一個吃光色彩斑斕的供品，「魔石」一被吸收，幼蟲型與食人花就陸續化為腐朽塵土。

「難道那個一直以來，都在吃那樣強大的怪獸嗎？」
椿睜大的右眼，看著女體型周圍如鹽塊般堆起的大量灰粉。
同時，蕾菲亞等人不幸地，也察覺到了。
他們此時腳下踩著的灰色大地，其實是數量非比尋常的怪獸，化為塵土的屍骸。
「糟了……！」
團員們正不寒而慄時，芬恩的表情歪扭了。
「是『強化種』嗎……!?」
伯特也歪扭著臉上刺青，發出呻吟。
「────」
至於艾絲。
她正在聽著自己的心跳聲。
聽著鼓膜快要破裂的心臟哀鳴。
聽著前方存在喚醒的血液騷動。
下個瞬間。
芬恩等人正要做出對應時，在他們的視線前方，變化發生了。
『────啊……』
女體型撐起了上半身，醜陋無比的頭部發出微弱聲音。

就在牠剛好吃掉了周圍的一半怪獸時。

女體型的上半身，有如蠕動般開始發抖。

『——啊啊……』

醜陋的上半身蠢動般地不斷發抖，皮肉一口氣隆起。

就在芬恩等人大吃一驚的同時，女體型恍惚地吐出一口氣，從上半身——有如蟲蛹羽化一般，擁有曼妙身體線條的「女子」軀體誕生了。

『——啊啊啊啊啊啊啊啊啊啊啊啊啊啊啊啊啊啊啊啊啊啊啊啊!?』

歡喜的叫聲迸發了。

彷彿要破壞鼓膜的可怕高周波，讓冒險者們摀起了兩隻耳朵。

撕裂膨脹肉殼現身的「女子」上半身向後仰，望向天空。

背後披散的長長頭髮，變得美麗而帶有光澤。

水嫩的雙臂、胸部與腰肢等線條和緩的上半身，覆蓋著色彩斑爛的外衣。

仰望地底天頂，因喜悅而顫抖的側臉，擁有不輸女神的美貌。

綠色頭髮、綠色肌膚與綠色上半身。

只有那雙沒有瞳孔也沒有虹膜的眼眸，呈現缺乏神采的金色。

不只是人型的上半身脫胎換骨，就連異形的下半身也改變了結構，長出巨大花瓣以及無數觸手。

擁有怪物的下半身以及天女般上半身的巨大生物，在第59層的中心發出墜地哭聲。

「那、那究竟是什麼啊……!?」

那聲音還是一樣大得過分，蒂奧涅用手摀著耳朵，發出呻吟。

所有人都用戰慄的眼神，看著那歡喜高歌的不明物體。

「……不可能。」

在這情況當中。

只有艾絲一個人，甚至忘了摀起耳朵，愣然呆站原地。

血液騷動達到最高點，腦子深處起了耳鳴，嘴唇開始顫抖。

不可能，那是……難道是……怎麼會……真的是——

當好幾種字眼在腦中迸開，全身流動的血液彷彿引起了共鳴，怦咚地搖晃了一下。

對方是否也跟她一樣？

仰天喊叫的「她」，脖頸一轉，注視著艾絲發出歡呼。

『艾莉亞——艾莉亞!!』

異形存在對著自己，欣喜地連聲呼喊「艾莉亞」。

艾絲與那對金色雙眸四目交接，產生了確信。

她驚駭地呆立不動，張開了顫抖的嘴唇。

「『仙精』……!?」

「——烏拉諾斯!?」

透過裝在艾絲護腰具上的「眼睛」，看到映照在水晶裡的影像，費爾斯回過頭來大叫。

在公會本部的地下神殿。

聽到黑衣人的叫喊，看到水晶映出的光景，穩坐神座的烏拉諾斯瞇起了蒼藍眼瞳。

「果然啊。」

低喃之後，烏拉諾斯又說「雖然我不願相信」，然後開始述說：

「在古代，接受諸神（我們）的意志，許多『仙精』為英雄提供了協助……看來那個，是在這歐拉麗與他們一同逝去的其中一尊。」

他定睛注視著在水晶中笑個不停的「她」，眉頭歪扭。

——在諸神降臨之前，一直到「古代」，仙精都是接受神意的接收器（antenna）。

她們是為了排除下界的怪物（怪獸），由一部分天神派出引導人族的存在，也是武器。

過去的仙精，與現代的「神的恩惠」幾乎扮演著相同角色。

人族……特別是許多英雄們都獲得了仙精的加護，傾聽她們的聲音，一直以來驅逐著怪獸。

而在這當中，尤其是一切的元凶地下城——舊歐拉麗更是派遣了特別多的仙精。

就這樣，編織出了「迷宮神聖譚（Dungeon Oratoria）」。

傳承至今的史實，其實就是英雄們透過仙精，受到諸神引導的鬥爭歷史。

聽到這段關於擁有力量的「古代仙精」的故事，費爾斯倒抽一口氣，重新轉向水晶。

也就是說，水晶映照出的那個存在是——

「是鑽進地下城後，很可能遭怪獸吞噬，但仍長久保有自我的存在。」

「你是說她活了一千年以上嗎!?」

「正是，而因為遭受怪獸吞噬，她的存在狀態反轉了……」

弱肉強食，怪獸的真理。

被怪獸吞入體內的「仙精」，如今淪為受到「吞食、奪取、沉溺」等原始欲望支配的魔物。

「諸神（我們）的孩子與怪獸的融合體……這也是下界的可能性之一嗎……」

烏拉諾斯低語著，彷彿在忍受什麼般閉起眼睛。

不久老神睜開了眼睛，視線嚴厲地注視著水晶中的「她」。

「那個已經是『汙穢的仙精』了。」

「『仙精』……!?那個怪模怪樣的東西!?」

聽到艾絲所言，蒂奧娜對著視線前方的存在大叫。
承受著冒險者們動搖的視線，「她」是如此地不祥、惡毒，又美麗。
巨大怪物(怪獸)的下半身，加上彷彿忘了自己應有的模樣，身穿斑斕彩衣的「仙精」上半身。
伴隨著令人發毛的神聖，惹人厭惡的美醜混雜。
看到「汙穢仙精」令人避之唯恐不及的威儀，所有人無不驚慌失措。
「……原來那些新種怪獸，只不過是讓女體型昇華成那種形態的觸手嗎？」
芬恩看著身高足足有十M的異形存在，眯細了眼睛。
他回顧幼蟲型與食人花會優先攻擊其他怪獸的生態，推測「魔力」本身或許也是面前這個存在的重要營養(能量)來源。
吞噬樓層裡的所有怪獸，收集「魔石」，送來給本體，的確是觸手沒錯。
在芬恩的視線前方，「她」一邊笑著，一邊對一名少女呼喊：
『艾莉亞，艾莉亞!!』
「她」就像孩子一樣不停呼喚著「艾莉亞」，結結巴巴地說著：
『我好想見妳，我好想見妳！』
「……!?」
『妳也跟我合為一體吧!?』
聽到她對艾絲說的一連串話語，蒂奧娜等人猛然轉向艾絲。

里維莉雅他們似乎漸漸覺察到了什麼，露出緊張的表情。

『——讓我吃了妳，好嗎？』

然後，本來身為仙精的存在，露出了月牙般的笑靨。

下個瞬間，奉獻「魔石」的幼蟲型與食人花，猛烈地掉轉方向。

彷彿依從「她」的黑色意志，牠們瞄準了冒險者們——瞄準艾絲。

幾乎同一時間，樓層的出入甬道發出轟然巨響，被綠肉所堵塞。

「所有人，準備應戰!!」

芬恩比任何人都迅速發出號令。

領袖不允許對封閉的退路動搖，聽到他銳利的聲音，本來差點陷入混亂的蒂奧娜等人身體做出反應，舉起武器。

『啊哈！』「她」笑了一聲，就此引燃爭端。

「喔喔喔喔喔喔喔喔喔喔喔喔喔喔喔喔喔喔喔喔喔喔喔喔喔喔喔喔喔!!」

發出響徹四周的破鑼吼叫，少說超過五十隻的幼蟲型與食人花，瘋狂衝向艾絲他們。

面對蜂擁而來的黃綠與斑斕色塊，冒險者們拔出了不壞屬性的武器。

「芬恩，老子也去前衛了！」

「反正要做的事跟平常沒兩樣，宰了牠們!!」

格瑞斯與伯特躲掉幼蟲型的腐蝕液，以斧頭與雙劍粉碎牠們的身軀，剁成碎片。

破鑼般的臨死慘叫震天動地，艾絲原本因痛苦的激烈心跳而呆站原地，此時硬是橫眉豎目，從全身上下甩開動搖的情緒，自己也加入戰線。

她揮起愛劍（絕望之劍），以漩渦般的斬擊招呼敵群。

「蕾菲亞，瞄準女體型，開始詠唱！勞爾你們用『魔劍』掩護艾絲他們!!」

「我、我明白了！」

「小的明白了!?」

芬恩以對抗樓層主的精準度下指示，支援者們開始行動。

蕾菲亞舉起魔杖開始詠唱，勞爾等人取出長劍型「魔劍」，使出無詠唱（即時）魔法。

有了支援射擊，艾絲等人衝過爆炸火海，漸漸將幼蟲型擋了回去。

「隔山觀虎鬥總是不太好吧。」

椿翻動著袴褲，也以太刀斬殺食人花群。

『呵呵！』

當嘍囉（怪獸）不斷被打倒時，脫胎換骨的女體型有了動作。

她從巨大植物（巨花魔）的下半身將好幾隻觸手舉到眼前，以驚人速度射出。

眼看又長又大的觸手進逼而來，蒂奧娜與蒂奧涅飛奔迎擊。

「「好重!!」」

敵人兼具速度與威力的攻擊，讓姊妹的表情扭曲了。

比樓層主（烏代俄斯）的倒樁（pile）更強的衝擊力震動了大劍與斧槍，把兩人的手震得發麻。殺退的敵人觸手毫髮無傷。

來自遠離了一百M以上地點的雨點般觸手，全都是針對艾絲下手。看到敵人執拗地對少女同伴揮鞭攻擊，蒂奧娜她們就像在說「少瞧不起人」，不停迎擊。

「里維莉雅，等等再詠唱。」

「芬恩？」

里維莉雅看清戰況，正想行動，但芬恩要她暫停。

小人族沒回頭，只背對著她，右手拇指痙攣著，發出苦澀至極的聲音：

「我的拇指一直在抽痛……有什麼要來了。」

芬恩表示局勢無法預測，他身為統帥的面具產生裂痕，就要剝落了。

他比任何人都擔心目前的戰況。

而女體型——以微笑肯定了他的直覺。

『【火啊，來吧——】』

下個瞬間，咒文（歌聲）開始演奏。

「詠唱!?」

艾絲他們所有人，都同時大吃一驚。
巨大下半身的底下，展開了廣大魔法陣。
不祥紋路與升騰的紅彤魔力光，包裹了女體型的全身。
「怪獸會詠唱!?騙人的吧!?」
順從凶暴的破壞衝動與本能而活的怪獸，絕不可能唱誦咒文。「魔法」所需的理性與睿智是人類的天地，絕非怪物能踏入的領域。
雖說起源是「仙精」，但女體型的容貌已經是屬於怪獸，她的詠唱行為讓蒂奧涅忍不住大聲驚呼。
廣範圍的紅彤魔法陣展開。
接著輸出的「魔力」向上噴發。
芬恩睜大眼睛，不顧一切地大吼：
「里維莉雅，張開結界!?」
他用蒂奧娜他們從未聽過、失去從容的聲調下令。
里維莉雅一聽到命令，也神情焦急地開始詠唱。
「炮擊！阻止敵人的詠唱!?」
聽到連續做出的指示，勞爾他們以及早就在準備魔法的蕾菲亞，都發出咆哮。
「一、一齊射擊!?」

「【齊射火標槍】!!」

「魔劍」的同時射擊與多達數百發的炎矢殺向女體型。

面對光芒籠罩第59層的炮火齊射，敵人將下半身的十枚巨大花瓣在正面排開。「她」帶著笑容繼續詠唱，怒濤般的炮擊散布著閃光與衝擊，在「她」面前引發了激烈爆炸聲。

樓層中心的大地被流彈炸開，在蕾菲亞等人的視線前方，花瓣毫髮無傷——全身而退的女體型悠然自適地待在那裡。

「哈哈，剛才那些竟然無效……!?」

看到敵人絲毫沒有受到損傷，椿想笑，卻失敗了。

連蕾菲亞強大的火力都無法打穿對手的防禦，等於是提出了一項殘酷的事實：他們的攻擊全都沒用。蕾菲亞與勞爾等人愕然失色，椿瞪著保護女體型全身的花瓣裝甲（armour），呻吟道：「到底是用什麼做的……！」

『【怒吼吧怒吼吧火焰漩渦啊紅蓮峭壁啊業火咆哮啊借助忽起強風之力封閉世界燃燒的天空燃燒的大地燃燒的海洋燃燒的泉水燃燒的高山燃燒的生命將一切化為焦土放起憤怒與嘆息的號炮付出我所愛的英雄（他）的生命代價——】』

「【翩翩起舞吧，大氣之精啊，光之主啊。與森林守護者締結契約，以大地之歌擁抱我們，包藏我們吧】。」

女體型與里維莉雅同時詠唱。

不祥的歌聲與瓊音般的咒文編織著——敵人詠唱的規模，令身為魔導士的里維莉雅與蕾菲亞的雙眸都為之動搖。

「超長文詠唱」。

長篇詠唱的分量大得令人無法置信，然而詠唱的速度卻快得可怕，凌駕於最強魔導士（里維莉雅）之上。

非人族所能有的巨大「魔力」，就要以壓倒性的速度，填入超越人智的炮擊魔法之中。

「仙精」的美貌微笑著，王族的美貌焦躁地扭曲。

「無法靠近對手……!?」

當編織的魔法震撼了所有人時，艾絲與蒂奧娜他們試圖直接砍殺女體型，卻有無數觸手像雨點般打來。刺出的觸手猛擊波及著其他怪獸橫掃一切，絲毫不允許冒險者們接近。他們光是保護里維莉雅免受觸手攻擊或是怪獸突擊，就忙不過來了。

『【以代行者之名命令賦予我的名字是火精（salamander）火焰之化身火焰之女王（君王）——】』

蒂奧娜與蒂奧涅揮刀殺退觸手。

格瑞斯、伯特與椿上前對抗怪獸們。

勞爾他們與蕾菲亞明知徒勞無功，仍然射箭並施放魔法。

而艾絲則被雨點般的鞭子追殺。

敵人一邊詠唱，一邊操縱著無數觸手，還有銅牆鐵壁的裝甲。

面對同時進行攻擊、防禦、魔法的特大級怪物，俯瞰戰局的芬恩咬緊牙關。

「——所有人退後到里維莉雅的結界!!」

芬恩看清局勢，下令退避。

最前線的艾絲他們讓蕾菲雅等人掩護著，一抵達芬恩他們的身邊，彷彿事先講好了似的，里維莉雅完成了詠唱。

「【化為偉大的森光障壁保護我們——吾名為阿爾弗】！」

里維莉雅使用了手上最硬的防禦魔法。

「【蹕路．西爾海姆!!】」

里維莉雅腳下展開的翡翠色魔法陣大放光輝，然後直接轉變為穹頂狀的綠光領域，包括術士在內，籠罩著總共十三名冒險者。

能隔絕所有物理與魔法攻擊的「結界魔法」一展開——幾乎在同一時間。

結束詠唱的女體型，發動了「魔法」。

『【火焰風暴】。』

世界染成了火紅。

「————————」

有如火焰仙精般的烈火暴風。

自前方吹襲而來的，是宛若海嘯的烈焰狂風。火紅熱浪化為濁流，湧向里維莉雅的視野。

包括怪獸在內，火海連同覆蓋同伴（艾絲等人）的穹頂狀結界魔法，吞沒了樓層一帶。

「～～～～～～～～～～～～～～～～～～～～～～～～～～～～～～～～～!?」

結界與火風相撞的聲音，加上里維莉雅雙手支撐法杖發出的痛苦呻吟。

怪獸們被燒死的慘叫從結界外滾滾而來，翡翠色的雙眸睜大到極限。

當與灼熱世界隔離的蒂奧娜等人，也被障壁外的光景嚇得呆立不動時。

劈嘰，劈嘰！

最強魔導士至今從未受過一點傷痕的結界魔法，產生了裂痕。

「結界……!?」

眼看光之障壁的正面、左右、頭頂上，全方位都開始龜裂，勞爾與蕾菲亞臉色鐵青。

看見自前方湧來的火焰爆流——承受到那股地獄焦熱，里維莉雅大吼：

「——格瑞斯！保護艾絲他們!?」

霎時間，格瑞斯硬是從支援者們手中搶下兩面大盾，跳到里維莉雅的背後，擋在艾絲他們的面前。

下個瞬間，里維莉雅的結界魔法（蹕路·西爾海姆）發出尖銳聲響，爆碎四散。

「里維莉雅——!?」

第一個是里維莉雅。

她被紅蓮般的濁流吞沒，艾絲的尖叫被滔天火浪蓋過。

不到一秒的時間，火風暴迎頭撞上舉起大盾的格瑞斯。

「嗚——喔喔喔喔喔喔喔喔喔喔喔喔喔喔喔喔喔喔喔喔喔喔喔喔喔喔喔!?」

當里維莉雅消失在火焰漩渦中時，格瑞斯扯破喉嚨般大叫。

艾絲被蒂奧娜從背後壓倒伏地，芬恩等人跟她們一樣，也都躲在矮人大戰士的身後。

然而就像在嘲笑他們一樣，凶猛暴火燒熔了舉起的大盾，連格瑞斯的頭盔與鎧甲都被熔化。

「老頭!?」

伯特一叫出聲的瞬間，兩面大盾消散不見了。

格瑞斯張開雙臂，用整個身體擋下繼續湧來的業火浪濤。

「咕喔喔喔喔喔喔喔喔喔喔喔喔喔喔喔喔喔喔喔喔喔喔喔喔喔喔喔喔喔!?」

格瑞斯的咆哮與火風暴相撞，然後——大爆炸。

把視野染得通紅的爆炸光一發生，艾絲等人以決堤之勢被炸向後方。

第一級冒險者們肌膚與防具被燒傷，但只有武器絕不肯放手，被火紅狂風玩弄於股掌之間。

焚毀一切的燃燒聲，讓眾人連慘叫都發不出來。蕾菲亞與勞爾等支援者被芬恩保護著，一起在地上翻滾了好幾圈。

火焰行軍掃蕩了一切。

「咕……，嗚!?」

等火風轉趨平靜，只見艾絲等人全都倒臥在地，有如屍橫遍野。

野火燎原的地面只剩下灰燼，怪獸、「魔石」，甚至是背後那一大片密林全都消失無蹤，成了一片焦土。以空間中心位置的女體型為界線，樓層變成了另一個世界。

鎧甲與身體明明避開了直接攻擊，卻仍然傷痕累累。他們不禁發出呻吟，顫抖著手把臉剝離地面，一看——【洛基眷族】的冒險者們全說不出話來。

里維莉雅與魔寶石破裂的白銀長杖一起倒在地上，本應具有高度魔力抗性的聖布變得破破爛爛。

格瑞斯全身燒傷，仰躺在地。挺身保護艾絲等人到最後一刻的他，防具全部燒毀。

精靈王族的魔導士與矮人大戰士陷入沉默，一動也不動。

面對這幕景象，不只是蕾菲亞與勞爾等支援者，就連蒂奧娜、蒂奧涅與伯特，都露出絕望的表情。

芬恩以外的首腦陣容，再也爬不起來。

【洛基眷族】的兩名最強戰力倒下了。

至今從不可能發生這種緊急狀況。

「里維莉雅、格瑞斯……」

艾絲的嘴唇，也不禁發出沙啞的聲音。

失去派系最受信賴、最能讓大家安心的兩根主柱，士氣低落到無以復加。

眼前的景象就是如此震撼，嚴重打擊了年輕冒險者們的心志。

按住燒焦手臂的芬恩，也瞇起了一隻碧眼。

『【地面啊，低吼吧——】』

彷彿落井下石似的。

「————」

女體型一邊微笑，一邊開始詠唱。

——太快了。

濃黑魔法陣展開，跟剛才不同，是漆黑的魔力光。

無須經過魔法執行後的僵硬時間，怪物再度開始詠唱，讓艾絲他們全都僵住了。

『【來吧來吧來吧大地之殼黑鐵之寶閃星之鐵鎚以開闢之契約命你反轉焚燒天空擊碎地面架起橋樑合為天地降下的天空之斧破壞之厄災——】』

詠唱量減少，變成了長文詠唱，但這就表示炮擊將會馬上到來。

『【以代行者之名命令賦予我的名字是地精大地之化身大地之女王——】』

女體型以神所應允的曲調，順暢而過快地架構起詠唱文。

艾絲等人還沒從衝擊中恢復，但第一級冒險者的本能先開始暴動，他們一踹地面的瞬間，

纏繞黑色魔力光的仙精怪物歌唱了。

『【流星雨】。』

魔法陣的光輝射向正上方，樓層天域為黑暗與光明所籠罩。

龐大的「魔力」匯聚於一點，接著黑光隕石群出現了。

「保護勞爾他們!?」

芬恩向前衝，被進逼的光芒照亮，抓起了一名支援者的手臂。

頃刻間，巨大隕石的暴雨灑落在第59層裡。

「嗚啊啊啊啊啊啊啊啊啊啊啊啊啊啊啊啊啊啊啊啊啊啊啊!?」

爆碎的岩盤與破壞巨浪，讓勞爾的慘叫四下迴盪。

伯特抱住他，被爆炸氣浪揍飛；艾絲緊抱蕾菲亞，被黑色星光吞沒；蒂奧娜與蒂奧涅撲向其餘兩名支援者，椿以己身為盾保護她們。散發光輝的漆黑流星群憑恃著驚人的效果範圍，震撼了地下城。

艾絲不顧護手被炸飛，把少女緊緊抱進懷裡，她被衝擊波吹得站不穩，眼中看到王族與矮人暴露在殘酷無情的陣陣炮擊之下。

艾絲發出不成聲的叫喊，跟蕾菲亞一起被吹飛。

整個樓層區域，都受到連續不斷的激烈強光所支配。

「……，……啊……」

「混帳……王八蛋……!?」

在焦土上形成的大破壞傷痕中，半死不活的勞爾呻吟著，伯特將手指插進地面。

到處形成了圓環狀的凹坑（隕石坑），冒險者們倒在撞擊造成的大洞旁，全身冒著煙與黑色光粒。在身軀龐大的女體型嫣然俯視之下，他們一個又一個挪動身體，顫抖著勉強爬起來。

第一級冒險者們第一時間的反應速度以及緊急防衛行動，讓他們得以穿梭在廣範圍擴散的流星轟炸之間，保住一條命。焦黑右臂被壓爛的椿，無力地微笑著問「你們還活著嗎？」，蒂奧涅從自己保護的支援者身上爬起來，只回了句「快死了……」。

女性團員（娜維）流著淚，把幸免於難的靈藥灑在倒地的蒂奧娜身上，她也微微睜開眼睛。

「艾、艾絲小姐……!?」

「哈啊，哈啊，哈……!?」

方才反射性地張開了風鎧（風靈疾走）的艾絲，也只能一直喘氣，無法回答兩眼含淚的蕾菲亞。才被一發流星直接命中，氣流的守護輕易就被炸開，弄髒了兩名少女的金髮與濃金色髮絲。

俯視著下方的光景，女體型瞇起呆滯無神的金眼，張開她柔韌的雙臂，讓怪物下半身的兩朵蓓蕾開花。

「……她把『魔力』……」

「吸收，了……？」

樓層中飄散的漆黑光粒，或是有如火星的赤紅粒子，都被巨大綻放、色彩斑斕的大朵花卉吸了過去。

蒂奧涅與蒂奧娜愣愣地看著眼前的光景，只見女體型重新累積（recharge）起了消耗的「魔力」。看到施展極大炮擊而大幅削減的魔法泉源又被逐漸回收，艾絲等人的表情都扭曲了。就連里維莉雅碎裂四散的結界魔法——翡翠色的魔素，都被女體型殘酷地吞噬。

一旦重新累積結束，「她」又會再度施展那種大型的廣範圍殲滅魔法。

曾為仙精的存在吸引著美麗光粒的夢幻光景，此時看在艾絲等人眼裡，卻只像是死神高舉揮下的鐮刀。

『啦啊啊——————……』

不只如此，女體型抬高了纖細下巴，吟唱起一首旋律。

孩子般天真唱出的高亢聲調，不久，從背後引來了無數獸影。

「怪獸……」

黃綠與斑斕的表皮，替蕾菲亞的雙眸帶來了絕望。

就像從女體型後方遠處、通往下面樓層的大洞——第60層呼喚而來，女體型召喚了大量的幼蟲型與食人花怪獸。

身穿斑斕彩衣的「仙精」，與「她」率領的怪物軍勢，就快讓冒險者們失去氣力。

「……結束了，嗎？」

椿按住被壓爛的手臂，右眼流露出死心的念頭。

伯特膝蓋跪地，蒂奧娜與蒂奧涅也一樣。他們雖然憑著一股志氣，沒說出斷絕希望的話來，但他們的鬥志已成了風前殘燭。蕾菲亞溼著眼眶，緊咬嘴唇，勞爾等支援者視線對著地面，抬不起來。

艾絲手中始終握著〔絕望之劍〕，身體還沒能站起來，但她拚命吊起眼角，狠狠瞪著蠢動的怪物們。

冒險者們的武器掉在灰色大地上。

劍、槍、斧頭、杖、盾牌。

荒涼的景色，讓一名少女回想起夢中記憶。

這些武器還沒壞，保留著原形，但就好像呼應著主人的意志，只散發出暗沉光澤。當怪物們發出噁心聲音，集合到女王麾下時，這些武器只是仰望著遭到吸收、有如星海的光粒。

它們無法用刀刃勇猛殺敵，只能保持沉默。

「……」

在這當中。

芬恩用右臂粗魯地擦擦髒掉的臉，站起來。

晃動著金黃色頭髮的小人族，慢慢向前走去。

他走過抬起頭來的勞爾他們、茫然自失的蕾菲亞、回過頭來的伯特等人、右眼朝向自己的椿，以及愣怔的艾絲身邊，不斷往前進。

芬恩撿起掉在地上的長槍，與遙遠前方的不祥仙精等存在對峙。

他停下腳步，背對著蒂奧娜等人。

手上的槍矛刺進地面。

「我要討伐那個怪物（怪獸）。」

然後，他說了。

他吊起一雙碧眼，定睛注視著微笑的「仙精」。

蒂奧娜等人都倒抽一口氣。

他以側臉朝向瞠目而視的冒險者，看向他們。

「我要問問你們的『勇氣』，你們的眼睛看到了什麼？」

蒂奧娜等人眼中看到的，是令人生厭的仙精怪物。

是讓無數怪獸唯命是從、超越人智的存在。

「是恐懼嗎？絕望嗎？毀滅嗎？我的眼中只看到必須打倒的敵人，以及勝利的機會。」

所有人的肩膀都震了一下。

他用那小小的背承受著驚愕的視線，繼續說：

「從一開始我就不需要退路，用這把槍開拓就行了。」

他以毅然決然的口氣如此斷言，以意志堅定的眼神注視著蒂奧娜他們。

「我向女神（菲亞娜）發誓，必定為你們帶來勝利——跟我來。」

蒂奧娜的胸口、蒂奧涅的眼眸、伯特的四肢顫動了。

佇立於視線前方的身影，讓勞爾等人握起拳頭，振奮了蕾菲亞他們的心。

如果做為「英雄」的條件，是無論何時何地都能激勵千軍萬馬，促使眾將士情緒激揚。

那麼【勇者】芬恩・迪姆那，的確比任何人都有資格稱為「英雄」。

「還是說要你們模仿貝爾・克朗尼，是要求得過分了？」

最重要的是，他是個激將天才。

「————————」

一句話在伯特等人腦中，喚醒了那場決戰景象。

一名與猛牛展開生死鬥的少年，賭上全副心力的「冒險者」。

激鬥的餘韻、熱量，燒灼著他們的臟腑。

比什麼都火熱，比什麼都純白，比什麼都寶貴。

英雄譚的一頁。

艾絲睜大的雙眼中，也浮現出那個背影。

浮現出與偉大父親重疊的少年背影。

「——哪能輸給小咖啊!!」

「……很好。」
「我們也得『冒險』一下才行呢。」
伯特怒形於色地吠吼，蒂奧涅撩起瀏海，蒂奧娜露出笑容，都站了起來。
艾絲也橫眉豎目，帶著銀劍站起來。
被主人握住拔起的雙劍、斧槍與大劍都像是恢復了戰意，散發出銳利光澤。
看到第一級冒險者陸續氣勢十足地振作起來，勞爾等人驚愕不已。伯特他們的表情已不再悲觀，只充滿了火熱燃燒的氣魄。
（貝爾，克朗尼……！）
聽到這個名字，蕾菲亞的內心也燃起了火焰。
她想起那不停奔馳的背影，扔進胸中的火種燃燒開來。蕾菲亞握緊雙手，也站了起來，要追隨艾絲他們。
勞爾等人本來啞然無語，這時也咬緊牙關，腳在地上狠狠一踹。
突破極限的氣力支配著冒險者們（小隊）。
「勞爾你們留在後方做支援!!我跟艾絲他們對女體型發動突擊！蕾菲亞，妳也過來！」
「是!!」
芬恩對振奮起鬥志的冒險者們大吼，他瞪著還在吸收魔力的女體型，指示支援者們撿起散落四周的武器。

他們迅速將魔杖等武裝交給蕾菲亞等人，小隊準備進行第一次也是最後一次突擊。

背對著忙亂的艾絲他們，芬恩接過第二把不壞屬性的長槍，走到倒在地上的精靈與矮人身邊。

「里維莉雅、格瑞斯，你們已經不行了嗎？」

他停在如亡骸般倒地的戰友身旁，並不去看他們。

芬恩的雙眼，只定睛注視著前方。

「那你們就躺著吧，我要往前進。」

芬恩只把自己的野心與意志告訴兩人，就開始向前走。

他留下兩人，自己前進。

「我們上!!」

芬恩回頭望向整裝待發的艾絲等人，發出號令。

帶著慷慨激昂的冒險者們，衝向那群咆哮的怪獸。

然後——有什麼動了一下。

矮人聽見他們飛奔而出的腳步聲，左手晃了一下。

粗壯的手指挖掘地面，握緊了塵土。

「那個……臭屁的小子（帕魯姆）……！」

格瑞斯撐起身體，露出由衷感到不爽的笑容。

他對著跟自己一樣手稍微動了動的精靈，抬高了他的臉。

「喂，討人厭的精靈!!現在是睡覺的時候嗎!?」

「……住嘴，野蠻的矮人！」

里維莉雅把倒在地上的法杖拉到身邊，大膽無畏地笑著。

就像回到了剛認識的時候，兩人互相拌嘴，流著紅色鮮血——都再度集聚起力量。

「格瑞斯先生、里維莉雅小姐……！」

看到派系的領袖們永遠不知屈服，總是維繫著堅定的情誼，勞爾的雙眼就快要掉下淚來。

「拿斧頭來!!」

矮人厲聲一喝，支援者幾乎是用撞的，把大戰斧〖巨碩戰斧〗交給他。

格瑞斯完全不顧自己渾身是傷，化為炮彈，開始追趕芬恩等人。

「你們保護我!!」

『是!!』

然後里維莉雅用受傷的身體舉起法杖，展開翡翠色的魔法陣。

鮮明強烈的光輝，最大的炮擊準備就此開始。

看到都市最強的魔導士捨棄所有行動專心詠唱，勞爾等人也齊聲聽命。

「……真是見識到好東西了，鄙人也盡點棉薄之力吧。」

看到【洛基眷族】奮起迎戰，椿瞇細了右眼。

她垂著被壓爛的右臂，左手舉起太刀參加戰鬥行列。

冒險者們的最終決戰（last battle）揭開序幕。

光之漩渦從整個樓層，被不祥的器皿吸收進去。

雙方距離兩百M，芬恩等人對準前方不停吞噬「魔力」的「汙穢仙精」，拎著亮晃晃的武器一直線衝刺。

他們化為一陣風，進擊的怪物大軍發出破鑼吼叫進逼而來，緊咬不放。

「艾絲，累積力量!!由妳來使出全力一擊!!其他人保護艾絲！」

一擊。

將一切賭在一擊之上。

面對擁有無數攻擊手段與要塞般防禦的強大敵人，芬恩知道他們能爭取到的好機會只有一瞬間。

他打算讓少女保存力量，就算要犧牲自己與其他人，也要將少女送進對手懷裡。

以所有人的力量開出活路，帶領艾絲前往「汙穢仙精」身邊。

艾絲點頭答應芬恩的命令，高聲喊道：

「【甦醒吧（Tempest）】!!」

氣流鎧甲【風靈疾走】包裹住少女的身體。
以纏繞了風之附加魔法（enchantment）的艾絲為中心，蒂奧娜他們變換隊形，形成以芬恩為前鋒的箭鏃型。
這是由冒險者所形成，貫穿怪物心臟的銀箭。
「蕾菲亞，開始『並行詠唱』！哪種『魔法』由妳決定!!」
「是！」
當艾絲開始累積風力時，芬恩對蕾菲亞做出指示。
然後，自己也開始詠唱。
「【魔槍啊，接受我的鮮血，刺穿我的額頭】。」
芬恩不停奔跑，進行了超短文詠唱，染成鮮血顏色的魔力光匯聚到他的左手。
他閉起眼睛，將血紅指尖——銳利的槍尖抵在自己額上後，魔力光隨即侵入體內。
「【赫爾・范格斯】。」
下個瞬間，芬恩睜大的美麗碧眼，染上了暴烈的紅。
「——唔喔喔喔喔喔喔喔喔喔喔喔喔喔喔喔喔喔喔喔喔喔喔喔喔喔喔喔喔!!」
總是沉著冷靜的小人族領袖，發出了凶戰士般暴戾的嘶吼。
凶猛的魔槍（赫爾・范格斯），芬恩所擁有的戰意昂揚的「魔法」。
這種魔法能引出戰鬥意願——火熱燃燒的好戰欲望，大幅提升術士的各項能力。
不過做為力量的代價，術士將會失去正常判斷力。

——芬恩捨棄指揮了。

看到領袖的面孔變得有如嗜血戰士，艾絲他們明白了。

明白他為了殺出通往女體型的血路，以提升能力（能力值）為優先。

同時，接下來大家必須自己做判斷，討伐敵人。

蒂奧娜、伯特與蕾菲亞靜靜握緊武器的握柄時，雙眼變紅的芬恩，拿回了交給蒂奥涅保管的不壞屬性長槍。

他左右兩手各拿著一挺不合矮小身軀的長槍，與進逼而來的怪獸們發生衝突。

芬恩一個人衝出了艾絲他們身邊，發出咆哮：

「————————————————!!」

虐殺就此開始。

最前頭的幼蟲型正要吐出腐蝕液，瞬間消失的不壞屬性長槍一刺，上半身整個爆開。扁平手臂等無數肉片飛上半空，豈止如此，就連左右後方連綿不斷的怪獸大隊，都被那槍矛一揮打得血肉橫飛。

狂暴的小人族根本沒去注意一瞬間發生的光景，繼續揮動兩挺長槍。

「喔喔喔喔喔喔喔喔喔喔喔喔喔喔喔喔喔喔喔喔喔喔喔喔喔!?」

銀槍長柄一次波及好幾隻幼蟲型的身軀，橫掃千軍。怪獸被飛散的腐蝕液潑到，掀起破鑼般的哀嚎。接著反砍的長槍又粉碎了怪物的胸膛與「魔石」，大量塵土漫天飛舞。

站在芬恩面前的怪獸全部消失了，不管是腐蝕液還是食人花的觸手，都無法傷到如猛獸般匐地前進的小小身軀，反而在一槍閃過之際命喪黃泉。

「好久沒看到芬恩那樣了……」

眼前鋪展開來的景象，震撼了蒂奧娜他們的雙眼。雖說不是第一次看到，但與平常的芬恩大相逕庭、趕盡殺絕的行徑，仍令他們的懼意油然而生。芬恩憑著連身纏狂風的【劍姬】都臉色發青的戰鬥能力，轉瞬間堆起一座死屍之山。

長槍手的吶喊不曾中斷，紅著眼睛一味追求怪物的鮮血。

蒂奧娜等人也擊退著接近他們的怪獸時，芬恩就像一支箭鏃，隻身撕裂怪物大軍，將其一分為二。

『啊哈！』

重新累積魔力的女體型，盯準了氣勢萬鈞地進擊的芬恩等人，擊出極粗觸手。

伯特等人彈開無數觸手保護艾絲時，被芬恩槍矛殺退的三條鞭子伴隨著暢快聲響大大往後仰，熱辣辣地震動，女體型露出驚訝的表情。

【勇者】握著的是金槍與銀槍。

右手是本來的武器，也就是主武裝〖福爾蒂亞之矛〗。這是具有黃金槍尖，冠有「勇氣」之名的第一等級武裝。

芬恩右手握著它，左手握著白銀槍尖的不壞屬性〖羅蘭之矛〗，雙槍亂舞，化做旋風。

『——不過，結束了。』

自己的觸手好幾次被彈開，女體型先是吃了一驚，然後露出純潔的嘲笑。

吸收了龐大魔力、色彩斑斕的大花閉合起來。「汙穢仙精」將兩朵巨大花苞收進下半身裡，搖動著斑斕彩衣，張開雙臂。

『【火啊，來吧——】』

她唱出令人厭惡的輕快歌聲，開始詠唱。

「炮擊（魔法）要來了!?」

「要命!?」

看到展開的魔法陣與紅光，蒂奧涅與伯特叫了起來。

與目標的間距只剩不到一百M，然而無數怪獸形成的肉牆依然健在，還無法抵達女體型的身邊。

女體型張開了收納在下半身背後的十面巨大盾牌——花瓣裝甲，也加強了防禦。看到對手擁有銅牆鐵壁的防護，而且跟剛才一樣演奏起超長文詠唱，持續奔馳的艾絲與伯特等人都扭曲著表情。

『【以代行者之名命令賦予我的名字是火精火焰之化身火焰之女王（君王）——】』

看到魔力光隨著快速進攻的詠唱一同膨脹，不只是艾絲他們，勞爾等其他冒險者也都倒抽一口冷氣。

這時，芬恩握緊了金槍。

他齜牙咧嘴咬緊牙關，將自己的身體化為弩砲，進行了全力投擲。

「啊啊啊!!」

黃金光輝呼嘯而出，勇者的擲槍。

紅眼芬恩用盡全身力氣，擲出標槍。射出的〖福爾蒂亞之矛〗打穿空氣，化做一道閃光飛向女體型。

這一招無視於敵我之間的距離，一瞬間就捕捉到敵人。

『咕嗚？』

長槍刺穿了正要發動魔法的女體型的臉孔。

豪速的一槍不是平面，而只是一個點，通過了花瓣裝甲之間的縫隙，插進了正在進行詠唱的口腔。

命中、貫穿，黃金槍尖從延髓部分突刺出來。

口腔被槍矛刺穿的女體型驚愕之餘，上半身因為衝擊力而往背後仰倒——引發了魔力誤爆。

『!?』

意想不到的攻擊命中，使得即將發動的「魔法」失去了控制。

女體型不慎放掉了龐大「魔力」的韁繩，無法阻止「魔力」失控，引起了激烈自爆。肉體內側掀起了足以覆蓋她那巨大身軀的大爆炸，展開的紅彤魔法陣煙消霧散。

艾絲等人睜大了眼睛，勞爾他們發出歡呼。

「趁現在!!」

蒂奧涅代替捨棄了指揮的芬恩大吼，艾絲等人見機不可失，拔腿狂奔。

伯特的雙劍、蒂奧娜的大劍驅散了周圍的幼蟲型與食人花，終於突破了怪獸大軍。

他們讓怪物的肉片四處飛濺，殺出通往女體型的唯一道路。

「【請求你——借我力量】——【精靈之環】。」

一殺出怪獸重圍的同時，蕾菲亞結束了「並行詠唱」。

編織的魔法是「召喚魔法」，她一邊奔跑，一邊在腳下展開小小的濃金色魔法陣，維持待機狀態。為了對瞬息萬變的戰況臨機應變，蕾菲亞屏氣凝神，向同胞（精靈）們的「魔法」尋求力量，準備迎接發動的時刻。

視線緊盯被爆炸火焰包圍的女體型，小隊以更快的速度展開果敢突擊。

『……』

全身燒焦的女體型，上半身在瀰漫的濃煙中晃了一下。

她伸出觸手抓住貫穿口腔的勇者槍矛，用力拔出來，啪一聲將槍柄折斷。

當黃金槍尖發出清脆聲響落地時，女體型燃燒著「魔力」做自我修復——不到一會兒工夫就讓口中的深洞癒合，微笑了。

她散播著用來治療的「魔力」的渣滓，呆滯無神的金瞳射穿了芬恩等人。

『【突進的雷鳴之槍我乃代行者雷精(tonitrus)雷之化身雷之女王(君王)——】』

然後她在自己的眼前，張開了黃金魔法陣。

「短文詠唱!?」

瞬間完成的炮台令蒂奧娜大為震驚。

短文詠唱型最優秀的就是執行速度，而且還是由超規格的「仙精」怪物施展，其魔法威力絕非一般魔導士所能及。

可與高級魔導士的大炮擊匹敵的炮口，就連正在發動凶猛魔槍(赫爾·范格斯)的芬恩，都瞪大了雙眸。

漂浮於半空中的巨大魔法陣，溢出光輝燦爛的無數雷鞭。

艾絲等人被雷光燒灼著臉，時間為之暫停，女體型在他們面前高喊魔法名稱。

『【雷霆光線】。』

暴雷大矛。

擁有力量的「古代仙精」才有資格施展的炮擊魔法，就要伴隨著轟鳴吞沒艾絲等人。

「——【破邪聖杯，化身為盾】！」

不過，有一個人不讓她得逞。

蕾菲亞聲嘶力竭地大喊，衝到了艾絲他們的前面。

魔法陣從濃金色變成了白色，那是拯救珍愛的人們的守護之力。

蕾菲亞憑著超越敵人詠唱速度的超短文詠唱，發動了摯友的「魔法」。

「【至神・救世聖杯】!!」

純白的圓形障壁出現。

霎時間，聖潔白盾與霹靂雷鳴爆發衝突。

「～～～～～～～～～～～～～～!?」

蕾菲亞的整個身體，連同雙手筆直伸出的魔杖一起下沉。

擋下暴雷的巨大圓形障壁——就如同里維莉雅的防禦魔法那樣——伴隨著尖銳聲響產生裂紋。

撐不過去，雖說這次魔法的輸出，比起粉碎了結界魔法的超長文型魔法要小多了，但威力仍然大得離譜。蕾菲亞的喉嚨發出苦悶哀叫，白盾的裂紋每分每秒都在擴大。

艾絲等人的視野，被能夠輕易吞沒他們的雷炮染成純白，面對偉大仙精的魔法，渺小的精靈(elf)魔法就要被打破了。

掀起的大量閃光(spark)與障壁的慘叫，讓蕾菲亞就快屈膝跪下。

就在這時。

「蕾菲亞!?」

「撐住啊啊啊啊啊——!!」

兩個人影追過蕾菲亞，用身體去撞圓形障壁。

是蒂奧涅與蒂奧娜，她們交叉著不壞屬性的斧槍與大劍，把自己的整個身體壓在白盾上。

她們成為了障壁魔法（至神・救世聖杯）的支柱，要阻擋這道暴雷。

「蒂奧娜、蒂奧涅!?」

艾絲喊叫的同時，蕾菲亞也睜大了眼睛。

兩位第一級冒險者不顧自己的肌膚轉瞬間被燒傷，勇敢地以己身為盾。

聽見她們的聲音，看到她們的身影，快要跪下的雙膝發出怒吼。

在告訴自己：妳甘願這樣維持現狀嗎？

「——我也……」

背後有艾絲、伯特與芬恩。

而就在自己眼前，有可怕的雷電大槍，以及擋住它的蒂奧娜與蒂奧涅。

下個瞬間，蕾菲亞全身像著了火，猛然睜大蔚藍雙眸。

「——我也不會輸的——————!!」

相抵消。

『——!?』

隨著少女的咆哮，純白障壁大放光芒，將雷電炮擊頂了回去，然後爆散開來。

仙精與精靈的魔法互相消滅，造成了衝擊波與光的破裂。不用說，緊貼障壁的蒂奧娜與蒂奧涅都被炸飛，使用魔法的蕾菲亞也以驚人之勢飛向後方。

即使少女們飛過自己的身邊摔落在地，冒險者們也不曾回頭，只一心向前進。

「我們上!!」

伯特吼叫一聲，拿著長槍的芬恩，以及累積風力的艾絲當場衝了出去。

眼見同伴擋下了敵人炮擊，保護了自己與其他人，【劍姬】的眼眸差點就要產生動搖，但她握緊愛劍，定睛瞪著高聳而立的「汙穢仙精」。

包括自己在內，還有三張底牌。

與女體型的距離，就快縮短到五十M以內。

「──【終末的前兆啊，皚皚白雪啊】。」

瓊音旋律編織著。

艾絲等人踏上征途，在他們的遙遠後方，離女體型兩百M以上的位置，綻放了巨大魔法陣。

彷彿美麗花卉的翡翠色圓陣中央，佇立著舉起白銀長杖〖偉大精靈〗的里維莉雅。

精靈王族拋下所有一切，閉起雙眼，全副精神集中在詠唱上。

「舉起『魔劍』!?」

精煉所有精神力，名符其實的最大炮擊──都市最強魔導士的真正魔法。

勞爾等支援者被就在自己背後掀起的「魔力」波動嚇得發抖，但仍然瞪著往這邊殺來的怪獸們。

大量敵軍並未掉頭去找往女體型展開進擊的艾絲他們，而是被里維莉雅的龐大「魔力」吸引過來。眼看一大群的幼蟲型與食人花帶著滾滾飛塵蜂擁而來，勞爾對另外三名團員喊道。

「目標是幼蟲型！絕對不准失手!!剩下的食人花——就用揍的擋下牠們!?」

勞爾用彷彿領袖（芬恩）指揮般的聲調做出指示。

他要大家在遠處先解決具有腐蝕液的幼蟲型，剩下的食人花就靠一股志氣擋下來，男女三名Lv.4的冒險者都點點頭。

他們握緊具有高度威力與耐久性的長劍型【魔劍】，一看清射程距離的瞬間，揮劍砍去。

「【面臨黃昏時刻，捲起狂風吧】。」

火焰、火焰、雷電與寒冰炮擊分毫不差，打中了幼蟲型。

他們一邊聽著里維莉雅的詠唱，一邊不斷炮轟敵人。當幼蟲型受到致命傷而爆開，陸陸續續遭到殲滅時，勞爾的「魔劍」第一個超過使用限度，變成碎片，他踹開身旁的背包，裝備起弓箭。

他憑著自認為學而不精的弓箭本領，將箭矢狠狠射進了幼蟲型的胸部中央——射穿「魔石」，把好幾隻怪獸變成塵土。

「——勞爾!?後面有怪獸來了!?」

「!?」

就在即將與幼蟲型大量減少的敵群接觸時，團員慘叫起來。
勞爾回頭一看，里維莉雅仍在詠唱，在她的遙遠後方，一大群幼蟲型與食人花蜂擁而來。
通往第58層的甬道本來應該被綠牆堵住，但女體型的火風暴不只密林，連綠牆也暫時燒毀，才導致怪獸從上面樓層入侵。
前後夾擊，而且「魔劍」只剩一把了。就在勞爾喉嚨發僵，不知該做何指示時——剛才在治療壓爛右臂的鐵匠，搖晃著鮮紅袴褲站了起來。
「那個鄙人來想辦法。」
「咦？」
「把格瑞斯他們留下的武器借鄙人。」
為了做治療，椿脫掉了戰鬥衣與防具，變得只剩一條纏胸布，她裝備起放在勞爾他們身旁的不壞屬性斧頭，以及大雙刃（烏爾加）。
半矮人毫不吝惜地露出她的褐色肌膚，將腰間太刀扔在地上，衝向前去。
「不、不可能的啦，椿小姐!?」
看到椿右手大戰斧、左手大雙刃，往里維莉雅的後方奔去，勞爾遠遠發出慘叫。
就算半矮人力氣再怎麼大，也不可能使得動蒂奧娜的大雙刃（烏爾加）與格瑞斯的大戰斧——各種武器之中最具重量的第一級冒險者專用裝備（客製品）——
椿不理會青年的大叫，逼近怪獸群，躲掉了射出的腐蝕液——大戰斧一揮，一口氣把三隻幼蟲型大卸八塊。

「胡說。」

椿以不壞屬性的武器擋住腐蝕液，或是流暢地將其砍飛，把重量十足的利刃接二連三砸進黃綠色的表皮。

她善用慣性，只以左手旋轉大雙刃（烏爾加），把食人花群連同使出的觸手一起斬斷。

「你以為鄙人打過多少武器？」

椿用鼻子對瞠目而視的勞爾等人哼笑一聲，同時以兩種武器痛宰怪獸們。

「鄙人什麼武器都試斬過不知多少次啦。」

為了打造出至高無上的武具，她關於武器的任何事情都經歷過，勞爾等支援者親眼目睹了鐵匠的執著，臉部一陣痙攣。

他們急忙轉過身去，再度開始進行防衛戰時，椿翹起嘴角，充分發揮了提升到Ｌｖ．５的「技巧」。

「【封閉的光明，結凍的大地】。」

勞爾等人擋下怪獸大軍，椿持續孤軍奮鬥，在他們的圍繞下，里維莉雅閉目繼續詠唱。

念誦著寒冰咒文的她，更加快了歌聲速度。

「【漫天吹雪，三度嚴冬——終末的到來】。」

然後，她將詠唱連接起來。

「【——未幾，烈焰將獲縱放】。」

翡翠色魔法陣浮現的紋路變了模樣，增強了光輝。

里維莉雅的詠唱轉變為全方位殲滅魔法——烈燄咒文。

「【悄悄接近的戰火，無可避免的毀滅。開戰的號角高聲鳴響，暴虐動亂將掩覆萬物】。」

「詠唱連結」。

這是只有王族公主里維莉雅・利歐斯・阿爾弗才准擁有的魔法特性。她的【能力值】引發的三項「魔法」，都含有這種詠唱屬性。

如同能力(能力值)有稱為Lv.的等級，她的「魔法」當中也有三階段的等級。

從超短文到短文，短文到長文，長文到超長文的詠唱。

將每個等級既定的詠唱連接起來，能夠提升魔力輸出，改變魔法的效果，增強威力。

攻擊、防禦與回復。她能夠以「詠唱連結」靈活使用三種魔法乘以三個等級——總共九種的「魔法」，因此諸神讚頌她，授予她的綽號是——【九魔姬】。

這是受到眾多同族(精靈)所畏懼，都市最強魔導士的稱號。

「【來吧，紅蓮火舌，殘暴的猛火。汝乃業火化身】。」

從寒冰魔法【狂喜・芬布爾之冬】藉由「詠唱連結」，投入了更大的精神力與更長的詠唱文。

編織的咒文是攻擊魔法第二等級，以最長最大的射程為傲，在效果範圍內縱放的終焉業火，將會把己方以外的所有事物燃燒殆盡。從暴風雪昇華為紅蓮烈火，咒文變成了長文型，使得其破壞力倍增，形成大殲滅魔法。

「【掃蕩千軍萬馬，為大型戰亂拉下終幕】。」

傾注了里維莉雅全精神力的「魔法」發出咆哮。

勞爾等人與椿持續保護著她，在他們的背後，舉起的白銀之杖——龜裂的魔寶石也發出眩目閃光，解放了莫大的「魔力」。

伴隨波動的魔法陣的魔力光，將里維莉雅的長髮吹得翻飛，她慢慢睜開閉著的翡翠眼眸。

「【燒盡一切，史爾特爾之劍——吾名為阿爾弗】!!」

然後，詠唱完成。

在遙遠的前方，障壁魔法的光輝與暴雷相抵消時，里維莉雅腳下的魔法陣擴大範圍，直達整個戰域。

冒險者們、怪獸大軍，以及「汙穢仙精」，翡翠光輝擴及所有人的立足處。

里維莉雅在魔法陣中感應、瞄準了那些仍在威脅同伴的醜惡怪物，高聲宣告魔法名稱：

「【高等・勝利之劍】!!」

巨大火焰誕生。

無數炎柱從大地與魔法陣中射出。

在勞爾等人與椿眼前爭鬥的怪獸、存在於周圍的怪物大軍，以及企圖吞噬倒地的蕾菲亞她們的食人花，都被獄炎巨浪吞沒，名副其實地燒毀得不留痕跡。

火紅烈焰之後又是火紅烈焰，直衝樓層天頂的全方位殲滅魔法，蘊藏著不輸給「汙穢仙精」火風暴的威力，再度將樓層化為火紅世界。

『————』

對於從魔法陣中心呈放射狀升起的烈火巨柱，女體型成功做出了反應。

面對進逼而來的終末大火，她做了全力防禦，用十片花瓣裝甲包起整個身體。

她放棄了一半巨大植物（巨花魔）的下半身，以備來自下方的強烈火攻。

然後——一切都被炸毀。

『～～～～～～～～～～～～～～!?』

總共射出十次，共計十座業火巨柱撼動了女體型的龐大身軀。

里維莉雅帶有驚人熱度與無比威力的殲滅魔法，燒灼、剜挖、烤焦、焚毀了花瓣的表面。

連蕾菲亞與「魔劍」的同時轟炸都無法留下傷痕的鐵壁裝甲，發出激烈的燃燒聲，全數燒毀了。

「里維莉雅……！」

籠罩在充滿王族「魔力」的火焰與熱氣中，艾絲身體的每個角落都在發燙。

接受她的掩護，伯特與芬恩目眥盡裂，加快了飛奔的速度。

『……！』

失去了防護的女體型，臉上第一次失去笑容。

剩下三十M，轉盼之間就要與敵人接觸了。女體型看到艾絲等人在火紅世界中頭也不回地奔跑，往自己這邊衝刺過來，表情僵硬地閉起嘴唇。

繼而，「她」晃動著綠色長髮，喉嚨震動了。

『——啊啊啊啊啊！』

然後，彷彿呼應著「她」的尖聲呼叫。

地面——恰似自下面樓層射出似的——數不盡的綠槍刺了出來。

「!!」

以女體型為中心，半徑十M，一束束觸手建構起圓形牆壁。

眾人對圍繞仙精怪物的高聳壁壘正感到驚愕，伯特與芬恩即刻加速，挺出雙劍與銀槍，要刺破牆壁。

「「!?」」

刺不破。

刀刃刺進牆上，但既無法破壞也不能貫穿。看到綠牆牢固到能擋下伯特與芬恩藉著衝刺力道、灌注渾身力氣使出的突刺，艾絲也不禁戰慄。

——突擊的氣勢要中斷了。

這樣會給女體型詠唱的機會，戰況會被顛覆。
眼看即將錯失大好機會，艾絲、伯特與芬恩幾乎要僵住了，但就在下一刻。
一把高速旋轉的巨刃從艾絲等人背後飛來，通過他們之間，狠狠打中了綠牆。
（——斧頭！）
看到大戰斧深深劈進壁壘裡造成裂痕，三人甚至來不及吃驚。
矮人大戰士立刻追過了艾絲他們，衝向綠牆。
「怎麼，只會說大話啊，芬恩!?」
格瑞斯凶暴地翹起嘴角，拔出陷進綠牆的〖巨碩戰斧〗，再次賞敵人一記破碎猛擊。
伯特他們沒能打壞的壁壘產生了更多裂痕，本應受到「魔法」力量影響而失去大部分理性的芬恩，聽到戰友的聲音，維持著紅瞳回以苦笑。
「……我是相信你會來，不要讓我明講啊。」
「胡說八道!!」
格瑞斯也笑了起來，再度掄起斧頭砍上去。
那轟然巨響足以震動大地，綠牆龜裂得更嚴重了，過度強大的破壞力毀損了斧刃。
艾絲與伯特都睜大了眼睛，只見格瑞斯把斧頭一扔，握緊了岩石般的拳頭。
「礙事!!」
大拳擊，綠牆被打碎了。

「滾開!!」

再一拳，壁壘開了個洞。

『！』

霎時間，女體型動了起來。

擊出的觸手穿透地面，從格瑞斯的腳邊突出了無數槍矛。

「——」

觸手槍林刺穿了格瑞斯的全身。

他整個身體變得千瘡百孔，噴出鮮血。

矮人的全身上下與口中都冒出熱血，然而，他凶猛地笑了。

「小意思啦啊啊啊啊啊啊啊啊啊啊啊啊啊啊啊啊啊啊啊啊啊啊啊啊啊啊啊!?」

格瑞斯聲如洪鐘。

他不把泉湧的鮮血當一回事，兩手塞進打出的洞口，往左右兩邊撕了開來。

「伯特、艾絲!!」

在芬恩的喊叫推動下，艾絲與伯特跳進了格瑞斯撬開的壁壘縫隙。

芬恩借助了戰友的力量一同前進，三人突破了最後一道障礙。

『!?』

雙方間距只剩十M，女體型被敵人闖進了懷裡，將所有觸手盡皆用來迎擊。

無數的大鞭子瘋狂肆虐，觸手殺向身纏超強風力的艾絲，但有伯特與芬恩阻擋它們。

「礙事！」

伯特從腿包抽出兩把「魔劍」，打進〘弗洛斯維爾特〙。一雙腳頓時蘊藏烈燄，再加上重新裝備起的雙劍，伯特把亂飛亂打的觸手全數殺退。

「燒光吧啊啊啊啊啊啊啊啊啊啊啊啊啊啊啊啊啊啊啊啊!!」

腳刀描繪出火焰軌跡，雙劍刻畫出銀光斬閃。

四道斬擊同時施展高速劍舞，讓觸手起火燃燒，再以驚濤駭浪之勢一一砍斷。

伯特與揮動槍矛的芬恩，對女體型的迎擊展開徹底抗戰。

「「喔喔喔喔喔喔喔喔喔喔喔喔喔喔喔喔喔喔喔喔喔喔喔喔喔喔喔喔喔!!」」

芬恩與伯特的咆哮重疊在一起。

防具都被打飛，全身佈滿撕裂傷的兩人，下一刻，雙劍與槍矛殺出了一條道路。

「「去吧!!」」

疾速奔馳。

衝過同伴們開拓的活路，艾絲與女體型展開對峙。

一對一。

她身纏如今已化為暴風的魔法（風靈疾走），往擁有超大型級巨軀的怪物衝刺而去。
艾絲仰望上方的金瞳，與女體型俯視下方的呆滯金眼，視線產生了交集。
（——我不是「艾莉亞」。）
艾絲否定一開始狂喜地發抖的「她」說過的話。
（——我不知道妳是誰。）
血液的騷動只告訴艾絲一點小小的事實，自己仍然對「她」一無所知。
（——不過，妳不能繼續待在這裡。）
然而，只有這點是確定的。
面對不祥、惡毒、應有的模樣顛倒了的「仙精」，艾絲吊起金色雙眸。
體內流動的血液，的確在對艾絲呢喃。
告訴艾絲：送「她」最後一程吧。
艾絲揮響了自己的劍，向女體型展開突擊。

「……啊。」
在充斥著熱度與火花，一片紅彤的世界當中。
仰躺在地的蕾菲亞，挪動了顫抖的手臂。
即使痛楚燒灼著她，力量早已耗盡，視野模糊朦朧。

傷痕累累的右臂，仍然伸向了天空。

「【解，放……一束光芒……聖木的，弓身】。」

將歌聲傳遞給她吧。

用盡力氣的自己，只剩下這首歌了。

在遙遠的前方，正與可怖的敵人激戰的她也能聽見的歌。

「【狙擊，吧……精靈，射手】……」

即使不能令她回頭。

也一定能讓她聽見，治癒她，保護她，擊退威脅她的敵人。

「【汝乃……弓箭，名手】。」

如同森林中起舞的精靈、一直以來拯救所愛之人的仙精。

她要唱出只有自己獲准吟詠的歌，永遠不停歇。

「【射穿吧……必中之箭】……」

將這個魔法（歌聲），傳遞給她吧。

「……【靈弓，光箭】。」

「——啊啊啊啊啊啊啊啊啊啊啊啊啊啊啊啊啊啊啊啊啊啊啊啊啊啊啊啊!!」

艾絲騰空跳起。

敵我的間距終於縮到了零，她朝向對手的龐大身軀，雙腳蹬地一躍。

對著存在於巨大植物（巨花魔）之上的本體、「仙精」的上半身，將愛劍高舉過頭。

她要連同自己附加了暴風的整個身體，把雙手緊握的〖絕望之劍〗砍向愕怔的「她」——就在前一秒鐘。

「她」笑了。

「————」

「她」張大了雙唇，讓艾絲看見自己的口腔深處——浮現在口中的小型魔法陣。

女體型拿無數鞭子亂飛亂打的呼嘯聲做偽裝，一直在進行極小型的詠唱，為了不讓敵人注意到魔力光，她在體內展開蒼色魔法陣。

「她」表現的沉默與驚愕，原來是為了炮擊演的一場戲。

自己被引誘到近距離內了——艾絲領悟到這點，神情為之凍結。

像是在告訴她「已經太遲了」，女體型行使了「魔法」。

『【冰柱刀刃】。』

巨大的冰柱。

攻擊彈指之間就要飛來，沒有任何辦法可以閃避。

艾絲眼睜睜看著蒼冰刀刃發射。

伸出的右臂放出光箭。

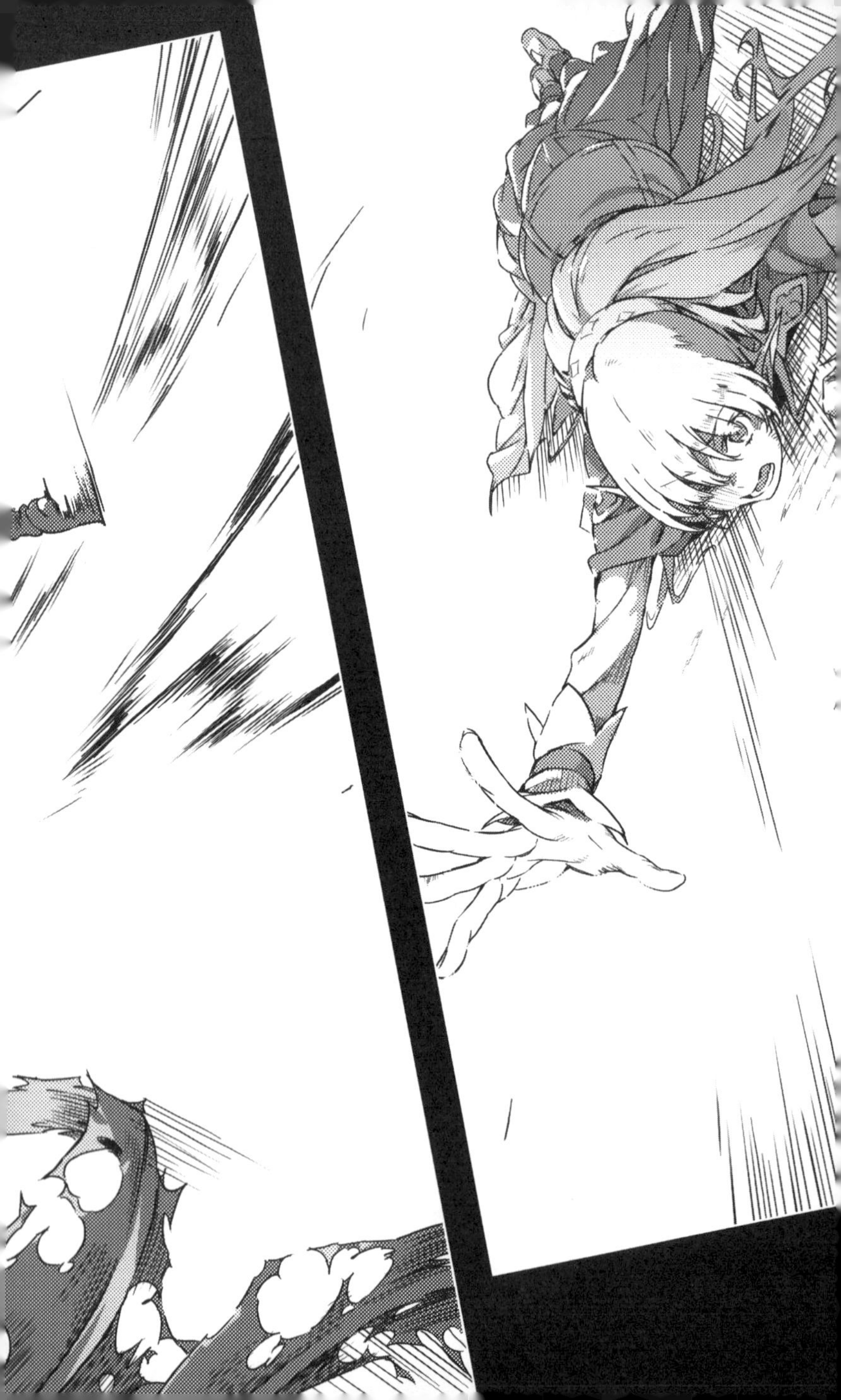

那一道光束射向頭頂上方，然後直角轉彎，蕾菲亞顫抖著喉嚨。

「去吧……」

蕾菲亞對著去到她的身邊……飛往艾絲身邊的「魔法」，閉起眼睛大叫：

「去吧！」

彷彿呼應了蕾菲亞的叫喊，箭矢加速了。

「到她的身邊!!」

然後蕾菲亞的歌聲，傳達給了艾絲。

射出的冰刃爆發了威力。

「!!」

艾絲與女體型，都大吃一驚。

在雙方眼前射出的冰柱，被自遠方飛來的光箭打中，角度偏了。

敵人的炮擊吹起金髮，從她身邊通過。這是始終不曾放棄歌唱的少女，所送來的最後一發支援射擊。

理解了一切的艾絲目眥盡裂，對著睜大雙眼的女體型，揮起狂風利劍一刀砍下。

「!!」

『!!』

附加了超大龍捲風的銀劍迎面而來，女體型以令人驚異的反應速度舉起雙手，擋了下來。

風聲狂暴怒號。

女體型以雙手抓住了劍身，「她」的手臂、身上的斑爛彩衣，都在轉眼間被撕裂扯爛。

附加了氣流的銀劍也震動著刀刃，大放光輝，要砍斷敵人肉身。

綠色上半身迸出了紅色體液。

『——不要!?』

女體型全身都被狂風暴威剁碎，扭曲著臉龐，忍不住從下方射出一隻觸手。

灌注渾身力氣的大鞭子一閃而過，破壞了風鎧，艾絲被彈飛了。

「艾絲!!」

蒂奧娜與蒂奧涅互相以肩膀攙扶著站起來，眼睜睜看著金髮金眼少女噴灑鮮血，飛向上空。

無力地佇立的里維莉雅。

疲憊不堪的勞爾等人。

以武器支撐身體的椿。

倒地的蕾菲亞。

膝蓋跪地的格瑞斯。

被鞭子打飛的伯特與芬恩。

視線都在追逐少女飛上樓層天域的身影。

「──」

頭部流血的艾絲，眼光絲毫不見衰弱。

她的眼眸依然保持著劍一般的鋒利，利用被打上高空的力道，在樓層天頂處──著天。

艾絲以天地顛倒的姿勢，將右手的《絕望之劍》往背後拉緊。

最大輸出。

「【狂風吹啊（Tempest）】──」

從全身上下收集而來的精神力，裝填進【風靈疾走】之中。

超越暴風雨的颶風大氣流發出咆哮。

『！』

眼看艾絲在自己的正上方，必殺一擊即將出招，渾身是血的女體型高速編織詠唱。

『【閃光啊疾驅吧劃破黑暗我乃代行者光精（Lux）光之化身光之女王（君王）──】』

短文詠唱在女體型的頭頂上召喚出白色巨大魔法陣，與一名劍士正面相對。

艾絲與仰望自己的「仙精」四目交接，同時將劍尖朝向地面。

那一擊即將使出的瞬間。

所有人都抬頭仰望著她。

「艾絲……」

里維莉雅低喃。

「做吧。」

格瑞斯瞇細眼睛。

「「上啊——!!」」

蒂奧娜與蒂奧涅大吼。

「痛扁牠。」

伯特說道。

「拜託妳囉。」

芬恩笑著。

「——艾絲小姐————————————————————————————!!」

蕾菲亞喊著少女的名字。

然後——

「微型勁風。」

神風呼嘯而出。

『【光亮爆炸】!!』

「仙精」的魔法也同時發動。

往大地飛馳的強風螺旋矢與向天放出的閃光炮擊，爆發了衝突。
雙方只抗衡了一瞬間。
神風把白色閃光颳得四處飛散，向前猛衝。
『——————————————————』
不壞之劍刺穿女體型的頭部與胸部，一路貫穿到底。
風之一閃衝過仙精的上半身到怪物的下半身，穿透了龐大身軀。
銀白劍鋒切開敵人身軀前進，強風螺旋剜肉奔騰而過，少女迸發裂帛高吼。
下個瞬間，她完全射穿了龐大身軀，緊接著衝撞大地——爆碎。
女體型胸部的「魔石」被貫穿，一瞬間成了塵土，被震天動地的風暴咆哮吹飛。
強風化為驚人衝擊波，震動了整個樓層。
爆炸氣浪捲起大量塵土，瘋狂肆虐。
「～～～～～～～～～～～～～～～～～～！？」
冒險者們都以手臂擋臉，撐過狂風激流。
驚人的風壓湧來，如閃光般以無色衝擊塗滿視野。
插在地上的武器刀刃震得咯嗒咯嗒直響，與寶劍吶喊產生共鳴。
神風無止盡地哮吼。
然後。

眾人承受著使地下城鳴動的衝擊，好一會兒。

壓低姿勢的蒂奧娜等人抬起頭……只見巨大凹坑的中心，有個影子在動。

將銀劍刺在地上的少女，慢慢站起來。

沐浴著燐光閃閃發亮的金色長髮，以及回首的金色雙眸——引起了大聲歡呼。

「艾絲————!!」

不知道是哪裡來的力量，蒂奧娜用傷痕累累的身體向她奔去。

蒂奧涅也馬上跟去，看到她們露出滿面笑容，艾絲露出小小的微笑。亞馬遜少女整個人用力撲了上去，跟姊姊一起抱緊少女的身體。

「……你還好嗎，格瑞斯？」

「……照某個臭小子（帕魯姆）的講法，老子好像就這副身體特別健壯嘛。」

芬恩走向大剌剌坐在地上、渾身是血的格瑞斯，對矮人翹起的嘴角回以笑容。看到兩人的對話，在一旁停下腳步的伯特也閉起眼睛，笑了。

在遠遠的後方，男女支援者抱在一起流著眼淚，只有勞爾一個人用一隻手臂按著眼睛，像個男人那樣大聲哭泣。

「……妳還好嗎，蕾菲亞？」

「……里維莉雅大人……艾絲小姐呢？」

里維莉雅跪下來抱起了蕾菲亞，她躺在王族的懷抱裡，抬起了朦朧的雙眼。

溫柔地抱著少女的身體，里維莉雅將她的視線引向艾絲她們身邊。
「她沒事，妳的魔法……救了那孩子。」
艾絲被蒂奧娜與蒂奧涅抱住，踉蹌了一下，蕾菲亞注視著她。
金髮金眼的少女很快就轉過頭來，也注視著蕾菲亞，動了動嘴唇。
說著：謝謝。
「啊啊……」
看到艾絲綻放笑靨，蕾菲亞的視野模糊了。
美麗的蔚藍眼眸流下一道水滴。
少女的臉上，浮現出由衷的笑意。
「哎呀哎呀，真是見識到了不起的東西了。」
椿一個人遠遠凝望著互相分享喜悅的【洛基眷族】，摸了一下左眼眼罩。
一會兒後，她像孩子般笑了笑。

第59層響起高喊勝利般的歡呼。
跨越「冒險」的冒險者們高聲呼喊，樣樣武器散發光澤。
在樓層中心，一挺從地面拔出的寶劍。
也在少女的手中，閃爍著銀白光輝。

終章
被揭穿的劇本

Гэта казка іншага сям і.

развянчалі сцэнары

歷經第59層的戰鬥後，在芬恩的命令下，【洛基眷族】即刻開始準備撤退。

眾人以拼湊起來的道具為中心，勉強替所有人做了治療——讓身體恢復到能動的程度——就往根據地所在的第50層前進。

第58層還在生產休息期之中，一行人不錯過這個機會，跑完了「龍壺」。

「——那麼你是說，就連那個女體型都只是尖兵了？」

在全力飛奔抵達的第51層裡，里維莉雅與芬恩並排奔跑，壓低了音量。

路上遇到的怪獸等敵人，都交由體力恢復快得驚人、「喝呀——！」嚷嚷著大鬧的蒂奧娜他們解決，「是啊。」芬恩點點頭。

「錯不了，艾絲與蕾菲亞不是看過那個『寶珠』寄生在怪獸身上，使怪獸變成女體型的情形嗎？」

「老子的確是聽她們這麼說，可是……」

在跟里維莉雅相反的另一邊，跑起步來絲毫不像身受重傷的格瑞斯，不禁發出了呻吟。

當小隊驅策著遍體鱗傷的身體強行進軍，芬恩根據第59層得知的情報，說出了自己的看法，聽得里維莉雅他們難掩動搖。

「那也就是說……」

「沒錯——」

「——女體型另有本體。」

公會地下神殿，祈禱廳。

透過艾絲持有的水晶魔道具，烏拉諾斯與費爾斯看見了整個過程，在火炬火光的圍繞下交談。

「生產分身『寶珠胎兒』的根源……『汙穢仙精』本體很可能潛伏於第60層以下。」

烏拉諾斯聲調低沉地推測。

魔導士（里維莉雅）進行了炮擊之後，失去防護的女體型發出的叫喚，很可能是救援信號。

就像來自下面樓層那樣，保護怪獸的壁壘張開。

再加上第59層地形、環境與生態系完全變貌的狀況，烏拉諾斯認為敵人本體在地下城更深的地帶，如此告訴費爾斯。

費爾斯默默聽著老神所言，嘆息似地說「事態比想像中還嚴重呢」，晃動著身上的黑衣。

「怪人們看來也是那個『汙穢仙精』的產物……想不到過去派來拯救人族的仙精們，如今卻成了威脅歐拉麗的萬惡根源。」

費爾斯無力地低聲說「這真是太諷刺了」。

「雖說從幾年前的確就有異常變化的徵候，但沒想到居然到現在都沒察覺……他們這陣子格外活躍，原因是否就是出在艾絲・華倫斯坦身上？」

「恐怕是。」

烏拉諾斯對費爾斯所言點點頭，然後瞇起蒼藍雙眸。

「當然，有朝一日我們必須與『汙穢仙精』的本體做個了斷。不過，目前——」

「——當前的問題不在這裡。」

芬恩在迷宮中持續奔跑，說道：

「艾絲她們目擊到的第24層的事件……寄生於糧食庫，使肉體肥壯的『寶珠胎兒』。她藉由吞噬食人花等怪獸四處收集來的『魔石』，進化成女體型——不，是『仙精分身（demi spirit）』。」

「莫非是……」

「沒錯，他們想把容易搬運的『寶珠』變成能運用魔法、足夠成熟的個體，使其在地上羽化……敵人的目的是在地上召喚『仙精』。」

格瑞斯明白了，芬恩對他點頭。

就連芬恩他們都市最強派系，遇上「仙精分身」都只能險勝。

如果這種存在突然出現在地上——而且如果不只一顆，而是已經有多顆寶珠被運到地上的話……

地表將會出現好幾隻那種女體型，蹂躪都市。

聽了芬恩講述的內容，里維莉雅與格瑞斯的神情都變得僵硬。

「毀滅迷宮都市（歐拉麗），是吧……看來未必是玩笑話呢。」

芬恩解讀了黑暗派系殘黨與怪人（芮薇絲）等人的都市崩潰計畫，帶著不痛快的笑容舔舔拇指，里維莉雅他們也明白了事情的嚴重性。

「要火速讓洛基知道這件事，一準備好，我們就回地上吧。」

「好。」

「知道了。」

沒人提出異議，冒險者們離開了樓層。

「所以，情況怎麼會變成這樣……？」

洛基一臉煩透了的表情，看看跟自己坐在同一張圓桌旁的天神們。

這裡是某家高級酒館，在一間隔音完善的包廂裡，除了洛基之外，還有兩尊男神坐在桌旁。

一位是閉著眼睛的狄俄尼索斯，另一位是面露花美男笑容的荷米斯。

「我們已經是同一個事件的受害者了，不是嗎，洛基？現在我們是命運共同體，應該盡量共享一下情報才對嘛。」

「少在那裡自己說了算啦，軟腳蝦。」

看到荷米斯笑咪咪地衝著自己笑，洛基毫不隱藏懷疑的眼神，這樣對他說。

在場除了三位天神之外，還有各位主神的護衛——菲兒葳絲、亞絲菲，以及洛基的團員。

她們佇立在遠離圓桌的房間牆邊，閉起眼睛，或是靜觀事情發展。

「狄俄尼索斯～，這是怎麼回事啦？」

「抱歉，洛基。不過希望妳相信，我也不是自己情願的。」

聽到被叫來的洛基無奈地問，閉著眼睛的狄俄尼索斯也一臉不悅。

一會兒後，他嘆口氣說：「總之先談事情吧。」

洛基保持勉勉強強的態度，開始與兩人交換情報。

艾絲他們出發「遠征」還不到三天，三尊天神開始談起一連串的事件。

「就算黑暗派系的殘黨潛伏於都市裡，那些怪人的老巢恐怕是在地下迷宮（地下城）……這樣實在沒得找呢。唉呀，知道得越多，就覺得事情越嚴重呢，也許我不該插手管這件事？」

「都到了這個地步，別再胡說八道了，荷米斯。不過……敵人竟敢自稱『都市破壞者（厄倪俄）』，這也可說是對歐拉麗諸神的宣戰公告。」

「或許也能說是對公會宣戰呢，唉，再來就等芬恩他們帶情報回來囉。」

荷米斯、狄俄尼索斯與洛基依次交談時，眷屬們只是默默傾聽他們所言。

不久包括確認在內，情報差不多都給了，最後才是主題，三尊天神的話題進入下一階段。

他們提到了目前最矚目的焦點。

「在第24層，黑暗派系的殘黨試圖搬運的食人花黑籠……」

「我看那些籠子，應該是沒有通過摩天樓設施（巴別塔）的大洞搬到地上……」

「畢竟就算公會與他們同流合汙，要把那麼大的怪獸搬出來，也不可能完全瞞得住嘛。」

荷米斯脫口而出，狄俄尼索斯告訴兩人，洛基表示同意。

諸神互相交換一個眼神。

「也就是說……」

「對，沒錯。」

洛基對狄俄尼索斯點點頭，接著說：

「我看有喔，除了『巴別塔』之外，至少還有一個……」

她微微睜開朱紅雙眸，直指核心。

「地下城的出入口。」

洛基暗示迷宮除了獨一無二的「大洞」之外，還有其他出入口。

就像在告訴自己這是正確答案，在洛基的腦中，神的直覺陣陣抽痛。

TIONE HIRYUTE

蒂奧涅・席呂特

隸屬	洛基眷族		
種族	亞馬遜人	職業	冒險者
到達樓層	第59層	武器	砍刀　斧槍
所持金錢	14050000法利		

Status　Lv.5

力量	A824	耐久	B769
靈巧	B781	敏捷	B785
魔力	G207	拳打	G
潛水	G	異常抗性	H
粉碎	I		

魔法	巨蛇纏繞	・束縛魔法。 ・以一定機率使效果對象強制停止（restraint）。 成功機率受魔力值左右。
技能	狂化招亂（Berserk）	・每次受到傷害，攻擊力就會上升。 ・怒氣越強，效果越大。
技能	大反攻（Backdraft）	・瀕死時「力量」參數獲得超高加成。

裝備　佐亞斯

・成對的反曲刀。
・【古伯紐眷族】製作。58000000法利。
・第一等級武裝，也可當成投擲武器使用，泛用性高。
・武器素材使用了掉落道具「飛龍獠牙」，只要有素材，製作起來不算困難，蒂奧涅有很多把備用。

裝備　霏爾嘉

・投具，相當鋒利，對深層怪獸一樣有效。
・原本是某亞馬遜部落代代相傳的飛刀武器，蒂奧涅委託【古伯紐眷族】打造而成。

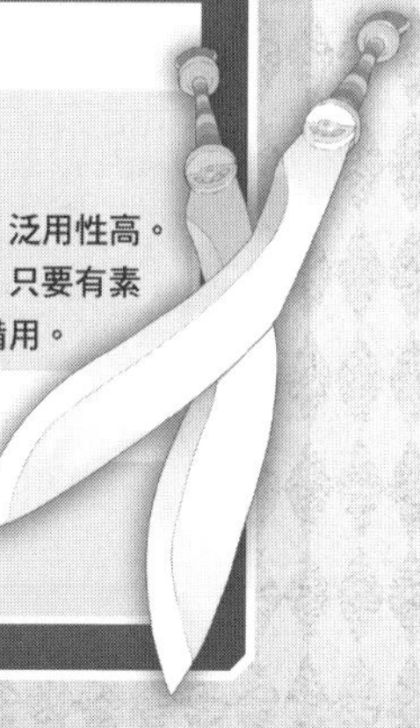

Гэта казка іншага сям'і.

後記

外傳第一部完結。

雖然過程比起本傳更為曲折，不過在這外傳第四集當中，作者自己想看、想寫的，都寫出來了。

我在散步或聽音樂時，有時腦中會突然出現類似漫畫或電影的一個場景。

有時是主人公與超強猛牛戰鬥的模樣，有時是領袖鼓勵被強大敵人打敗、一蹶不振的部下，或是女主角跑在同伴殺出的血路上，從空中施展必殺技的身影。

我習慣以這些浮現於腦海中的強烈場景、很可能是我自己想看想讀的場面為底，去構思整個故事。登場人物、世界觀或其他諸多設定都是其次，怎麼做才能抵達那個浮現的場景？我都是這樣倒過來想，換個說法，就是不是從故事的基礎打起，而是從降落地點開始創作。

有好幾次，這種做法造成了一個弊害——或者應該說只是作者能力不足——，就是故事初期沒什麼高潮，以商業刊物來說似乎不太妥當。最近我對這種創作方式開始有些反省，然而每當故事的登場人物抵達了目標地點，發出吶喊，角色們表現出比作者的期許更棒的瞬間時，我也會覺得一路跑到這裡是對的。

我認為本作做為系列延續至今，還能讓我這麼任性，都得感謝各位讀者的支持。真的很謝謝大家一直以來賞光閱讀，今後我會繼續專心創作，寫出能讓大家覺得有趣的作品。

那麼容我進入謝詞的部分。

GA編輯部的小瀧大人、高橋大人、像以往一樣用許多插圖點綴本集的はいむらきよたか老師，以及各位相關人士，衷心感謝大家讓本書得以出版。包括各位讀者在內，今後也請大家多多指教。

我在本傳第七集也寫了完全一樣的一番話，就是我個人認為本傳第五、六、七集，以及這本外傳第四集是一連串高潮迭起的發展，所以下一集想寫稍微輕鬆點的內容，目前還在考慮。無論如何，希望大家能繼續接觸從第二部開始的故事。

那麼大家再見。

大森藤ノ

日本SB Creative Corp.正式授權繁體中文版

在地下城尋求邂逅是否搞錯了什麼7

青文文庫

作者：大森藤ノ
Fujino Omori

插畫：ヤスダスズヒト
Suzuhito Yasuda

新生【赫斯緹雅眷族】開始活動！跨越「戰爭遊戲(wargame)」的激戰，莉莉、韋爾夫與命成為了新的眷屬，貝爾的第二個家庭情誼更加深厚。然而，「這裡是我們的總部，女主神娼殿(Belit-Babili)。」貝爾追著命，不慎誤闖歐拉麗的風月街，【伊絲塔眷族】管理的「紅燈區」。

「妾身是被這風月街買下的。」

在那裡，少年邂逅了受到囚禁的遠東少女，春姬。陷入風起雲湧的陰謀之中，貝爾做下的抉擇是——

「就這麼一次就好，我要成為她的英雄——」

這是由少年踏出軌跡、女神所紀錄下來的

——【眷族神話(Familiar Myth)】——

青文出版集團網頁：http://www.ching-win.com.tw

日本SB Creative Corp.正式授權繁體中文版

WHITE ALBUM2 白雪交織的旋律 ③

CW NOVELS 青文文庫

作者：月島雅也　　插畫：なかむらたけし、柳沢まさひで

那場牽動命運的演唱會，已過了三年。

那一年冬天後，又過了三年。春希成為了大學三年級學生。

在無法面對雪菜的情況下，迎接第三年的冬天。

春希和親密的同學．和泉千晶、擅於照顧人的上司．風岡麻理、古道熱腸的學妹．杉浦小春過得十分忙碌。這段忙碌的生活，給予他不必想起和紗與雪菜的時光。

不料，春希碰到了跟和紗有關的轉機。

在雪季來臨時再次推進的關係，究竟未來何去何從──。

敬請期待人氣遊戲『WHITE ALBUM2』丸戶史明完全監修的第三集。

青文出版集團網頁：http://www.ching-win.com.tw

在地下城尋求邂逅是否搞錯了什麼 外傳 劍姬神聖譚4

原書名：ダンジョンに出会いを求めるのは間違っているだろうか外伝 ソード・オラトリア4

作者：大森藤ノ
插畫：はいむらきよたか　角色原案：ヤスダスズヒト　翻譯：可倫

2016年07月25日　初版一刷發行

發行人：黃詠雪
總編輯：洪宗賢　副總編輯：王筱雲
責任編輯：黃小如　責任美編：薛湘臻

國際版權：劉瀞月

出版者：青文出版社股份有限公司
住　址：10442台北市長安東路一段36號3樓
電　話：（02）2541-4234
傳　真：（02）2541-4080
網　址：www.ching-win.com.tw

法律顧問：敦維法律事務所　郭睦萱律師

製版所：嘉陽印刷事業有限公司
印刷所：立言彩色印刷有限公司

國家圖書館出版品預行編目資料

在地下城尋求邂逅是否搞錯了什麼. 外傳, 劍姬神聖譚 / 大森藤ノ作 ; 可倫翻譯.
-- 初版. -- 臺北市 : 青文, 2016.06-

冊 ;　公分
譯自 : ダンジョンに出会いを求めるのは間違っているだろうか. 外伝, ソード. オラトリア
ISBN 978-986-356-345-7(第4冊 : 平裝)

861.57　　105006937

親愛的讀者：

感謝您購買青文出版社的輕小說！為了提供更優質的服務，我們期待收到您的意見。煩請詳填本資料卡，傳真至02-2541-4080或彌封並貼妥郵票後擲入郵筒寄出，您將有機會獲得青文『最新出版的輕小說』以及新書出版資訊喔！

姓名：＿＿＿＿＿＿＿＿＿＿ 性別：□ 男 □ 女

年齡：□ 18歲以下 □ 19～25歲 □ 26～35歲 □ 36歲以上

電話：＿＿＿＿＿＿＿＿＿＿ 手機：＿＿＿＿＿＿＿＿＿＿

地址：＿＿＿＿＿＿＿＿＿＿＿＿＿＿＿＿＿＿＿＿

E-mail：＿＿＿＿＿＿＿＿＿＿＿＿＿＿＿＿＿＿＿＿

職業：□ 學生 □ 公務員 □ 教育 □ 傳播 □ 出版 □ 服務 □ 軍警 □ 金融 □ 貿易

□ 設計 □ 科技 □ 自由 □ 其他 ＿＿＿＿＿＿＿＿＿＿

喜愛的書籍類型：（可複選）

□ 奇幻冒險 □ 犯罪推理 □ 電玩小說 □ 純愛系列 □ 動漫畫改編 □ 電影原著改編

□ 歷史 □ 科幻 □ BL □ GL □ 其他：＿＿＿＿＿＿＿＿＿＿

購買書名：＿＿＿＿＿＿＿＿＿＿＿＿＿＿＿＿＿＿＿＿

購自：□ 書店，在＿＿＿＿＿＿縣/市 □ 漫畫店，在＿＿＿＿＿＿縣/市

□ 青文網路書店 □ 網路 □ 劃撥 □ 其他：＿＿＿＿＿＿＿＿＿＿

從何處得知此輕小說？

□ 青文網路書店 □ 青文輕小說blog □ 網路 □ 店頭海報 □ 在書店看到 □ 書展/漫博會

□ 報章雜誌（報紙/雜誌名稱：＿＿＿＿＿＿＿＿＿＿＿＿＿＿＿＿）

□ 朋友推薦 □ 其他：＿＿＿＿＿＿＿＿＿＿

為何購買此書？（可複選）

□ 喜愛作者 □ 喜愛插畫家 □ 喜愛此系列書籍 □ 買過日文版 □ 看過內容簡介而產生興趣

□ 贈品活動 □ 朋友推薦 □ 其他：＿＿＿＿＿＿＿＿＿＿

對本書的意見：

封面設計：□ 優良 □ 普通 □ 不好 翻譯品質：□ 優良 □ 普通 □ 不好

小說內容：□ 優良 □ 普通 □ 不好 整體質感：□ 優良 □ 普通 □ 不好

內容編排：□ 優良 □ 普通 □ 不好

讀者服務信箱： mk@ching-win.com.tw
青文網路書店： http://www.ching-win.com.tw

3.5元郵票

10442
台北市長安東路一段36號3樓

青文出版社
CHING WIN PUBLISHING CO.,LTD

輕小說編輯部　收

意見或感想：

若有任何問題請至青文網路書店發問

青文網路書店：http://www.ching-win.com.tw

★請用膠帶黏貼後投入郵筒內（請勿用釘書機、膠水或將回函完全封死、黏死）